Ann Margaret Lewis

Mord im Vatikan

Sherlock Holmes ermittelt
im Auftrag des Papstes

Wir drei nahmen am äußersten Rand des Raumes Aufstellung, während er die grausige Szene mit seinen falkengleichen Augen untersuchte.

Ann Margaret Lewis

Mord im Vatikan

Sherlock Holmes ermittelt im Auftrag des Papstes

Illustrationen von Rikki Niehaus

Verlag Petra Kehl
Künzell 2015

Originaltitel: Murder in the Vatikan
erschienen bei Gasogene Books, Wessex Press LLC
Indianapolis, USA

Rhönstraße 3, 36093 Künzell
Übersetzung: Alexandra Kehl
email: info@verlag-kehl.de
www.verlag-kehl.de

ISBN 978-3-930883-69-1

Printed in EU

In Erinnerung an meine Mutter

Mary Ann Goetz,

die einmal zu mir sagte:
„Wenn du lesen kannst, kannst du alles."

Inhalt

Kardinal Toscas Tod

In jenem denkwürdigen Jahr 1895 hatte eine seltsame und ungereimte Folge von Fällen seine Aufmerksamkeit in Anspruch genommen, die von seiner berühmten Untersuchung des plötzlichen Todes von Kardinal Tosca - eine Ermittlung, die er auf ausdrücklichen Wunsch Seiner Heiligkeit des Papstes durchführte...

DR. JOHN H. WATSON
Der schwarze Peter

Das Jahr 1895 war vielleicht das produktivste in der Karriere meines lieben Freundes Mr. Sherlock Holmes. Im Jahr zuvor war er auf dramatische Weise nach einer dreijährigen Abwesenheit zurückgekehrt, während der ich und ganz London geglaubt hatten, er wäre bei den Reichenbachfällen zusammen mit Professor Moriarty umgekommen. Diese Wiederauferstehung führte dazu, dass sich die Anfragen nach seinen einmaligen Fähigkeiten vervielfachten, und von April 94 bis April 95 wurde er mit mindestens einem neuen Fall pro Monat beauftragt, den er zu einem erfolgreichen und oft bemerkenswerten Abschluss führte. Solch eine Arbeitsbelastung schien keine übermäßige Strapaze für seine Konstitution, und daher war ich noch nicht allzu sehr besorgt um seine Gesundheit, wozu ich in der Vergangenheit oft Ursache gehabt hatte. Und doch, um seiner selbst und um meines eigenen Wunsches nach Abwechslung Willen begann ich, nachdem der März vorüber war, den Vorschlag zu einem kurzen Urlaub vorzubringen. Leider wies er ihn zurück, denn seine Gedanken waren darauf gerichtet, wer oder was als Nächstes auf unserer Türschwelle erscheinen würde.

Doch als die Mitte des Mai herangekommen war, mangelte es plötzlich an Klienten, die meines Freundes einzigartigen Fähigkeiten herausforderten. Mir war klar, dass es wahrscheinlich nur eine natürliche Flaute im Geschäft war, aber Holmes machte es reizbar, wenn interessante Fälle fehlten. In der Hoffnung, seine Stimmung zu heben, schlug ich nochmals einen Urlaub vor, denn es war die perfekte Zeit zum Verreisen. Wiederum wischte Holmes meine Bemerkung mit einem schroffen Brummen beiseite und entschloss sich stattdessen, seine Zeit mit dem Ordnen der umfangreichen Papierstapel auf seinem Schreibtisch zu verbringen. Tagelang vergrößerte dies nur noch die Unordnung in unserer Wohnung, da er die Papiere auf dem Boden, dem Kaminsims, den Tischen, den unbenutzten überzähligen Stühlen und auf anderen flachen Oberflächen verteilte, wodurch er mich nötigte, geschickt wie ein chinesischer Akrobat über und um sie herum zu manövrieren.

Als wir an einem schwülen, dunstigen Tag, der noch mehr Hitze versprach, beim Frühstück saßen, blätterte ich meine Ausgabe der *Times* durch und stieß dabei auf einen Bericht über den sich verschlechternden Gesundheitszustand von Louis Pasteur, einem Mann, den Holmes und ich beide bewunderten. Ich überlegte gerade, dass ein Besuch auf dem Kontinent Holmes' Interesse vielleicht anregen würde, als Mrs. Hudson, Holmes' viele Dokumentenstapel elegant umschreitend, Holmes einen pergamentfarbenen Umschlag überreichte, der an ihn adressiert war.

„Gerade von einem Boten übergeben worden, Mr. Holmes.“ Er betrachtete den Umschlag, dann öffnete er ihn mit einem neugierigen Gesichtsausdruck. „Vom Londoner Büro unseres Freundes, Mr. John Vincent Harden. Danke, Mrs. Hudson. Und wenn Sie bitte so freundlich wären, die geringen Reste des überaus hervorragenden Frühstücks wegzuräumen, das Sie uns bereitet haben, dann werden wir sehen, was Mr. Harden uns mitzuteilen hat."

Holmes nahm das einzelne Blatt heraus, das der Umschlag enthielt, und überflog es. „Ah – dies wurde weitergeleitet von seinem Londoner Büro, geschickt hat er es aus Italien." Er kicherte.

Ich senkte meine Zeitung. „Etwas Amüsantes, Holmes?"

„Zumindest etwas Unerwartetes", entgegnete er. „Watson, wenn du in naher Zukunft planst, mir nochmals eine Arbeitspause vorzuschlagen, dann spare dir bitte die Mühe. Es scheint, Mr. Harden ist der gleichen Ansicht. Was sagst du zu einer Woche oder zwei in einer römischen Villa?"

„Ich würde sagen, das kommt tatsächlich unerwartet", antwortete ich. Ich nahm den Brief entgegen, den er mir reichte und las ihn.

Werter Mr. Holmes,

ich hoffe, dieser Brief trifft Sie bei guter Gesundheit an - hoffentlich so gut, wie es mir ging, nachdem Sie mir geholfen hatten. Nach meinen anstrengenden Erlebnissen im vergangenen Monat habe ich beschlossen, einige Zeit mit meiner Familie in meiner Sommervilla außerhalb Roms zu verbringen, nicht weit von Castel Gandolfo entfernt.

Seit unserer letzten Begegnung habe ich lange überlegt, was ich Ihnen dafür schulde, dass Sie meinem Leben den Frieden zurückgegeben haben. Als weiteres Zeichen meiner Dankbarkeit möchte ich gern Sie und Dr. Watson einladen, ein paar Wochen Urlaub hier in meiner Villa zu machen, in diesem Monat oder im nächsten. Das römische Umland ist jetzt sehr angenehm, und ich bin sicher, wir können genug Betätigungsmöglichkeiten (oder Untätigkeit, wenn dies einer von Ihnen vorzieht) finden, die nach Ihren Wünschen sind.

Wenn dieser Vorschlag Ihre und des guten Doktors Zustimmung findet, dann antworten Sie bitte per Telegramm durch mein Londoner Büro, sodass ich die Reise von Calais aus mit meinem privaten Zug arrangieren kann. Ich werde alle Annehmlichkeiten für eine zweitägige Reise nach Rom vorbereiten lassen. Dort werde ich selbst Ihr Gastgeber sein. Ich erwarte Ihre Antwort und hoffe, Sie beide in naher Zukunft wiederzusehen.

Ihr ergebener
John Vincent Harden

„Liebe Güte", sagte ich. „Hat er dich nicht schon genug belohnt?"

„Er war zweifellos großzügig", stimmte Holmes zu. „Doch wie es scheint, hat er das Gefühl, seine Dankbarkeit nicht adäquat ausgedrückt zu haben. Nun, Watson, was sagst du dazu? Ah – ich kann die Antwort von deinem Gesicht ablesen, ohne jene Talente einzusetzen, die du mir so großzügig zuschreibst. Hier hast du den Urlaub, den du gewünscht hast – gratis. Kann London wirklich auf uns beide verzichten? Soll es *Roma* sein?"

Ich warf noch einmal einen Blick auf den Brief in meiner Hand, dann einen auf Holmes mit, wie ich fürchte, einem breiten Lächeln. „Du weißt doch, ich war noch nie in Rom. Noch bin ich jemals in einem Privatzug gereist."

„Und ich frage mich, welches von beiden als Argument schwerer wiegt. Nun gut, alter Freund. Ich werde noch diesen Nachmittag antworten, dass wir annehmen. Wir werden beide ein wenig Zeit brauchen, um noch einige Dinge zu regeln." Er zeigte auf die herumliegenden Sachen. „Vielleicht die erste Juniwoche? Ist das genug Zeit für dich, um einen *locum tenens* zu finden?"

„Jackson hat mir immer ausgeholfen. Ich werde noch heute mit ihm sprechen."

Und so waren Holmes und ich am Ende der ersten Juniwoche auf der Fähre nach Calais, wo wir auf Hardens Privatzug trafen. Es war eine großartige polierte schwarze Lok mit gelben Streifen, die vier Wagen zu ziehen hatte. Ein Wagen war der

Schlafwagen für Passagiere mit mehreren separaten Schlafkabinen, die von einem Schaffner betreut wurden. Der zweite Wagen war ein eleganter Speisewagen, versehen mit einem Chefkoch und zwei Kellnern. Ein dritter Wagen hatte einen eleganten Wohnraum mit einer kleinen Bibliothek, der von einem Butler versorgt wurde, und der letzte Wagen bot Schlafquartiere für die Bediensteten.

Während der Schlafwagenschaffner mein Gepäck ins erste Schlafabteil schaffte, schlenderte ich durch die Wagen. Ich hatte die Hälfte des Zuges durchquert, als ich Holmes draußen neben dem Speisewagen stehen und mit Lokführer und Heizer sprechen sah. Ich stieg aus, um mich an der Unterhaltung zu beteiligen. „Wir werden natürlich unterwegs halten", sagte der Lokführer. „Aber nur, um Abfälle zu entsorgen und Kohle und Wasser aufzunehmen. Alles, was Sie brauchen, befindet sich an Bord und Sie brauchen nur darnach zu fragen. Wenn Sie wünschen, dass wir irgendwo halten, dann schicken Sie einfach den Schaffner mit einer Nachricht zu uns."

„Wunderbar." Holmes sah mich mit einem schelmischen Glitzern in den Augen an. „Da wir durch die Schweizer Alpen fahren: Warum halten wir nicht in Meiningen und sehen uns die Reichenbachfälle an. Nur zur Erinnerung?"

Ich runzelte die Stirn. „Darüber macht man keine Scherze."

Er legte die Hand fest auf meine Schulter. „Das war nicht ernst gemeint, alter Freund." Er wandte sich an den Lokführer. „Danke für Ihr Angebot, aber wir möchten lieber direkt nach Rom."

Der Lokführer tippte an seinen Hut und winkte dem Heizer, ihm nach vorn zu folgen. Und schon waren wir unterwegs.

Volle zwei Tage lang ließen wir uns die exquisite Küche von Mr. Hardens Chefkoch schmecken, genossen einige superbe Weine und rauchten erstklassigen Tabak, den Mr. Hardens Company in Amerika herstellte. Es war, meiner Meinung nach, die angenehmste Reise meines Lebens.

Als wir früh am Morgen Hardens Zugdepot außerhalb von Rom erreichten, waren mein Freund und ich gut ausgeruht, gut genährt und voller Tatendrang.

„Nun, Watson, ich glaube, ein Fall hat uns bereits gefunden", sagte Holmes, als der Zug am Bahnsteig ausrollte.

„Wie kommst du darauf, Holmes?"

Er zeigte aus dem Fenster. „Sieh dir den Priester an, der draußen bei Harden steht. Harden ist ein katholischer Konvertit, aber ich hätte kaum erwartet, dass er zu unserer Begrüßung einen Priester mitbringt, schon gar nicht einen, der im Vatikan arbeitet. Und dieser wirkt besonders beunruhigt. Er hatte es so eilig zu kommen, dass er seine Soutane nicht richtig zugeknöpft hat. Seine Knöpfe sind falsch geknöpft."

„Der Vatikan?" Ich sah auf den jungen Mann, Mitte Zwanzig, der bei Harden stand. Er trug einen Klerikerkragen und eine lange, schwarze, mit einer Knopfreihe versehene Soutane und wippte nervös auf den Zehenspitzen. Es war ein schmächtiger Junge mit dunklem Haar. Seine großen braunen Augen musterten die Wagen mit einem besorgten Blick.

„Glaubst du, dass er aus dem Vatikan ist, weil er die bleiche Gesichtsfarbe von jemandem hat, der mehr Zeit drinnen verbringt als draußen bei seinen Pfarrkindern?"

„Ganz und gar nicht, Watson. Ein Pfarrgeistlicher kann genauso gut bleich sein und ebenso viel Zeit drinnen verbringen." Holmes stand auf und setzte den Hut auf. „Die Besorgnis ist evident, aber er ist sicherlich im Vatikan beschäftigt. Hast du nicht bemerkt, dass er in seiner rechten Hand einen leinenen Umschlag mit einem verzierten roten Wachssiegel hält? Wer anders als der Papst würde einen Priester mit einem solchen Brief senden?"

Ich blickte aus dem Fenster. Der junge Mann hatte sich umgedreht, um den Bahnsteig hinunterzulaufen, sodass ich seine Hände nicht sehen konnte. „Bist du sicher…?" Ich stand auf und folgte Holmes aus dem Wagen.

Holmes antwortete nicht. Er stieg munter aus dem Zug und winkte Harden zu. „Ho! Mr. Harden!"

John Vincent Harden Senior war ein kräftiger Amerikaner aus Nordcarolina, der eine italienische Erbin zur Frau genommen hatte. Fast sechs Fuß groß, war er mit seinem rotbraunen Haar und dem kurzgetrimmten Bart eine unerhört stattliche Erscheinung. Er begrüßte jeden von uns strahlend mit einem festen Händedruck. „Mr. Holmes, Dr. Watson – ich freue mich, Sie beide wiederzusehen." Er beugte sich dicht zu uns herüber und flüsterte: „Ich fürchte, ich habe einen Fehler gemacht."

„Inwiefern?", fragte Holmes mit einem leicht amüsierten Lächeln.

„Als ich meiner Frau erzählt habe, dass Sie kommen, hat sie es ihrerseits ihren Freunden erzählt, die es wiederum ihren Freunden erzählt haben…"

„Also weiß nun die ganze bessere Gesellschaft von Rom, dass wir hier sind."

„Ich fürchte ja." Hardens Mundwinkel sanken. „Natürlich sind Einladungen zum Abendessen eingetroffen und solche…"

„Und…?"

„Und dieser junge Priester kam heute aus dem Vatikan, um Ihre Hilfe zu erbitten. Ich habe versucht, ihm zu erklären, dass Sie kommen, um Urlaub zu machen, doch er ließ sich nicht abwimmeln. Dann hat er mir mitgeteilt, dass er vom Heiligen Vater persönlich komme…"

Holmes schlug die Hände zusammen. „Ha! Was habe ich gesagt, Watson?" Er rieb sich eifrig die Hände.

„Seine Heiligkeit muss deine Arbeit im Fall der Kameen sehr geschätzt haben", sagte ich, „dass er dich noch einmal um Hilfe bittet."

„Kameen?", fragte Harden.

„Eine außergewöhnliche Sache vor sieben Jahren, bei der es um verschwundene Kostbarkeiten aus dem Vatikan ging. Ich hatte die Ehre, zu jener Zeit Seine Heiligkeit kennen zu lernen. Er hat mich gewaltig beeindruckt."

Harden stieß ein gequältes Lachen aus. „Ich bin hier der Katholik, und ich hatte diese Ehre noch nicht."

„Ich ebenso wenig", sagte ich. „Holmes hat jenen Fall ohne mich übernommen."

„Ich vermute, dem wird bald abgeholfen werden." Holmes sah Harden anzüglich an. „Das heißt, wenn Sie sich uns anschließen."

„Ich?" Hardens Augen weiteten sich vor Überraschung. „Ich wüsste nicht, wie ich Ihnen von Nutzen sein sollte."

„Sie sprechen fließend Italienisch?"

„Meine Frau würde weniger nicht dulden."

„Wir werden Ihre Kenntnisse brauchen. Seine Heiligkeit spricht Französisch. Die Verständigung mit ihm ist also kein Problem. Mein Italienisch ist passabel genug, um mich mit anderen zu verständigen. Doch ich glaube, mein Freund hier, könnte in dieser Hinsicht einige Unterstützung gebrauchen."

„Meine Italienischkenntnisse habe ich von der Oper", sagte ich mit Bedauern. „Sie wären mir eine große Hilfe."

„Der Vorschlag, Ihnen bei einem Fall zu helfen, der nicht mich betrifft, klingt aufregend", sagte Harden, als er uns den Bahnsteig hinunter begleitete. „Ich werde Ihnen in jeder Weise, so gut ich kann, behilflich sein."

„Ein weiteres Paar Augen und Ohren ist ebenfalls stets willkommen, wie Watson weiß. Und nun stellen Sie uns den jungen Mann vor, bevor er ein Loch in den Bahnsteig tritt."

Der junge Geistliche hatte sich aus Diskretion ans Ende des Zuges begeben. Dort ging er auf und ab, die Nase im Brevier.

„Hochwürden Dionisio!" Harden winkte dem Priester, der aufsah und herbeieilte, um uns, die freie Hand ausgestreckt, zu begrüßen.

„*Signori, piacere*!" Er schloss das schmale Buch mit der

einen Hand und steckte es in die Tasche. „Signore Holmes?“, fragte er, wobei er Holmes’ Hand ergriff.

„Ja, und das ist Dr. Watson.“ Holmes zeigte auf mich.

„*Dottore, piacere, piacere*“, schüttelte er auch mir die Hand.

„Der Gepäckträger hat Ihre Koffer bereits zum Wagen gebracht“, sagte Harden. „Ich werde ihn nach Hause schicken. Wir können mit meinem Zug direkt nach Rom hinein fahren. Wenn wir erst unterwegs sind, werden wir in 10 Minuten dort sein.“

„Hervorragend“, sagte Holmes. „Wir können uns während der Fahrt Hochwürden Dionisios Geschichte anhören.“

„Ich werde dem Lokführer auftragen, ein Telegramm vorauszuschicken, damit alles Notwendige geregelt wird. Machen Sie es sich im Salonwagen bequem.“

Harden übersetzte dies rasch für den Priester, der eifrig nickte, und wir bestiegen zusammen den Zug. Harden schloss sich uns kurz darauf an, und der Zug setzte sich in Bewegung. Von da an wurde der größte Teil unseres Gespräches auf Italienisch geführt. Glücklicherweise erwies sich Mr. Harden als sehr fähiger Dolmetscher. Seine Übersetzung war flüssig, ruhig und synchron, sodass unser Gespräch kaum jemals ins Stocken geriet. Auch war er ein Quell an Informationen über die Traditionen und den Staat der Kirche, hatte er sich doch mit beidem vor seiner Konversion eingehend beschäftigt. Nach Abschluss des Falles erinnerte er mich an alles, was sich ereignet hatte, sodass ich einen genauen und detailreichen Bericht schreiben konnte.

Hochwürden Dionisio zog aus den Seiten seines Breviers den kleinen weißen Umschlag hervor, mit rotem Wachs gesiegelt, den Holmes zuvor schon gesehen hatte, und überreichte ihn meinem Freund. Holmes öffnete ihn und las die einzelnen Seiten, die er enthielt. Dabei spielte ein leichtes Lächeln um seine Lippen.

„Hochwürden Dionisio, wollen Sie uns bitte eine Zusammenfassung des Problems geben?“, bat er, wobei er den Brief in die Jackentasche steckte. „Seine Heiligkeit schreibt, das Ganze sei äußerst verdächtig.“

„Der Heilige Vater argwöhnt, es sei Mord, Signore.“

Holmes’ Miene verdüsterte sich. Er stützte seine Ellbogen auf die Armlehnen seines Sitzes und presste die Fingerspitzen zusammen. „Fahren Sie bitte fort.“

„Heute Morgen wurde Kardinal Tosca, der neu ernannte Kardinalpräfekt der Ritenkongregation an der Römischen Kurie, in seinem Büro tot aufgefunden. In dem einen Moment war er völlig gesund, im nächsten hing er tot zusammengesunken über seinem Schreibtisch.“

„Hatte Seine Eminenz ein schwaches Herz?“, fragte ich. „Irgendwelche Atemprobleme? Erschöpfung?“

Dionisio schüttelte den Kopf. „Mit seinen 42 Jahren war er so gesund wie ein Rennpferd. Er unternahm häufig lange Spaziergänge und ging in seinem Urlaub gern Bergsteigen.“

„Hat Seine Eminenz an diesem Morgen Nahrung zu sich genommen?“, fragte Holmes.

„Kaffee mit Milch und ein hartes Brötchen. Sein Sekretär brachte das Frühstück des Kardinals aus dem Speisesaal der Seminaristen, wo der Sekretär selbst gefrühstückt hatte.“

Holmes rieb sich nachdenklich das Kinn. „Fahren Sie fort.“

„Das wirklich Seltsame war, dass er gleich nach dem Frühstück Besuch von einer jungen Frau erhielt, die der Sekretär zum Kardinal führte, nachdem sie den Hauptmann der Garde gebeten hatte, diesen in einer dringenden und skandalösen Angelegenheit sprechen zu dürfen. Kardinal Toscas Sekretär, Bruder Michele Finoglio, ein Jesuitenseminarist, wie ich schon sagte, überreichte Seiner Eminenz ihre Karte, und dieser empfing sie. Ein paar Minuten später kam der Neffe des Kardinals, Giuseppe Tosca, Student an der Akademie für Kameenkunst. Er betrat die Suite von Seiner Eminenz und begleitete dann, auf Bitten Kardinal Toscas, die junge Dame auf die Straße hinunter.

Bruder Michele sagte, sie habe schrecklich geweint, als sie ging. Giuseppe gibt an, dass er für sie eine Droschke gerufen habe, aber er weiß nicht, wohin sie sich von dort aus gewandt hat. Nachdem Giuseppe gegangen war, betrat Bruder Michele den Raum und fand Seine Eminenz tot vor. Er alarmierte sofort die Garde und Seine Heiligkeit."

„Erinnert sich der Sekretär an den Namen der Dame?"

„Er vermochte sich weder genau zu erinnern, noch die Karte zu finden, die sie abgegeben hatte. Sie war weder bei Seiner Eminenz noch auf dessen Schreibtisch zu finden."

„Rätselhaft", bemerkte Holmes. „Natürlich ist es möglich, dass ich sie finde, wenn ich die Suite des Kardinals in Augenschein nehme."

„Der Heilige Vater hat noch gut in Erinnerung, welchen Wert Sie darauf legen, dass der Schauplatz des Verbrechens unberührt bleibt, Signore. Er befahl, dass die Tür verschlossen und ein Gardist vor dem Raum postiert wird. Der Leichnam blieb unverändert, sodass Sie sich selbst so gut als möglich ein Bild machen können."

„Seine Heiligkeit ist sehr umsichtig."

„Natürlich können wir Seine Eminenz nicht zu lange so liegen lassen", sagte Dionisio. „Das ist der Grund für unser Drängen."

„Dann, meine ich, sollten wir uns beeilen. Ich glaube, wir haben unsere Haltestelle erreicht.

Die warme Sonne, die nun hoch am Morgenhimmel stand, strahlte auf die große, weiße Kuppel von St. Peter herab, als unsere Kutsche zwischen sprühenden Springbrunnen hindurch ihren Weg zum weiträumigen Petersplatz nahm.

An den Kolonnaden aus elfenbeinfarbenen Säulen entlang, die die Kirche und das massive Gebäude der Kathedrale selbst flankierten, glänzten die Statuen der Heiligen im östlichen Licht wie Gold, wobei sie lange Schatten auf das Kopfsteinpflaster warfen. Am Himmel oberhalb der Kuppel erblickte ich jedoch rauchgraue dunkle Wolken, die einen bevorstehenden heftigen Regen ankündigten, und ein dumpfer Schmerz in meiner alten Kriegsverletzung bestätigte die Befürchtung.

Jenseits der Kolonnaden passierten wir eine Reihe von Torbögen, bewacht von Schweizer Gardisten in ihrer rot-blau-gelben Uniform im Stil des 16. Jahrhunderts, und stiegen im Damasushof innerhalb des Apostolischen Palastes aus dem Wagen. Hochwürden Dionisio schritt uns voran, um mit den eindrucksvollen Soldaten zu sprechen, von denen zwei an jeder Torseite standen, die Hellebarden in Händen. Dionisio sprach mit einem dritten groß gewachsenen Soldaten, offenbar der kommandierende Offizier, der keine Stangenwaffe trug, sondern einen Degen und eine Pistole an der Seite. Als er uns zunickte und uns winkte näherzukommen, folgten wir Dionisio durch den Eingang in die kühle Halle aus elfenbeinfarbenem Marmor.

Dionisio zog eine silberne Taschenuhr aus seiner rechten Tasche und warf einen Blick darauf. „Der Heilige Vater sollte die Morgenmesse in seiner Privatkapelle gerade beendet haben. Ihr Beginn hat sich wegen des Vorfalls beträchtlich verzögert. Er sagte, wenn es denn möglich sei, so wäre ihm viel daran gelegen, uns in die Suite des Kardinals zu begleiten."

„Sollten wir nicht gleich zum Ort des Geschehens gehen?", fragte ich.

Ich sah bei diesem Vorschlag Unsicherheit in den Augen des jungen Mannes aufblitzen. „Seine Heiligkeit war sehr bestimmt. Wenn er die Messe gerade erst begonnen hätte, würde ich sagen ja, doch da er schon am Ende ist, sollten wir erst zu ihm gehen. Er hat alle seine Termine für diesen Tag abgesagt, um sich dieses Geschehens anzunehmen."

Dionisio schritt rasch voran und führte uns zwei lange Treppenfluchten aus massivem Marmor hinauf zu den Empfangsräumen des Papstes im zweiten Stock. Die Wände zu beiden Seiten waren mit herrlichen farbenprächtigen Fresken bedeckt, die näher zu betrachten mir leider keine Zeit blieb. Um den Empfangssaal des Papstes zu betreten, mussten wir erst durch ein langgestrecktes Wachtzimmer schreiten, das von päpstlichen Wachen besetzt war, denen Dionisio einige rasche Worte zuraunte. Dann geleitete er uns in einen kleinen Salon. An dessen jenseitigem Ende befand sich eine einzelne weiße Tür, ebenfalls von Gardisten bewacht. Dionisio hielt uns die Tür auf, und wir traten in die geheiligte Stille der päpstlichen Privatkapelle.

In der kleinen Kapelle im Renaissancestil waren nur wenige Personen anwesend: Drei oder vier Laien und drei andere Männer in geistlichen Gewändern. Dionisio machte eine Kniebeuge und geleitete uns hinüber auf die rechte Seite der Kapelle, wo er in die vorderste Kniebank rechts vom Altar und im Rücken des Papstes schlüpfte. Dabei bedeutete er uns, uns niederzuknien. Die Messe ging zu Ende. Und obwohl ich vom Prunk des Rituals und der Gewänder beeindruckt war, fürchte ich, war ich davon doch ein wenig verwirrt. Später bat ich Harden, mir alles, was ich gesehen hatte, zu erklären, und er kam meiner Bitte mit Freuden nach.

Der Pontifex, Leo XIII., kniete mit dem Gesicht dem Altar zugewandt. Flankiert wurde er von zwei Akolythen in schwarzen Talaren mit weißen Chorhemden. Er war mit dem Ornat bekleidet, Gewändern aus bestickter grüner und goldener Seide, unter denen eine elegante Albe aus Spitzen hervorsah. Von der Stelle aus, wo ich kniete, konnte ich sein beeindruckendes Profil sehen, das von einer ausgeprägten römischen Nase beherrscht wurde. Er war ein schrecklich dürrer, älterer Mann, recht zerbrechlich, mit einer Haut so durchsichtig, dass er zu leuchten schien. Selbst im Knien schien er für einen Italiener groß, obwohl seine Schultern vom Alter gebeugt waren. Büschel weißer Locken quollen unter seinem weißen Schädelkäppchen hervor und betonten eine zurückweichende Haarlinie und eine hohe Stirn. Lange, zarte, vom Alter gezeichnete Finger, unterstrichen durch den Fischerring mit dem riesigen blau-grünen Smaragd an der rechten Hand, waren teilweise verdeckt von den Spitzen an seinen Ärmeln, als er die Hände zum Gebet faltete. Seine Schuhe aus rotem und goldenem Samt waren unter dem Saum seines Ornates kaum sichtbar.

Die Stimme des alten Mannes jedoch strafte seine augenscheinliche Gebrechlichkeit Lügen. Sein klarer, dahinfließender Bariton trug weit in den Raum, als er auf Latein betete: „*Sancte Michael Archangelo, defende nos in proelio…*"*

Harden erzählte mir später, dass Leo dieses Gebet zum hl. Michael selbst geschrieben habe, und die Inbrunst, womit der Pontifex sprach, spiegelte das ergreifende Flehen der Worte wider. Ein weiteres kurzes Gebet oder zwei folgten darauf. Dann schloss er mit „Amen" und machte das Kreuzzeichen. Die Schulter des Akolythen zu seiner Rechten als Stütze benutzend, erhob er sich. Er wandte sich zum Gehen, dann verhielt er unbeweglich, den Blick fest auf den goldenen Tabernakel auf dem Altar fixiert.

Mehrere Augenblicke lang verharrte er und keiner im Raum bewegte sich. Ich konnte nur einen Teil seines Gesichts sehen, doch es schien eine wahrhaft ungesunde Blässe aufzuweisen, und seine schmächtige Gestalt schwankte unsicher. Um seine Gesundheit besorgt, machte ich Anstalten aufzustehen. Doch Holmes, der zu meiner Rechten stand, packte mich am Unterarm und bedeutete mir zu bleiben, wo ich war. Holmes' Gesichtsausdruck war angespannt, sein Kopf schräggestellt und seine Lippen vor Überraschung leicht geöffnet.

Der Akolyth zur Rechten des Papstes streckte die Hand aus und berührte ihn sachte am Arm. Der Kopf des alten Mannes

* Heiliger Erzengel Michael, verteidige uns im Kampfe

fuhr plötzlich herum und sah den Jugendlichen an, als hätte er vergessen, wo er sich befand. Dann sah ich, was Holmes von seinem günstigeren Aussichtpunkt her gesehen hatte – ein dünnes Rinnsaal von Feuchtigkeit, das sich der Länge nach über die Wangen des Pontifex dahinzog.

„Oh“, murmelte ich kaum hörbar.

Holmes legte den Finger auf die Lippen. Leo trat mit gefalteten Händen vom Altar zurück. Dann, als er Dionisio und unsere Gruppe entdeckte, bedeutete er uns mit einer königlichen Handbewegung, ihm zu folgen.

Wir taten, wie gebeten, und kamen in einen kleinen Raum direkt hinter der Kapelle, genau rechtzeitig um zu sehen, wie der Kammerdiener des Papstes und einer der Akolythen dem alten Mann das äußere Gewand über den Kopf zogen, während der andere Akolyth sorgsam ein weiteres liturgisches Gewand zusammenfaltete. Der Pontifex stopfte rasch ein Taschentuch aus weißem Leinen in den Ärmel des Hemdes, das er unter der Albe trug, und trat mit ausgestreckten Händen auf meinen Freund zu.

„Signore Holmes“, sagte er. Er fasste die Hände meines Freundes mit festem Griff, während er zu ihm aufblickte. Er fuhr auf Italienisch fort, und Harden übersetzte mir ins Ohr. „Es erfreut mein Herz, Sie zu sehen, mein Sohn. Sie sehen gut aus.“ Seine dünnen Lippen hatten sich zu einem breiten, freundlichen Lächeln verzogen. Und ich konnte an seinen Lachfältchen ablesen, dass sein Gesicht weit mehr gewohnt war zu lächeln als finster dreinzuschauen.

Holmes erwiderte das Lächeln des Papstes mit gleicher Zuneigung. „Mir geht es auch gut, Heiliger Vater“, sagte er auf Französisch. „Aber geht es denn Euch gut?“

Leos Lächeln trübte sich etwas, und er fuhr in der gleichen Sprache fort: „Für meine 85 Jahre geht es mir gut.“ Während er sprach, löste er die goldene Kordel, die seine gekreuzte Stola an ihrem Platz hielt. „Warum fragen Sie?“ Er fuhr fort, die Gewänder abzulegen, und reichte sie einem zweiten Akolythen an seiner anderen Seite.

„Ihr schient vorhin etwas zu schwächeln." Holmes wies mit dem Kopf in meine Richtung. „Mein Freund, Dr. Watson, war besorgt. Er wäre Euch beinahe zu Hilfe geeilt, als Ihr vor dem Altar standet."

„Das ist Dr. Watson?" Er wandte sich um und betrachtete mich unter schweren Lidern hervor aus dunkelbraunen Augen, die von solch tiefer Wärme und Traurigkeit sprühten, dass mich Ehrfurcht ergriff. Sanft, aber doch fest ergriff er meine rechte Hand mit einem liebevollen Lächeln. „Es ist eine Freude, Sie kennen zu lernen, Doktor. Ich habe viele Ihrer Geschichten gelesen, um über die wunderbaren Dinge, die unser Freund hier tut, auf dem Laufenden zu bleiben."

„Tatsächlich?", brachte ich atemlos hervor und blinzelte vor Überraschung.

Der alte Mann klopfte mir auf die Schulter und sagte sanft: „Machen Sie sich um mich keine Sorgen, mein Sohn. Mein Leib wird vom Alter niedergedrückt und mein Geist von vielen anderen Dingen." Er warf einen Blick nach hinten auf den ersten Akolythen, der vortrat, um dem Papst die Albe über den Kopf zu ziehen, sodass dieser in einem einfachen Leinenhemd vor uns stand, ein weißes Leinentuch über den Schultern, mit weißem Priesterkragen und weißen Hosen. Dann bemerkte der Papst Harden, der hinter mir stand. „Sie haben einen Freund mitgebracht?"

„Wir bitten um Entschuldigung, Euer Heiligkeit", sagte Holmes. „Dies ist unser Gastgeber John Vincent Harden."

„Signore Harden, ja, unser amerikanischer Nachbar. Ich hatte noch nicht das Vergnügen." Er schüttelte die Hand des Millionärs, und Harden ging nach katholischem Brauch in die Knie, um den Fischerring des Papstes zu küssen.

„Das Vergnügen ist ganz auf meiner Seite, Heiliger Vater."

„*Grazie*, Signore“, sagte Leo, tätschelte seine Hand und segnete ihn, indem er das Kreuzzeichen über ihn machte. „Doch wir sollten uns jetzt unserer traurigen Angelegenheit zuwenden…“ Er wandte sich rasch zu seinen Assistenten um. „*Presto tutti*. Ich muss gehen…“

Bei diesem Befehl beeilten sich die Helfer des Papstes. Der zweite Akolyth nahm das Leinentuch von Leos Schulter, während der Kammerdiener, ein Mann in mittleren Jahren, die weiße Soutane des Papstes hochhielt, sodass der Pontifex mit den Armen in die Ärmel schlüpfen konnte. Dann kniete sich der erste Kleriker zu Füßen des Pontifex nieder, um die seidenumhüllten Knöpfe von unten her zuzuknöpfen, während der Kammerdiener ein einfaches goldenes Brustkreuz um seinen Hals legte.

Der Pontifex knöpfte das Oberteil seiner Soutane zu und hängte das Kreuz an den Knopf in der Mitte seiner Brust. Dann hielt er die Arme hoch, als der Kammerdiener eine Schärpe mit gestickter Einfassung um seine Hüfte wand und zurechtzupfte.

„*Va bene*, Pio“, murmelte Leo. Er gab seinem Kammerdiener einen sanften Klaps auf die Hand, um ihn daran zu hindern, weiter an ihm herumzufingern. „*Basta*.“ Einer seiner Akolythen reichte ihm einen aus Redwood geschnitzten Gehstock, und mit diesem bedeutete er uns, ihm voran den kleinen Raum zu verlassen. „*Andiamo*.“

Als wir aus dem Raum traten, nahmen die päpstlichen Wachen zu beiden Seiten der Tür Haltung an, die Hellebarden in der rechten Hand. Dionisio wandte sich rasch an einen von ihnen, sagte ihm, wohin wir gehen wollten und der Soldat nickte seinem Kameraden zu, uns voranzugehen, während zwei andere hinter unserer Gruppe Aufstellung nahmen. Es machte mich leicht nervös, von Wachen umgeben zu sein, die solch bedrohliche Hiebwaffen der Renaissancezeit trugen, doch Leo beachtete sie nicht. Er schritt gelassen zwischen ihnen. Eine hoheitliche Ausstrahlung ging von ihm aus.

Die Büros und die Suiten der Kardinäle waren nur eine kurze Wegstrecke entfernt, die Treppe hinunter zum ersten Stock und durch den Apostolischen Palast. Leo schritt langsam voran, was bei seinem vorgerückten Alter verständlich war. Mich beeindruckte, dass er sich kaum auf seinen Gehstock stützte. Zuweilen geriet er außer Atem und hemmte unseren Schritt, doch davon abgesehen, stand er fest auf den Beinen. Er ging zwischen Harden und mir, stellte uns höflich auf Französisch Fragen nach unserer Familie und unseren Interessen. Offenbar wollte er so viel wie möglich über seine neuen Bekannten erfahren. Mir kam der Gedanke, dass Leo XIII., obwohl von Menschen umgeben, wenig Gelegenheit hatte, sich mit jemand Neuem zu unterhalten, zumindest nicht in informeller Weise. Er wollte den Vatikan nicht verlassen wegen des gespannten Verhältnisses zur neuen Regierung Italiens und ihrer spürbaren Drohung, den Vatikan einzunehmen oder ihm Schaden zuzufügen. Er war ein freiwilliger Gefangener in einer Welt, die er sich bemühte allen zu öffnen. Ich tat daher mein Bestes, seinem Wunsch nach höflicher Konversation nachzukommen, und war entzückt von seinem freundlichen, eifrig bemühten Benehmen. Gelegentlich, wenn er von sich selbst als dem Pontifex sprach, benutzte er das majestätische „Wir“, was mich etwas unbehaglich machte. Es rief mir in Erinnerung, dass der Mann an meiner Seite nicht einfach nur ein charmanter italienischer Gentleman war – oder dass er sich sicherlich nicht als einen solchen betrachtete.

Währenddessen schritt Holmes zu meiner Rechten, still und gedankenversunken. Ich wusste, er dachte tief über etwas nach, also zog ich ihn nicht in die Unterhaltung hinein, sondern erlaubte ihm seine geistige Einsamkeit. Als wir in Kardinal Toscas Suite anlangten, richtete Seine Heiligkeit kein Wort an die Wachen, sondern winkte ihnen nur ungeduldig, die Tür zu öffnen. Einer nahm einen Schlüsselbund aus seiner Tasche und öffnete die Suite, dann trat er zur Seite und erlaubte uns einzutreten.

„Nach Ihnen, Signore“, sagte der Pontifex, wobei er meinem Freund winkte, uns in den Raum vorauszugehen. Holmes nickte respektvoll und schritt in den Raum, die Hände auf dem Rücken verschränkt.

„Giacomo.“ Der Papst hielt Dionisio zurück, indem er ihm die Hand auf die Schulter legte. „Holen Sie Bruder Michele.“

Der junge Priester verneigte sich und hastete davon.

Da Harden, der Papst und ich mit Holmes’ Arbeitsweise vertraut waren, nahmen wir drei am äußeren Rand des Raumes Aufstellung, während er die grausige Szene mit seinen falkengleichen Augen untersuchte.

Der Verstorbene saß bei einem Kamin, über seinem Schreibtisch zusammengesunken, in seiner schwarzen, rot eingefassten Kardinalssoutane, genau wie Dionisio es beschrieben hatte. Seine Hände waren auf der Tischplatte aus dunklem Holz auswärts gespreizt, als hätte er sich darauf gestützt, um sich in seinem letzten Augenblick zu erheben. Seine Haut zeigte eine bläuliche Blässe, die ich dem Ersticken zuschrieb. Holmes schritt um den Tisch herum, wobei er den Tisch und den Toten genau in Augenschein nahm. Jede Hand des Kardinals anhebend, untersuchte er sie. Danach berührte Holmes den linken Handrücken des Kardinals mit seinem Zeigefinger, dann rieb er Zeigefinger und Daumen aneinander. Er roch an ihnen. „Olivenöl“, murmelte er. „Ah – er hat die Sterbesakramente empfangen, Heiligkeit?“

„Die Letzte Ölung“, korrigierte ihn Leo in väterlichem Ton. „Ja, ich habe ihn selbst gesalbt.“ Der Pontifex stand vor dem Fenster und warf in der Sonne einen schmalen Schatten. Er ließ einen elfenbeinernen Rosenkranz durch die Finger der rechten Hand gleiten und betrachtete bekümmert die Szene. „Ich war vorsichtig, Signore. Ich habe nicht warten wollen…“

Holmes tat die Bemerkung mit einer Handbewegung ab. „Macht Euch keine Gedanken, Heiligkeit. Ihr habt nichts durcheinander gebracht, wirklich nicht.“ Er betrachtete den leeren Federhalterständer, dann öffnete er die Schublade, der er einen Federhalter entnahm, der tief unten darin verborgen gewesen war.

Er nahm ein Blatt Papier und kritzelte ein paar Striche. Er schüttelte den Füllfederhalter, dann ließ er einen Tropfen Tinte auf die Handfläche seiner anderen Hand tropfen. Er verschmierte ihn mit dem Daumen, dann legte er seine Handfläche neben den Finger des Toten.

„Nein“, flüsterte er. „Das ist er nicht. Wo ist er?“

„Wo ist was?“, fragte ich.

„Der Füllfederhalter.“

„Welcher Füllfederhalter?“

„Genau das ist der Punkt – da ist keiner – zumindest nicht der richtige. Schau, Watson.“ Er winkte mich neben sich zur Leiche und hob die rechte Hand des Mannes. „Die Tinte hat nicht die gleiche Farbe. Auch hat er einen frischen Schnitt an der Spitze des Zeigefingers, und als er einen Füllfederhalter benutzte zum Schreiben, tat dieser, was viele Füllfederhalter tun: er verlor Tinte.“

„Und diese bedeckte den Schnitt.“

„Genau.“

„Ist das wichtig?“

„Ich bin nicht sicher. Ich muss noch ein paar Untersuchungen vornehmen.“

„Tinte und Schnitt untersuchen?“, schnaubte Harden. „Machen Sie keine Witze, Holmes.“

Holmes hob eine Augenbraue. „Über solche Dinge mache ich keine Witze.“

„Sie haben freien Zugang zu unserer Bibliothek, Signore.“

„Danke, Euer Heiligkeit. Das wird mir sehr zustatten kommen. Übrigens…“ Er klopfte auf den Schreibtisch. „Habt Ihr hier einen Füllfederhalter gesehen, als Ihr den Leichnam gesalbt habt?“

Leo schüttelte den Kopf. „Nur, was Sie hier sehen."

Holmes brummte. „Da ist noch etwas, das mich verwirrt."

„Und das ist?"

„Was hat er geschrieben? Da sind keine Papiere, die frisch beschrieben sind. Ich frage mich…?" Holmes sah sich noch einmal in den Raum um, dann, seine Aufmerksamkeit dem Boden zuwendend, schritt er über die persische Brücke zu Harden, der neben der Tür stand. An einer Stelle hockte er sich nieder und fuhr mit den Fingern über die Fasern des Teppichs.

„Abdrücke", murmelte er. „Zwei von den Absätzen eines Frauenschuhs, ein anderer vom Stiefel eines Mannes. Da hat es einen Kampf gegeben. Wie viele Leute kamen hier herein, nachdem die Leiche gefunden worden war, Euer Heiligkeit? Wisst Ihr das? Es scheint, als wären weitere Füße über diese Abdrücke gegangen."

„Das werden Sie mit dem Sekretär des Kardinals abgleichen müssen", antwortete Leo. „Aber ich habe nur wenige gesehen. Ich weiß nur vom Hauptmann der Garde, dem Sekretär des Kardinals, Bruder Michele, und von mir. Als ich gekommen bin, bat ich die anderen Gardisten draußen zu bleiben, damit nichts durcheinander gebracht wird."

Holmes nickte. Seine Finger strichen über eine Falte in der persischen Brücke, direkt vor den Füßen des Millionärs. „Würden Sie bitte einen Schritt nach rechts machen?"

Harden tat kommentarlos, wie gebeten, und Holmes schlug die Kante der Brücke zurück.

„Ah – ha!", rief er aus und hob eine kleine weiße Karte vom Boden auf.

„Wie kommt die denn dahin?", fragte Harden. „Ist etwas daauf geschrieben?"

Holmes hielt die Karte dem Millionär vor die Augen und lächelte triumphierend.

„Rosalinda Maddio!", rief Harden aus. Er nahm Holmes die

Karte ab und las sie noch einmal, um sicher zu sein. „Wie kann das sein?"

„Sie kennen diese Frau?", fragte Holmes.

„Ja. Sie ist die 17-jährige Tochter aus einer bekannten italienischen Familie, die mit meinen Schwiegereltern eng befreundet ist. Ihrer Eltern sind nach England ausgewandert, wo sie geboren wurde. Sie ist eine sehr talentierte junge Künstlerin: Ein Wunderkind, wenn ich so kühn sein darf, das zu sagen. Ihre Skulpturen sind herrlich. Sie wohnt hier in Rom bei der Schwester meiner Frau, sodass sie mit Anstand untergebracht ist, während sie sich an der Akademie für Kameenkunst bewirbt."

„Diese Schule nimmt Frauen auf?", fragte Holmes. „Das ist ungewöhnlich."

„Nun, das Mädchen ist einzigartig", sagte Harden. „Sie haben ihre Bewerbung trotz ihres Geschlechts in Erwägung gezogen, wegen ihres von Gott gegebenen Talents."

Holmes strahlte. „Mr. Harden, Sie haben gerade Ihren Wert für diesen Fall bewiesen."

In diesem Moment betrat ein rothaariger, hellhäutiger junger Mann in schwarzem Talar den Raum. Außer Atem vom Laufen, ging er vor dem Pontifex auf die Knie und keuchte auf Italienisch (das Harden für mich übersetzte): „Bin ich zu spät, Heiliger Vater? Ich war gerade mit den anderen Seminaristen beim Essen. Bitte, vergebt mir…"

„Bruder Michele, wie ich annehme?", folgerte Holmes laut.

Der junge Mann sah Holmes überrascht an. „Ja, Signore."

„Das ist Signore Sherlock Holmes, Bruder Michele", stellte Leo vor.

„Oh!" Seine Hand ruhte auf seinem Brustbein, während er nach Atem rang. „Es ist gut, dass Sie hier sind, Signore."

„Ich habe einige Fragen an Sie, wenn es Ihnen nichts ausmacht. Warum setzen Sie sich nicht einen Moment hin und ruhen sich aus?"

Holmes zog den Stuhl vom nahen Frühstückstisch zurück und bedeutete ihm, sich zu setzen.

Der Seminarist sah zögernd auf den Papst, der ihm mit einem Nicken die Erlaubnis gab.

„Grazie, Signore“, sagte der atemlose Jüngling, als er Platz nahm.

Holmes fragte: „Waren Sie die ganze Zeit draußen vor der Tür, als die junge Frau heute Morgen hier war?“

Michele schüttelte den Kopf. „Oh nein. Mein Platz ist jenseits des angrenzenden Raumes. Ich ging nach draußen auf den Flur, als ich das Mädchen weinen hörte.“

„Haben Sie sie aufschreien hören oder irgendein anderes Geräusch?“

„Nein, Signore.“

„Und Sie sahen den Neffen mit dem Mädchen im Flur?“

„Ja. Er geleitete das Mädchen hinaus. Sie schleppte sich dahin und schien wirklich verwirrt…“

„Wie kommen Sie darauf?“

„Nun, er schien Mühe zu haben, sie aufrecht zu halten – als ob sie darum kämpfe, ins Büro des Kardinals zurückzukehren. Sie hing in seinen Armen. Ich fragte Giuseppe, was geschehen sei, und er sagte mir, sein Onkel habe ihn gebeten, eine Droschke für sie zu rufen.“

„Und Sie haben seinen Worten geglaubt?“

„Zu jener Zeit hatte ich keinen Grund, dies nicht zu tun, Signore. Im Nachhinein denke ich jedoch, ich hätte weiter nachfragen sollen.“

Holmes’ Gesichtsausdruck war grimmig, als er sich von Michele zu Dionisio wandte, der in den Raum geschlüpft war und nun direkt neben der Tür stand. „Der Neffe des Kardinals erwähnte nicht, dass er diese junge Dame kannte?“

Dionisio wirkte verwirrt. „Überhaupt nicht.“

„Auch ich hatte nicht diesen Eindruck“, sagte Michele.

Holmes wandte sich zu Harden und streckte höflich die Hand nach der Karte aus, die Harden zurückgab. Er hielt sie dem jungen Mann vor die Augen. „Ist dies die *carte de visite*, die Sie heute Morgen Seiner Eminenz brachten?"

Ein Lächeln der Erleichterung erleuchtete Micheles Gesicht. „Ja! Wo haben Sie sie gefunden? Ich habe sie überall gesucht!"

„Sie lag unter der Brücke bei der Tür. Ich habe meine eigene Theorie, wie sie dorthin gekommen ist. Haben Sie gelesen, was sie auf die Karte geschrieben hatte, bevor Sie sie reinbrachten?"

Die bleichen Wangen des jungen Mannes röteten sich. „Ich..."

„Sie sprechen kein Englisch."

Er schüttelte den Kopf. „Ich wünschte, ich könnte es, Signore. Seine Eminenz sprach Englisch. Er hielt sich als Bischof ein Jahr in England auf. Er beriet eine päpstliche Kommission in der Frage der anglikanischen Weihen. Aus ihrem Benehmen schloss ich, dass die junge Dame nichts Ungehöriges schreiben würde, und dass Seine Eminenz auf Basis dessen, was sie geschrieben hatte, sie vorlassen würde oder nicht."

„Sie haben eine Menge Vertrauen."

Michele biss die Zähne zusammen und seine grüngrauen Augen blitzten vor Ärger. „Manche nennen es Glaube, Signore."

„Ihr Glaube steht hier nicht in Frage, mein Sohn", sagte Leo, der zu Holmes getreten war. „Sie brauchen sich nicht zu verteidigen."

„Es tut mir Leid, Heiliger Vater, ich ..." Er schaute zu dem toten Kardinal hinüber, dann rieb er sich die Augen. „Ich kann nur einfach nicht glauben, was geschehen ist."

Holmes legte tröstend die Hand auf die Schulter des jungen Mannes, und Michele entspannte sich leicht. „Was können Sie mir über den Neffen des Kardinals erzählen?"

„Seinen Neffen?" Der Seminarist hob den Kopf und sah meinen Freund verdutzt an.

„Ja, das war es, was sie auf die Karte geschrieben hatte." Er zeigte es uns. Unter ihrem Namen fanden sich die zierlichen Schnörkel einer Frauenhand. „,Ihren Neffen betreffend'. Was können Sie mir über ihn sagen?"

Der junge Mann blinzelte, sichtlich verblüfft. „Giuseppe ist ein netter, höflicher Student – etwa in meinem Alter, schätze ich. Seine Eltern stammen aus Perugia. Des Kardinals verstorbener Bruder war Giuseppes Vater. Er war Laienmissionar in Kolumbien, Südamerika. Er und seine Frau starben dort vor zwei Jahren bei einem Unfall, und Giuseppes ältester Bruder wirkt dort noch immer als Priester. Aber ich glaube, Giuseppes Vater erbat die Ernennung, als der Heilige Vater in Perugia Erzbischof war."

Holmes wandte sich an Leo, der nickte. „Das stimmt. Als Erzbischof gab ich vor ungefähr 25 Jahren dem Bruder des Kardinals meine schriftliche Zustimmung, nach Kolumbien zu gehen. An das genaue Jahr kann ich mich nicht mehr erinnern. Ich habe ihm auch von der Diözese finanzielle Unterstützung zukommen lassen – so viel, wie ich damals aufbringen konnte, während ich gegen die Annexion Perugias durch Sardinien kämpfte. Als er ging, nahm er seine junge Familie mit. Giuseppe war gerade geboren."

„So wuchs der Junge also in Kolumbien auf?"

„Ja."

„Und er kam nach Italien, um Kunst zu studieren?", fragte Holmes den Seminaristen.

„Ja, vor einem Jahr", antwortete Michele. „Giuseppe bewarb sich an der Akademie für Kameenkunst hier in Rom und wurde angenommen. Er ist ein begabter Bildhauer. Er schnitzte die Statue des hl. Antonius, die Sie auf dem Kaminsims sehen. Auch schenkte er seinem Onkel einen Füllfederhalter, für den er ein hübsches Behältnis aus Alabaster meißelte."

„Einen Füllfederhalter? Wissen Sie, wo Seine Eminenz ihn aufbewahrte?"

„Er müsste auf seinem Schreibtisch in der Schale liegen.

Er schnitzte die Statue des hl. Antonius, die Sie auf dem Kaminsims sehen.

Seine Eminenz hat ihn nie benutzt, weil er die Tinte nicht verbrauchen wollte. Sein Neffe gab ihn ihm für besondere Gelegenheiten. Doch Seine Eminenz hielt ihn für ein schönes und aufmerksames persönliches Geschenk, daher bewahrte er ihn dort auf, wo ihn jeder sehen konnte."

Michele ging zum Schreibtisch, prüfte die Schale, wie Holmes es getan hatte, dann schob er einige Blätter Papier herum. „Das ist seltsam", sagte er schließlich. Seine Augenbrauen zogen sich zusammen. „Er müsste eigentlich hier sein."

„Wissen Sie, wo der Neffe wohnt?"

„Ja, Signore. Ich werde Ihnen die Adresse geben." Er nahm ein Notizblatt und einen Federhalter und kritzelte ein paar Zeilen nieder. Dann reichte er das Blatt Holmes.

„Hervorragend", sagte Holmes. Er blickte sich noch einmal in dem Raum um und sagte: „Ich glaube, wir haben alles gefunden, was hier ist, Euer Heiligkeit. Ich möchte gern…"

Laute, verärgerte Stimmen ertönten im Flur und unterbrachen Holmes. Der Pontifex voran, gingen wir alle zur Tür, um zu sehen, was die Ursache für die Unruhe war. Draußen stritt ein junger Mann lautstark mit dem Hauptmann der Garde.

Seine Heiligkeit machte dem Auftritt mit einigen scharfen Worten ein Ende, die Harden nicht übersetzte, deren Ton ich jedoch entnahm, dass Seine Heiligkeit eine Erklärung verlangte.

„Heiliger Vater", sagte der junge Mann und beugte eilig das Knie. Er war ein hübscher Bursche, von kräftiger Statur und breitschultrig. Seine scharfen schwarzen Augen blitzten vor Zorn. „Ich möchte einfach nur wissen, was mit meinem Onkel geschehen ist. Als ich vorhin hierher gekommen bin, war die Tür verschlossen."

„Sie sind Giuseppe Tosca?", fragte Holmes.

Der junge Mann warf einen harten Blick auf meinen Freund. „Ja. Wer sind *Sie*?"

„Seien Sie höflich, junger Mann", sagte der Papst, und, den

Kopf zu meinem Freund geneigt: „Dies ist Signore Sherlock Holmes, der auf meine Bitte hin hier ist."

Bei der Erwähnung des Namens verrauchte der Zorn des jungen Tosca, und er brachte ein Lächeln hervor. Er stand auf, um Holmes die Hand zu schütteln. „Signore, ich wusste nicht, dass Seine Heiligkeit Sie hinzugezogen hat. Waren Sie zufällig in Rom?"

„Sie könnten sagen, es war göttliche Vorsehung", sagte Holmes. „Ich habe bereits meine Untersuchung des Büros Ihres Onkels abgeschlossen. Ich denke, es sollten Vorbereitungen für die Beerdigung getroffen werden. Vielleicht könnte Bruder Michele Ihnen dabei helfen?"

Leo nickte zustimmend. „Ja, bitte, helfen Sie ihm, Bruder", sagte er zu dem jungen Mann, der an seiner Seite stand. „Besprechen Sie mit Pater Dionisio einen passenden Termin für das Requiem. Ich werde es natürlich selbst halten, also muss es hier in St. Peter stattfinden. Ist Ihnen das recht, Signore Tosca?"

Der junge Mann blinzelte. „Es wäre eine Ehre, Heiliger Vater, aber…"

Holmes hob eine Braue. „Aber?"

„Wissen Sie, wie mein Onkel starb? Ich war nicht hier. Ich bin fortgegangen, um die Dame nach draußen zu bringen, und als ich zurückkam, war die Tür verschlossen. Bruder Michele sagte, er sei plötzlich gestorben und Seine Heiligkeit hätte ihm die Letzte Ölung erteilt."

„Ja", sagte Holmes. „Sie haben die junge Dame nach draußen geleitet. Kennen Sie sie?"

„Nein, Signore."

„Wissen Sie, weshalb sie Ihren Onkel aufsuchte?"

„Ich habe keine Ahnung."

„Weinte sie, als Sie den Raum betraten?"

„Ja. Mein Onkel bat mich, ihr zu helfen, eine Droschke zu finden."

„Wohin sind Sie danach gegangen?"

Der junge Mann schlug die Augen nieder. „Ich ging zum Essen."

Holmes schürzte die Lippen. Seine Arme hielt er verschränkt. „Ihr Onkel starb an Herzversagen."

„Herzversagen", wiederholte der junge Mann.

„Ja, das ist, was ich festgestellt habe, und Dr. Watson, hier, hat es bestätigt."

Ich hatte lange genug mit Holmes zusammengearbeitet, um seinem Wink zu folgen.

„Absolut", sagte ich, von Harden übersetzt. „Sein Herz hat einfach aufgehört zu schlagen. Und", ich öffnete in unschuldiger Geste meine Hände, „mehr braucht es nicht, fürchte ich."

Der junge Mann sah verdutzt aus. „Ich verstehe."

„Signore Tosca, diese Herren möchten zweifellos zum Mittagessen, und Wir müssen uns um ihr Wohlergehen kümmern", sagte Leo. „Bleiben Sie bitte bei Bruder Michele, um sicherzustellen, dass für Ihren Onkel in angemessener Weise gesorgt wird. Wenn Sie irgendetwas beunruhigt, so zögern Sie nicht, sich zu melden."

„Ja – äh – sicher, Heiliger Vater. Danke."

Flankiert von den päpstlichen Wachen, verließen wir den Raum auf dem Weg, den wir gekommen waren. Schweigend schritten wir dahin, bis wir die Treppen zu den päpstlichen Empfangsräumen und Appartements hinaufstiegen. Wir gingen langsam, wie es das Alter des Pontifex erheischte.

„Herzversagen, Signore?", fragte Leo. Er blickte mit hochgezogenen Augenbrauen auf meinen Freund.

„Holmes hat die Wahrheit etwas gedehnt, Euer Heiligkeit", sagte ich mit einem Grinsen. „Jeder stirbt, wenn das Herz aufhört zu schlagen."

Harden rollte die Augen. „Ich bin überrascht, dass er diese Antwort akzeptiert hat."

„Ich gab ihm die Antwort, die ihn beruhigte“, sagte Holmes. „Er wollte wissen, ob wir die Wahrheit herausgefunden haben, und nun denkt er, dass dem nicht so ist. Doch er weiß ganz genau, woran der Kardinal gestorben ist, denn er hat ihn getötet.“

Leo verhielt auf der Treppe und seine gesamte Entourage mit ihm. „*Er* ist der Mörder?“, fragte er in gedämpftem Ton. Er sah aus, als habe ihn diese Eröffnung verwundet. Der Hauptmann der Garde, der unser Gespräch mitanhörte, war ebenfalls sichtlich besorgt.

„In gewisser Weise. Er hat die Mordwaffe geschaffen. Er hat sie in Reichweite seines Onkels platziert. Das Problem ist: Er hatte nicht die Absicht, seinen Onkel zu töten. Der Anschlag galt einem anderen.“ Seine grauen Augen blickten vielsagend auf den Pontifex.

Leo legte die Hand um sein Brustkreuz – seine Knöchel traten weiß hervor. „Warum?“, flüsterte er. „Wie?“

„Ich vermute, ich weiß das Warum, zumindest teilweise.“ Holmes hielt nochmals die Karte von Miss Maddio hoch, zeigte uns diesmal aber die Rückseite. Darauf war mit schwarzer Tinte ein Symbol gezeichnet.

Leos graue Augen weiteten sich und sein Mund öffnete sich einen Spalt.

„Was seht Ihr, Heiliger Vater?“, fragte Holmes ruhig.

Der Mund des Papstes schloss sich. Seine Augenbrauen furchten sich, als seine Miene ernst wurde.

„Ihr wisst es“, gab Holmes das Stichwort. „Ihr könnt es sagen.“

„In den 17 Jahren Unseres Pontifikates“, sagte der Pontifex, indem er seine Worte mit Betonung aussprach, „haben Wir mehrmals die Gläubigen vor gewissen Vereinigungen und ihrem Ziel, die Kirche zu zerstören, gewarnt. Ebenso Unser Vorgänger. Diese Warnungen an die Gläubigen sind wohlbegründet und basieren auf Dokumenten, und doch wurden Wir ihretwegen verspottet und lächerlich gemacht.

„Ich versichere Euch, Heiligkeit, jeder hier hat für Euch die höchste Wertschätzung. Wir würden uns niemals so erbärmlich benehmen. Bitte, sagt mir, was Ihr seht."

Leo stieß einen ergebenen Seufzer aus. „Den freimaurerischen Winkel und Zirkel."

Holmes nickte. „Genau das ist es. Seine Eminenz machte dieses Zeichen mit dem fehlenden Füllfederhalter. Er schaffte es, uns einen Hinweis auf seinen Mörder zu hinterlassen."

„Der junge Tosca ist also ein Freimaurer."

„Das würde mich nicht überraschen", bemerkte Holmes. Er steckte die Karte wieder in seine Tasche. „Um ehrlich zu sein: Das ist wahrscheinlich nicht das einzige Motiv, aber es gibt uns zumindest etwas, womit wir arbeiten können. Nun, was die Art und Weise betrifft, womit der junge Mann plante, Euch zu schaden, so bin ich nicht sicher. Ich muss Eure Bibliothek aufsuchen."

„Natürlich", nickte Leo. „Aber möchten Sie nicht erst etwas essen? Ich habe anlässlich Ihres Besuches ein Mittagsmahl bereiten lassen."

Holmes schüttelte den Kopf. „Ich bin jetzt auf der Jagd, Heiligkeit. Ich esse selten, wenn es gilt, ein Geheimnis zu lüften."

Leo schenkte ihm ein mattes Lächeln. „Das sollte mich nicht überraschen. Mir geht es genauso." Er winkte mit dem Finger Dionisio heran. „Geleiten Sie Signore Holmes hinüber in die Bibliothek und helfen Sie ihm suchen, was er braucht."

Der junge Mann nickte.

„Danke, Heiligkeit", sagte Holmes. „Ich werde nicht lange brauchen. Und Sie, meine Herren", wandte er sich an den hoch aufragenden Hauptmann der Garde, der neben ihm stand. „Sie stellen sicher, dass Giuseppe Tosca keine 100 Yards an Seine Heiligkeit herankommt, zumindest nicht bis zu meiner Rückkehr, verstanden?"

„Ohne Frage, Herr Holmes", sagte der Hauptmann. „Können wir ihn nicht einfach hinauswerfen?" Der Offizier schaute hoffnungsvoll auf seinen Herrn in Weiß.

„Das würde ich persönlich bevorzugen", sagte Leo. „Ohne ein geeignetes Gefängnis können wir ihn hier nicht festhalten. Gott weiß, dass die italienische Regierung sich nicht bereit erklärt hat, jene einzusperren, die auf vatikanischem Boden Verbrechen begangen haben."

„Wir würden uns alle besser fühlen, könnten wir ihn einfach in den Tiber werfen", sagte Holmes. „Aber das würde ihm Bewegungsfreiheit geben. Nein, wir brauchen ihn hier, wo wir ihn unter Beobachtung haben. Ihre Männer werden das doch gewiss schaffen?"

Der Gardist lächelte. „Ohne Frage." Er wandte sich mit fragend hochgezogener Braue an den Papst. „Heiliger Vater?"

Leo machte eine ungeduldige Handbewegung. Der Hauptmann salutierte vor dem Pontifex und ging, um Holmes' Anweisungen auszuführen. Holmes wandte sich um, um Dionisio zu folgen, und wir setzten unseren Weg fort, die Treppen hinauf zu den päpstlichen Appartements. Als wir über die Schwelle schritten, fasste Leo plötzlich nach meinem Arm. Sein Gesicht war angespannt vor Unruhe.

„Seid Ihr in Ordnung, Euer Heiligkeit?", fragte ich auf Französisch.

„Mein Herz schlägt noch", sagte er mit einem besorgten Stirnrunzeln. „All dem zum Trotz."

Die Glocken von St. Peter läuteten zum Mittagsangelus, als wir das Speisezimmer betraten. Leo hielt in diesem Moment inne, um die kurze Andacht zu beten, zusammen mit Harden und einigen Dienern. Ich beugte mein Haupt aus Respekt, denn ich erinnerte mich an dieses Gebet, wenn auch in Englisch, aus meinen Kindertagen in anglikanischen Schulen. Als dieses beendet war, lud er Harden und mich ein, uns zu ihm an den Tisch zu setzen.

Das Mahl in den päpstlichen Appartements war einfach, aber vorzüglich zubereitet. Es war Freitag, und so wurde uns, nachdem Seine Heiligkeit ein Dankgebet in Latein gesprochen hatte, ein delikater Weißfisch in einer hellen Knoblauchsauce mit Pasta und grünem Gemüse vorgesetzt. Die Diener sorgten außerdem für frisches Brot mit gepfeffertem Olivenöl sowie für frischen Mozzarella und Tomaten, garniert mit einem Stängel Basilikum.

Eine angemessen temperierte Flasche von einem trockenen Orvieto stand neben dem Tisch. Ich bemerkte, dass Leo nicht viel aß. Er nahm ein paar Bissen und stocherte dann gedankenverloren in seinem Fisch herum. Seine hagere Gestalt sagte mir, dass dies wahrscheinlich bei ihm die Regel war. Und dann: Zweifellos betrauerte er seinen bischöflichen Mitbruder, was wohl jedermanns Appetit mindern würde.

Er legte die Finger um den Stil des Weinglases. Sein Gesicht nahm einen gramvollen Ausdruck an, als er sich in seinen Gedanken verlor. In der Hoffnung ihn abzulenken, befragte ich ihn höflich über die Bedeutung der päpstlichen Unfehlbarkeit. Er reagierte darauf sehr umgänglich und erklärte es in einfachsten Worten. Er sagte, er sei lediglich dann unfehlbar, wenn er die Kirche in Dingen des Glaubens und der Moral lehre, weil Christus die Kirche vor ihm, einem fehlbaren Menschen, schütze. Seltsamerweise fand ich, dass dies Sinn ergebe – obwohl ich, kein kirchlicher Mensch, ständig meine Zweifel habe.

Plötzlich flog die Tür auf und Holmes trat ein, ein umfangreiches Buch triumphierend über seinen Kopf haltend. „Meine Herren – Euer Heiligkeit." Holmes neigte den Kopf mit einem breiten Grinsen. „Ich habe es gefunden!" Er ließ das aufgeschlagene Buch mit solcher Wucht auf den Tisch fallen, dass das Geschirr klirrte. Leo stand auf, ebenso wir anderen, um in den geöffneten Band und auf die von Holmes gewählte Seite zu schauen.

„Ein Frosch?“, fragte ich verdutzt.

„Nicht irgendein Frosch, Watson. *Phyllobates terribilis* – der gelbe Pfeilgiftfrosch von der Nordküste Südamerikas – insbesondere aus *Kolumbien*.“

„Was für ein Buch ist das?“, fragte Leo und hob den Buchdeckel, um auf den Titel zu schauen.

„Ein umfassendes Journal über Flora und Fauna, geschrieben von einem Missionar aus Südamerika. Brillant verfasst in Latein, möchte ich hinzufügen.“ Von einem Ohr zum anderen grinsend, klopfte er mit dem Zeigefinger auf die Seite des Buches. „Dieser Frosch produziert in seiner Haut ein Gift, dass für den Menschen sofort tödlich ist. Ohne Zweifel verwandt mit dem südamerikanischen Gift, das Jefferson Hope benutzte, um seine toxischen Rachepillen zu machen, bei unserem ersten gemeinsamen Fall, Watson. Wenn ein Tropfen dieses Gifts in eine offene Wunde gelangt, oder man den winzigsten Tropfen trinkt, stirbt man in Sekunden durch Ersticken.“

„Mein Gott“, flüsterte ich.

„Und – was hat das nun mit dem Kardinal zu tun?“, fragte Harden.

„Ganz einfach“, sagte Holmes. „Unser junger Mörder vergiftete die Tinte in dem Federhalter, so wie es die Eingeborenen in Kolumbien mit ihren Pfeilen tun.“

„Die Tinte in dem Schnitt, den ihm das Papier beigebracht hat.“

„Genau. Deshalb schien mir die Konsistenz der Tinte verschieden. Daher wusste ich, es musste sich um einen anderen Federhalter gehandelt haben. Und dieser vergiftete Federhalter fügt selbst die Wunde zu – eine, die aussieht wie ein Schnitt durch Papier. Ich vermute, eine winzige Rasierklinge gleitet aus der Seite des Füllfederhaltergehäuses, um die Haut zu ritzen. Dann ist er speziell eingerichtet, um zu klecksen, wie jeder gewöhnliche Federhalter. Es ist ähnlich wie bei Mr. Culverton Smiths Elfenbeinkästchen, wenn du dich erinnerst, Watson, jedoch wesentlich künstlerischer und wirkungsvoller. Ich bin natürlich gespannt, das Instrument zu untersuchen. Aber nun zu dem, was der Junge im Sinn hatte", fuhr Holmes fort. „Es ist ein fehlerhafter Plan. Ich glaube nicht, dass er ihn völlig durchdacht hat, obwohl der Federhalter wirklich ein Geniestreich ist."

Ein rasches Grinsen flog über Holmes' Gesicht, der über seinen Witz amüsiert schien.

„Ich glaube", fuhr er fort, „dass der junge Tosca den Federhalter seinem Onkel schenkte und anregte, Seine Eminenz möge ihn für ein besonderes Ereignis bewahren, wie etwa den Besuch Eurer Heiligkeit in seinem Büro. Bei solch einer Gelegenheit bietet der Kardinal Euch diesen eleganten, aus Alabaster gefertigten Federhalter an, um damit zu schreiben und Ihr würdet an Ort und Stelle tot umfallen."

Wie vom Donner gerührt, weiteten sich Leos dunkle Augen.

„Wie ich schon sagte", fuhr Holmes fort. „Der Plan ist fehleranfällig. Der größte Schwachpunkt ist natürlich, dass sein Onkel sich unbeabsichtigt selbst töten könnte – und genau das ist passiert. Seine Eminenz hatte den Federhalter nicht benutzen wollen, wie Bruder Michele sagte. Nun, Signorina Maddio ist irgendwie durch ihr gemeinsames Interesse an der Schule mit Tosca zusammengetroffen. Sie kam, um den Kardinal über etwas zu informieren, das sie über ihn erfahren hat. Wir können annehmen, dass es seine Beziehung zur Freimaurerei war. Während sie in seinem Büro war, suchte Seine Eminenz nach einem Füllhalter, um etwas zu schreiben. Doch er konnte den Federhalter, den er wollte, nicht finden, denn dieser war in der Schublade unter das Papier geraten. Deshalb nahm er den besonderen

Federhalter aus der Schale um zu schreiben, und wurde sofort von dem Gift befallen. Er hatte nur Zeit eine Sache niederzuschreiben, also fasste er brillanterweise das, was das Mädchen ihm erzählt hatte, in einem Symbol auf der Karte zusammen, die er in der Hand hielt. Er starb vor ihren Augen. Sie war, natürlich, entsetzt…"

„Würde sie nicht schreien, Holmes?", fragte ich.

„Nicht unbedingt. Nicht alle Frauen schreien. Manche fallen in Ohnmacht, manche weinen, manche werden stumm wie die Fische. Diese weinte offensichtlich." Holmes wedelte mit der Hand, als verscheuche er Fliegen. „Auf jeden Fall kam Jung-Tosca an, wahrscheinlich ist er ihr hierher gefolgt. Er nahm den Füllfederhalter und die Karte an sich, um die Spuren verschwinden zu lassen, und mühte sich ab, sie fortzubringen - Gott weiß wohin -, indem er ihr mit vorgehaltenem Federhalter den sofortigen Tod androhte, um sie ruhig zu halten. Als er das sich sträubende Mädchen hinaus geleitete, oder besser *hinausschleppte*, ließ er die Karte an der Tür fallen, und er oder sie schob sie unbemerkt mit dem Fuß unter die Brücke…"

„Herr im Himmel." Hardens Gesicht wurde blass. „Miss Rosalinda…"

Leo erbleichte ebenfalls. Er schlug die Faust in die Handfläche und wandte sich um, um aus dem Fenster hinter ihm zu sehen. Die Regenwolken bedeckten nun die Sonne, sodass es aussah, als wäre am frühen Nachmittag die Dämmerung hereingebrochen.

Der Papst wandte sich uns wieder zu. Seine dunklen Augen blitzten vor Entschlusskraft. „Giacomo!", befahl er plötzlich. „Komm her."

Dionisio eilte an die Seite seines Herrn.

„Ziehen Sie Ihre Soutane aus."

„Heiligkeit?"

„*Subito*!" Während er sprach, zog sich Leo das Brustkreuz

über den Kopf und legte es auf den Tisch. Dann wand er das Zingulum von seiner Hüfte und warf es über den Stuhl. „*Presto*! *Presto*! Wir haben keine Zeit zu verlieren."

Mit fliegenden Fingern knöpfte der junge Mann seine Soutane auf, so wie Leo seine eigene. Holmes umrundete den Tisch und kniete nieder, um Leo mit den unteren Knöpfen zu helfen.

„Was in aller Welt…?", fragte ich.

„Du wirst's schon sehen", antwortete Holmes.

Dionisio zog seine Soutane aus und stand in einfachem schwarzem Hemd, Klerikerkragen und schwarzen Hosen da. Holmes half Leo aus seiner weißen Soutane heraus und in die schwarze von Dionisio hineinzuschlüpfen. Die schwarze hatte fast die richtige Größe, war allerdings im mittleren Bereich etwas weiter, da Dionisio dicker war.

„Das ist doch nicht Euer Ernst, Heiligkeit", sagte Harden. „Ihr werdet doch wohl nicht wirklich den Vatikan *verlassen*! Jemand könnte Euch erkennen…"

„‚Wenn das höchste Ziel eines Kapitäns wäre, sein Schiff zu erhalten", antwortete Leo, indem er, wie ich später erfuhr, Thomas von Aquin zitierte, „würde er es für immer im Hafen lassen.'" Er knöpfte den oberen Teil der Soutane zu, während Dionisio sich bückte, um den unteren zu schließen. „Wir müssen gehen. Ein unschuldiges Kind ist meinetwegen in Gefahr."

„Signore Harden hat Recht, Heiligkeit", warf Dionisio vom Boden aus ein. „Das ist Wahnsinn."

„*Basta*." Leo zog den jungen Mann am Ellbogen vom Boden hoch. Er zeigte nachdrücklich mit der flachen Hand auf seinen Kopf. „*Portami un cappello. Presto*!"

Dionisio stürzte in den Nebenraum. „Und schwarze Strümpfe und Schuhe. – Ah, lassen Sie nur, ich werde schon was finden." Der Pontifex marschierte mit bemerkenswerter Energie in einen Nebenraum, wie ich annahm sein Schlafgemach, und kehrte sogleich mit schwarzen Halbstiefeln zurück. Sein Kammerdiener folgte ihm, in raschem Italienisch protestierend, als Seine Heiligkeit heraustrat. Während der Pontifex sich auf einen kleinen Schemel niedersetzte, um seine roten Halbschuhe abzustreifen und die Stiefel anzuziehen, kniete der aufgeregte Diener neben ihm und redete so schnell drauflos, dass weder Harden noch ich daraus schlau werden konnten.

Offenbar ging es Leo nicht besser. „*Basta, basta. BASTA*!“, bellte er und stampfte mit dem Fuß auf. Mit dem Daumen deutete er auf seine Brust. „*Ego sum Petros*!“ Dann machte er eine scheuchende Handbewegung, um den Mann von sich fortzutreiben. „*Vai*!“

Schreckerfüllt sprang der Kammerdiener dem alten Mann aus dem Weg, als Leo zu einem Kirschholzschreibtisch im Barockstil stürzte. Daraus entnahm er eine abgewetzte schwarze Ledermappe, die er unter den Arm klemmte. Er knöpfte seine Manschetten zu, und Dionisio kehrte mit einem kleinen, breitrandigen schwarzen Hut zurück, den Leo ihm aus der Hand riss. Dann zog er sein weißes Zucchetto ab und klatschte es in die Hand des bestürzten Priesters.

„*Allora, Signori*“, sagte Leo zu uns und setzte den schwarzen Hut auf. „*Andiamo*.“

„Sie haben ein Detail vergessen, Padre“, bemerkte Holmes mit Bezug auf den neuen Aufzug des Papstes.

„*Che*?“

„*L'anello*.“ Holmes hielt seine rechte Hand hoch und deutete auf seinen Ringfinger.

„Ah.“ Leo zog den Fischerring von seinem Finger und steckte ihn in die linke Tasche seiner schwarzen Soutane. Dann reichte ihm der junge Priester einen großen schwarzen Schirm, und Leo stieß dessen Spitze mit gebieterischem Schwung gegen den Boden.

Es ist doch erstaunlich, wie Kleider die Erscheinung eines Mannes verändern können. Wo zuvor der sprichwörtliche Stellvertreter Christi auf Erden gestanden hatte, stand nun ein einfacher, verehrungswürdiger italienischer Priester. Seltsamerweise ähnelte er der Persönlichkeit des greisen italienischen Geistlichen, die Holmes einst angenommen hatte, um der Aufmerksamkeit von Professor Moriarty zu entgehen. Ich warf einen Blick auf Holmes und sah, dass er mir ein wissendes Lächeln schenkte. „Nun denn", sagte er. „Wie der Mann sagte: Lasst uns gehen."

Harden fragte: „*Wohin*, Holmes? Wir haben doch keine Ahnung, wohin er sie gebracht hat."

Wir traten hintereinander durch die Tür auf den Flur. Ich bemerkte, dass die Wachen an der Tür sich nicht rührten, als wir hinausgingen. Leos Verkleidung war ihrer Aufmerksamkeit entgangen.

„Wir beginnen in seiner Pension", sagte Holmes und führte uns die Treppen hinunter. „Wenn sie nicht dort ist, so finden wir dort sicher etwas, das uns einen Hinweis darauf gibt, wohin er sie gebracht hat. Dessen bin ich sicher. Der junge Mann ist sorglos, ein Mangel, der ihn nicht gerade zu einem kriminellen Genie macht. Aber Zeit ist definitiv von Bedeutung."

Als wir die Vordertür des Apostolischen Palastes erreichten, stand dort der Hauptmann der Garde mit zwei Torwachen. Er wandte sich uns zu, und als er den Pontifex im einfachen Aufzug eines Priesters sah, klappte ihm vor Schreck der Unterkiefer herunter.

„Heiliger Va…"

„Ssss!", zischte Leo mit erhobener Hand.

„Aber…!"

„Hauptmann, ich übernehme die Verantwortung", sagte Holmes. „Wir werden ihn mit unserem Leben verteidigen. Ist der junge Mann noch da?"

Der verblüffte Offizier nickte. „Mein Leutnant meldete eben, er sei gerade mit dem Leichenbestatter fertig geworden. Sie werden nicht mehr länger bleiben. Aber…"

„Gehen Sie und erlauben Sie ihm zu gehen. Wenn Sie können, halten Sie ihn mit ein paar Fragen und netten Worten über seinen Onkel noch ein wenig zurück."

„Aber…!"

„Jetzt voran, meine Herren. Rasch!" Holmes ging im Eilschritt aus dem Palast und durch die Kolonnaden auf den Petersplatz, wo trotz des drohenden Regens noch immer Pilger und Touristen herumliefen und viele Kutschen standen. Der Pontifex konnte einfach nicht schnell genug vorwärts, um mit Holmes Schritt zu halten, deshalb blieb ich mit ihm zurück, während Holmes und Harden vorausrannten, um eine Droschke anzuhalten. Trotzdem war der alte Mann völlig außer Atem, als wir die angehaltene Kutsche erreichten. Holmes und ich halfen zusammen Seiner Heiligkeit in den Wagen. Als ich mich auf den Platz neben ihm gleiten ließ, hielt der Papst die Augen geschlossen und die Hand auf seiner Brust.

„Heiligkeit?", flüsterte ich.

„Es schlägt noch immer, Doktor", sagte er und schnappte nach Luft. „Und mit ziemlicher Wildheit."

„Atmet tief ein – Ihr müsst einen Augenblick ruhen."

„Mit dieser Nase kann ich gar nicht anders, als tief einzuatmen."

Als die Kutsche sich in Bewegung setzte, griff Leo in die Tasche der Soutane, und ich hörte verschiedene Gegenstände klimpern, wovon einer wahrscheinlich sein Ring war. Er sah zu uns auf, gluckste und hüstelte dann. „Giacomo hat immer so viele Sachen in seiner Tasche", sagte er. „Für gewöhnlich hat er sein Brevier hier drin – Gott sei Dank hat er es herausgenommen. Ist das ein Taschenmesser?" Nach einigem Herumkramen zog er schließlich Dionisios schwarzen Rosenkranz heraus. Er küsste das Kruzifix und machte das Kreuzzeichen. Dann betete er still einige Minuten mit geschlossenen Augen, wobei er seinen Atem mit dem Gleiten der Perlen in Gleichklang brachte. Als er seine

Augen einen Spalt öffnete, schien er zu bemerken, dass ich ihn noch immer besorgt beobachtete. Er lächelte und erklärte: „*Per la giovine*."

„Oh." Er betete für das junge Mädchen. „Das wird helfen."

Leo nickte und betete weiter den Rosenkranz.

Bis wir die Pension erreichten, wo der junge Mann Wohnung genommen hatte, war der Pontifex ans Ende der Perlenschnur gelangt. Ich war erleichtert darüber, dass der Papst wieder leichter atmete, doch ich war entschlossen für den Rest des Abenteuers an seiner Seite zu bleiben, aus Furcht, er könnte sich überanstrengen.

Dicke Regentropfen begannen gerade zu fallen, als ich Seiner Heiligkeit aus dem Wagen half. Holmes und Harden gingen, um zu klingeln, und machten uns so Platz unter dem Portico. Eine grauhaarige Pensionswirtin in mittlerem Alter in einer makellos weißen Schürze öffnete.

„Guten Tag, Signora", grüßte Holmes. „Wir würden gern die Zimmer von Giuseppe Tosca besichtigen."

„Er ist nicht da, Signori. Möchten Sie eine Nachricht hinterlassen?" Sie war eine rundliche, freundliche Frau, doch zurückhaltend. Sie nahm uns alle scharf in Augenschein – dann fiel ihr Blick auf den greisen Priester an meiner Seite. „*Buon giorno, Padre*", grüßte sie mit einem leichten, respektvollen Knicks.

„*E lei, Signora*", antwortete Leo mit einem Nicken.

Ich wusste: Jetzt hatten wir einen Verbündeten – der Geistliche verlieh unserer Gruppe einen Anstrich von Glaubwürdigkeit.

„Signora", sagte Holmes. „Wir alle sind hier, weil wir glauben, dass ihr Mieter eine junge Frau gegen ihren Willen hierher gebracht hat. Waren Sie heute den ganzen Tag zu Hause?"

„*Madre di Dio*!" Ihre Hand flog an ihr Brustbein. „Nein, Signore, ich bin heute Morgen auf den Markt gegangen und bin erst vor kurzem zurückgekehrt."

„Haben Sie einen Schlüssel zu seinen Zimmern?"

„Sicher. Kommen Sie mit.“

Sie führte uns in ihre schmucke Pension. Die Eingangshalle war im gräco-romanischen Stil ausgestaltet und roch nach frisch gebackenem Brot und Oregano. Nachdem sie einen Bund mit Hauptschlüsseln von einem kleinen Nebentisch genommen hatte, geleitete sie uns die Treppe hinauf. Ich bedeutete dem Papst, mir zu Toscas Suite in der ersten Etage vorauszugehen, wo die Pensionswirtin mit zitternden Fingern die Tür aufschloss. „Bitte sehr, Signori.“

Ohne sich lange bitten zu lassen, schritt Holmes als Erster in die Suite und drehte die Gaslampe hoch, als gerade ein Blitzstrahl das Fenster erhellte. Der Hauptraum war langgezogen, freundlich, möbliert und zu einem Künstleratelier ausgestaltet. Ein blaugelber Perserteppich bedeckte die Hälfte des Fußbodens und ein kleiner Tisch mit mehreren Stühlen stand am anderen Ende des Raumes. Ein Tisch, bedeckt mit Schnitzwerkzeugen, Pinseln, Farbe und verschiedenen kleinen Skulpturen, einige davon bemalt, stand am Fenster auf der rechten Seite, und in der Ecke ein großer Schrank. Holmes öffnete zuerst den Schrank und sah, dass er Kunstutensilien enthielt. Ein Buchregal voller Bücher füllte die Hälfte der Wand aus. Holmes warf nur einen Blick darauf und schritt dann direkt in das angrenzende Schlafzimmer. In diesem Raum waren ein Bett, eine Frisierkommode, ein schwarzer lederner Schrankkoffer, eine Toilette und ein großer, schwerer Kleiderschrank. Der Fußboden war ebenfalls von einem Perserteppich bedeckt, der zu jenem im anderen Raum passte. Holmes stand mitten im Zimmer und starrte auf den Teppich, während ich zu dem Schrankkoffer ging.

„Willst du den Koffer untersuchen, Holmes?“

„Nein. Der Koffer ist schon lange nicht mehr geöffnet worden.“ Er durchquerte das Zimmer zur Toilette.

„Woher weißt du das?“

„Der Teppich, Watson. Beim Öffnen würde der Koffer darüber scheuern und eine Spur zurücklassen." Er versuchte den Kleiderschrank zu öffnen, doch die Tür war verschlossen. „Haben Sie hierfür einen Schlüssel?", fragte er die Frau.

Sie nickte und zog den Nachschlüssel hervor. Als sie die Tür aufgeschlossen hatte, riss Holmes sie auf. Innen befand sich eine bewusstlose junge Frau in einem smaragdgrünen Straßenkleid, geknebelt und an Händen und Füßen gebunden, zusammengekrümmt wie eine Stoffpuppe. Ihr langes, honigbraunes Haar war ein gekräuselter Haarwust, der Gesicht und Schultern bedeckte.

„*Dio mio*!", rief die Pensionswirtin aus.

Harden half mir, den schlaffen Körper aus dem Kleiderschrank zu heben, und wir trugen sie zum Bett. „Sagen Sie der Pensionswirtin, sie soll Brandy holen", sagte ich zu Harden. „Und ein Glas kaltes Wasser."

Als sie Hardens Anweisungen in Italienisch hörte, nickte die Frau und eilte hinaus, die von mir erbetenen Dinge zu holen.

Leo trat an meine Seite und fragte auf Französisch: „Ist sie in Ordnung?"

Ich nahm den zusammengeknüllten Lumpen aus dem Mund des Mädchens und fühlte ihren Puls. „Sie braucht frische Luft und Wasser, doch, ja, Eure Gebete wurden erhört. Habt Ihr das Taschenmesser?"

Hilfsbereit legte Leo den Schirm beiseite und grub Dionisios Messer aus den tiefen Taschen seiner Soutane hervor. Ich durchschnitt Rosalindas Fesseln, während Harden ihren Kopf mit einem Kissen stützte. Ich strich das Haar aus ihrem Gesicht und gewahrte, dass sie sehr hübsch war.

„Ich bin erleichtert, dass wir das nicht brauchen", bemerkte Harden mit einem Hinweis auf den Kasten unter dem Arm des Pontifex.

„Nein, keine Salbung heute Abend", sagte Leo. „Dem Herrn sei Dank."

Die Pensionswirtin kehrte mit Brandy und Wasser zurück.

„Signora“, sagte Holmes. „bitte gehen Sie nach unten und halten Sie Ausschau nach Tosca. Wenn Sie ihn kommen sehen, dann geben Sie uns Bescheid.“

„Sehr wohl, Signore.“

Nachdem die Frau gegangen war, flößte ich dem Mädchen ein bisschen Brandy ein. Sie erwachte mit einem Ruck, hustete und schob meine Hand weg. Als sich ihre großen grünen Augen öffneten, setzte sie sich langsam auf.

„Wer…? Wo…?“ Dann warf sie einen Blick auf den Mann neben mir und fragte: „Mr. Harden?“

„Ich bin erleichtert, Sie zu sehen, Miss Rosalinda“, antwortete er. „Sind Sie in Ordnung?“

„Was machen Sie…? Oh nein, ich bin noch immer hier!“ Sie sprang vom Bett, doch ihre Beine versagten den Dienst und sie geriet zitternd ins Wanken. „Oh mein Kopf.“

„Setzen Sie sich“, sagte ich und half ihr aufs Bett zurück. Ich reichte ihr das Wasser. „Trinken Sie das langsam.“

Sie tat, wie ich angeordnet hatte, und fragte dann: „Wer sind Sie?“

„Ich bin Dr. Watson und dieser andere Herr ist Mr. Sherlock Holmes.“

Sie verschluckte sich am Wasser und musste husten. Mit einem Blick auf meinen Freund gab sie ein nervöses gedämpftes Lachen von sich. „Oh bitte nein. Er ist nicht Sherlock Holmes.“

„Ich bin es tatsächlich“, bekräftigte Holmes.

„Sie können es gar nicht sein. Sie sind zu gutaussehend.“

Leo gluckste. Holmes dagegen wurde rot. Seine Lippen pressten sich zusammen zu einer unbehaglichen Miene.

„Ich habe einige von Dr. Watsons Geschichten gelesen und einige Porträts gesehen. Sie sehen eindeutig aus wie Watson“, sagte sie zu mir. „Breitschultrig und freundlich. Aber Sie“, sagte sie zu meinem Freund, „sehen nicht aus wie Holmes. Nun, vielleicht ein bisschen. Nur etwas hübscher, als ich mir vorgestellt habe." Miss Maddio wandte sich dann dem Pontifex zu. „Und Sie, Padre… Sie sehen gerade so aus wie der Papst."

„Wirklich?" Leo zeigte ein strahlendes Lächeln. „Aber wenn Sie nicht wissen, wie Signore Holmes aussieht, woher wollen Sie dann das Gesicht Seiner Heiligkeit kennen?"

„Ich habe seine Fotografie, die vor ein paar Jahren aufgenommen wurde, in meinem Gebetbuch. Ich habe es als Vorlage verwendet, um ein Relief in Sardonyx zu schnitzen, für mein Portfolio. Er hat ein interessantes Gesicht – niedlich wie ein kleiner Käfer."

„Hören Sie das, Holmes?", fragte Leo und stieß ihm sacht den Ellbogen in die Rippen. „Sie sind zu hübsch, und ich wie ein Käfer. Wie charmant." Er zwinkerte der jungen Dame spielerisch zu.

Aus Miss Maddios Gesicht wich alle Farbe. „Oh, nein…", sie schlug sich die Hand auf den Mund. „Ihr seid es wirklich!" Sie rutschte vom Bett auf die Knie. „Es tut mir so Leid, Heiliger Vater. Bitte, vergebt mir…"

„Oh nein", sagte Leo. Er ergriff einen ihrer Arme und ich den anderen, um ihr aufs Bett zurück zu helfen. „Kind, Sie waren den ganzen Tag gefesselt, geknebelt und eingesperrt. Da besteht jetzt keine Notwendigkeit für Zeremonie."

„Noch haben wir die Zeit dafür", bemerkte Holmes ungeduldig.

Doch Miss Maddio war sichtlich erschöpft. Dies war, ohne Zweifel, der unerwartete Höhepunkt ihres wahrhaft schrecklichen Tages. Sie würgte ein Schluchzen hervor. „Es tut mir so Leid. Ihr seid es wirklich, und ich bin so unhöflich. Mein Kopf ist in Eurer Gegenwart unbedeckt!"

„Oh liebe Signorina… ich bitte Sie!" Betroffen von ihrem Gefühlsausbruch zog Leo sein Taschentuch aus dem Ärmel seines Hemdes und drückte es in ihre zitternden Hände. Dann nahm er den Hut von seinem eigenen Kopf und setzte ihn auf ihren. „So. Nun weinen Sie nicht, meine Tochter. Alles ist in Ordnung. Sehen Sie?“

„Signori!“, rief die Pensionswirtin und kam die Treppen heraufgerannt. „Er kommt die Straße herauf!“

„Dieses Gespräch wird später fortgesetzt werden müssen.“ Holmes winkte mir, dem Mädchen aufzuhelfen, und ging voran ins Atelier.

„Signora“, sagte Holmes auf dem Flur zur Pensionswirtin, „nehmen Sie die junge Dame mit in die andere Suite über dem Flur und schließen Sie die Tür.“ Er wandte sich an Leo. „Ihr solltet mit ihnen gehen.“

Der Pontifex richtete sich entrüstet auf. „Signore, ich mag alt sein, doch ich bin ein Mann, keine Maus. Ich werde mich nicht mit den Frauen verstecken.“

Holmes seufzte. „Nein, Heiliger Vater, Ihr seid ein Löwe, wie Euer Name besagt. Aber wenn Ihr Euch bitte drüben in die Ecke an die Tür zum Schlafzimmer stellen würdet, sodass Ihr nicht gleich zu sehen seid, wenn er hereinkommt, dann würde mich das sehr erleichtern.“

„*Va bene*.“ Er begab sich an die Stelle in der dunklen Ecke, die Holmes ihm anzeigte.

„Und Sie beide“, sagte er zu Harden und mir, „stellen sich zu beiden Seiten der Tür auf. Wenn er irgendwas versucht, dann legen Sie ihn flach.“

Ich war daran gewöhnt, dass Holmes die Bühne für eine dramatische Konfrontation vorbereitete. Und ich war als ehemaliger Soldat mit Handgreiflichkeiten vertraut. Doch manchmal fragte ich mich, ob Holmes jemals meine alte Kriegsverletzung aus Afghanistan in seine Pläne mit einbezog, wenn er wollte, dass ich jemanden packte.

Ich seufzte und tat, wie er gebeten hatte, wohlwissend, dass mir wahrscheinlich einiges an Schmerz bevorstand.

Nachdem er die Tür geschlossen hatte, nahm Holmes eine

Zigarette aus dem Etui, zündete sie an der Lampe an und drehte dann das Gas aus. Im Dunkeln lehnte er dann seine hoch aufgeschossene Gestalt gegen den Werktisch, in Erwartung des Übeltäters. Die glühende Asche seiner Zigarette zeigte genau seinen Standort an. Nur das kurze Aufflammen eines Blitzes ließ seine Umrisse erkennen.

In der Stille prasselte der Regen aufs Dach, nur unterbrochen vom tiefen Rumpeln des Donners.

Ein oder zwei Augenblicke später hörten wir Schritte auf der Treppe, dann einen Schlüssel im Türschloss. Die Tür öffnete sich, Tosca kam herein und drehte das Licht an. Er war tropfnass und sichtlich überrascht, Holmes zu sehen, der gleichmütig Rauch ausblies und sagte: „Signore Tosca, es ist schön, Sie zu sehen."

Harden schloss die Tür hinter ihm und lehnte sich dagegen. Tosca drehte sich um und sah uns beide den Ausgang blockieren, dann wandte er sich wieder Holmes zu. „Ich nehme an, Signora Lucci hat Sie eingelassen."

Holmes zog den Stuhl am Werktisch heraus und bot ihn Tosca an. „Wenn ich die Rolle von Gastgeber und Gast vertauschen darf, dann lade ich Sie hiermit ein, Platz zu nehmen."

Tosca tat, wie Holmes gebeten, wobei er mit ungehaltener Miene seine durchnässte Jacke glattstrich. Er schien nicht im Mindesten besorgt. „Lassen Sie mich raten." Er verschränkte die Arme. „Sie werden jetzt, zum Erstaunen Ihrer Freunde, erklären, dass ich es getan habe?"

„Das habe ich ihnen bereits erzählt. Das wäre also nichts Neues. Sie wissen auch, dass Sie kläglich versagt haben." Der Stolz auf dem Gesicht des Künstlers verwandelte sich in Ärger. „Was wir wissen wollen, ist warum."

Das Ego angeschlagen, brodelte es in Tosca für einen Moment, bevor er antwortete: „Ich wollte sie vernichten."

„Wen?"

„Die Kirche.“

„Warum?“

„Sie hat meine Familie zerstört. Und sie hält die Welt in ihren archaischen Philosophien gefangen. Der Rest Italiens und selbst die Welt sehen endlich ihre Nutzlosigkeit, ihren Stolz und ihre Dummheit. Es ist das Beste, wenn sie von der Erde vertilgt wird.“

Ich zuckte bei diesen Worten zusammen, wusste ich doch, dass der Papst sie mit anhörte. Zu seiner Ehre muss gesagt werden, dass er schweigend in seinem Versteck blieb und dem jungen Mann erlaubte fortzufahren.

„Ich habe mich den Freimaurern angeschlossen, weil ich ihre Ansichten teile“, fuhr Tosca fort. „Ich machte die Regierung im Quirinal auf meine Verbindungen und Verwandtschaft aufmerksam, und sie gaben mir ihren Segen, sie zu ihrem Vorteil auszunutzen.“

Holmes brummte. „Nun, wie hat denn die Kirche ‚ihre Familie zerstört‘, wie Sie sagen? Mir scheint, Sie haben das selbst ganz gut hingekriegt.“

Ein weiterer Nadelstich für den Stolz des jungen Mannes. Toscas Augen wurden zu Schlitzen. „Meine Eltern zogen mich in Kolumbien auf. Wissen Sie, was für ein armseliges Land das ist?“

„Klären Sie mich auf!“

„Es ist unzivilisiert. Dschungel und Insekten und Frösche. Armselige indianische Bettler, die nicht für sich selbst sorgen können, die mit offenen Händen und offenen Mündern in der dampfenden, stinkenden Hitze zu einem kommen. Mein Vater hat sich jahrelang mit diesen Undankbaren abgemüht, ihnen all seine Zeit gewidmet und seine Familie vernachlässigt. Und was war sein Lohn? Er und meine Mutter wurden in der Nacht mit einem Blasrohr getötet. Mein älterer Bruder, der meines Vaters Traum nicht untergehen lassen wollte, wurde Priester und dient dort noch immer. Aber ich war klüger. Ich bin gegangen.“

„Und für all das machen Sie die Kirche verantwortlich?"

„Sie hat uns dorthin geschickt."

„So wie ich es verstanden habe, wollte ihr Vater von sich aus dorthin gehen und bat um die Erlaubnis dazu."

„Inspiriert von falscher Verehrung für einen Gott mit falschen Prinzipien, den er sich eingebildet hat." Tosca deutete mit dem Daumen auf seine Brust. „Der Mensch kann selbst denken. Er braucht keinen vertrockneten alten Mann in weißen Kleidern, mit der Wahnvorstellung, eine Art König zu sein, der ihm erzählt, wie er sein Leben zu leben hat." Toscas dunkle Augen fielen plötzlich auf den Mann in der Ecke. „Wenn man vom *Teufel* redet…"

Ein finsteres, grausames Lächeln huschte über die Lippen des jungen Mannes. „Euer *Heiligkeit*, ich fühle mich geehrt, dass Ihr ein bescheidenes Quartier mit Eurer erhabenen Gegenwart beehrt. Ich bin überrascht, dass Ihr mich bedeutend genug findet, um die Sicherheit des Apostolischen Palastes zu verlassen."

Leo machte zwei Schritte ins Licht. Sein drahtiger Körper vibrierte vor Zorn. „Wir sind nicht Ihretwegen gekommen", sagte er scharf. „Wir kamen wegen der jungen Dame."

„Wir", kicherte Tosca. „Hören Sie das? ‚Wir'. Wie schrecklich traurig. Er trauert noch immer dem Königreich nach, das Italien ihm rechtmäßig genommen hat. Er leidet so unter Wahnvorstellungen, dass er nicht glaubt, dass Italien es niemals zurückgeben wird. Bemitleidenswert." Er schüttelte den Kopf. „Nun, wo waren wir? Ja, die Dame. Hübsch, nicht? Ich lernte sie erst heute Morgen kennen, wissen Sie. Sie hatte das Unglück, in der Schule ein Gespräch zwischen mir und einem Freimaurer-Bruder aus dem Quirinal mitanzuhören. Sie war natürlich in Begleitung einer Anstandsdame. Doch ich folgte ihr zu ihrer Wohnung, um zu sehen, ob sie wegen des Gehörten etwas unternehmen würde. Und tatsächlich. Ein paar Augenblicke später schlüpfte sie heraus und nahm eine Droschke zum Vatikan. Ich war überrascht, dass sie wusste, wer ich war – doch, wie sollte sie es auch nicht wissen? Meine Arbeit ist brillant."

„Sie sind auch kein bisschen eingebildet, wie?", bemerkte Harden.

„Machen Sie sich ruhig über mich lustig", gab Tosca zurück. „Da ist nichts, was Sie wegen dieser Sache gegen mich unternehmen können. Der Quirinal hält seine Hand über mich. Die Männer dort sind jetzt in Italien das Gesetz, und ich bin ihr Agent, dem sie vertrauen. Und ein toter Kardinal im Vatikan kümmert sie nicht. Im Gegenteil. Sie sind wahrscheinlich gerade am Feiern."

„Was ist mit der Entführung einer jungen Dame mit der Absicht, sie zu ermorden?", fragte Harden.

Tosca rollte mit den Augen. „Ich wollte sie nicht töten."

„Was wollten Sie dann mit ihr tun?", fragte Holmes.

Für einen Moment geriet die selbstsichere Haltung des jungen Mannes ins Schwanken. „Ich … war nicht sicher."

„Sie waren nicht *sicher*?", wiederholte Holmes. Er blies Rauch aus. Seine dunklen Augenbrauen runzelten sich in einem verärgerten Ausdruck. „Hatten Sie keinen *Plan*, Junge?"

„Ich weiß nicht. Sie ist eine Künstlerkollegin und hübsch, ich wollte nicht…"

„Sie konnten ihr nicht ins Gesicht sehen, meinen Sie", sagte Holmes. „Sie konnten einen Mord begehen, wenn Sie nicht dabeisein und zusehen mussten, aber als Sie ins liebliche Gesicht Ihres Opfers sahen, hatten Sie nicht die Nerven dazu."

„Nein, … ich wusste nicht…. Ich … wusste nicht, was ich mit ihr tun sollte. Ich hatte nicht geplant, sie hierher zu bringen. Ich wollte nur nicht, dass sie jemanden alarmiert."

„Sie haben sie hoffentlich nicht unschicklich berührt", knurrte Harden.

„Ich musste sie berühren, um sie herzubringen." Ein plötzliches leichtes Lächeln huschte über Toscas Gesicht. „Ich gebe zu, dass es manchmal angenehm war, aber…"

„Sie hätten sie überhaupt nicht anrühren dürfen"; sagte Leo streng. „Und sie in solcher Weise zu begehren ist skandalös."

Tosca lehnte sich in seinem Stuhl vor. „Alter Mann, ich habe ein gesundes Interesse an Frauen. Sie würden das wahrscheinlich nicht verstehen, weil Sie nur ein alberner alter Pfau in einem Kleid sind."

„Das reicht", stieß Harden wütend hervor. Er begann, seinen Mantel abzulegen. „Ich mache ihn einen Kopf kürzer."

„Beruhigen Sie sich, Signore Harden", sagte Leo ruhig und hielt den stämmigen Mann mit einer Handbewegung zurück. Als er sprach, waren seine Wangen gerötet und seine schmächtigen Schultern zitterten. „Unser Herr musste größere Beleidigungen ertragen, als Pfau genannt zu werden. Wenn Er ertragen konnte, gegeißelt und verspottet zu werden, dann kann ich solche Kleinigkeiten auch ertragen."

Holmes sagte: „Signore Tosca, ich glaube, Sie sollten ein bisschen mehr um Ihr Wohlergehen besorgt sein." Er drückte seine Zigarette in einer Farbpalette auf dem Werktisch aus. „Sehen Sie, zusätzlich zu Ihrem ersten Fehler haben Sie einen zweiten, schlimmeren gemacht. Und der wird dafür sorgen, dass Sie zumindest im Gefängnis schmachten werden."

„Wovon reden Sie?"

„Einfach davon, dass Signorina Maddio Untertanin Ihrer Britischen Majestät ist."

Tosca straffte sich überrascht.

„Sie sind nicht der Einzige mit Beziehungen zu Regierungen, Tosca. Und meine reichen weit höher als Ihre. Ihre Majestät, Königin Victoria, wird nicht zulassen, dass Ihre Regierung ein Verbrechen ignoriert, das gegen einen ihrer Untertanen begangen wurde – besonders dann nicht, wenn es sich um eine unschuldige und kultivierte junge Dame handelt. Und wenn sie erfährt, dass die Entführung mit einem kaltblütigen Mord in Zusammenhang steht, den der Quirinal abgesegnet hat – im Vatikan selbst – und dass ich derjenige bin, der die Fakten des Falles entdeckt hat, dann wird Italien vor aller Welt bloßgestellt. Verlassen Sie sich darauf, junger Mann: Ihre ‚Brüder' in der italienischen Regierung werden Sie fallen lassen wie eine heiße Kartoffel, wenn die Sache bekannt wird. Sie werden Sie hängen lassen."

Ein Blitz zuckte vor dem Fenster auf und tauchte das Zimmer für einen Sekundenbruchteil in ein blaues Glühen. Tosca schwieg, die Lippen herabgezogen zu einem düsteren Gesichtsausdruck. Er starrte nicht auf Holmes, sondern auf Leo. Der Pontifex begegnete seinem Blick ohne auszuweichen. Doch Leos Gesicht zeigte ein anderes Gefühl, das Tosca richtig deutete.

„Haben Sie bloß kein Mitleid mit mir, alter Mann. Das will ich nicht."

Der Papst sagte nichts. Er langte in seine linke Tasche und nahm etwas heraus, das ich nicht sehen konnte, … hielt es fest in der Hand.

„Warum sagen Sie nichts, Sie aufgeblasenes Relikt?", forderte ihn Tosca heraus. „Sie denken, ich bin nicht würdig, mich in Ihrer noblen Gegenwart zu befinden. Ich sollte auf die Knie gehen und Ihre königlichen Pantoffeln küssen. Das ist es doch, nicht? Wissen Sie nicht, dass Sie meines Vaters Mission in Kolumbien bestätigt haben? Ist Ihnen klar, dass Sie aus mir gemacht haben, was ich jetzt bin?"

Leo seufzte bekümmert. Er nahm den Gegenstand – es war sein Fischerring – und streifte ihn an den Ringfinger seiner rechten Hand. „Wir denken", bemerkte er in gleichmütigem Ton, „dass Sie Ihre schweren Sünden bereuen sollten, Giuseppe Tosca."

„Bereuen, Sie mittelalterliches Fossil? Sie sind wohl nicht ganz bei Trost!"

„Apostasie, Blasphemie, Mord, Begierde, Stolz – mein lieber Sohn, diese Beleidigungen Gottes sind wahrlich ernst."

Tosca höhnte: „Das juckt mich nicht.“

„Ganz im Gegenteil. Die Tatsache, dass Sie der jungen Damen nichts antun wollten, beweist, dass es Ihnen ganz und gar nicht egal ist. Ihre Seele ist noch nicht verloren. Öffnen Sie Ihr Herz und empfangen Sie die Vergebung des Herrn.“

„Behalten Sie Ihre Vergebung, Sie abergläubischer alter Trottel. Ich habe keinen Herrn.“

Leo ließ traurig das Kinn sinken. „Giuseppe, durch Ihre Taten und Ihren Umgang haben Sie sich selbst aus Christi Kirche ausgeschlossen, eine Exkommunikation, die ich ohne Reue nicht aufheben kann.“

Donner grollte in der Ferne und das Geräusch des hinabrauschenden Regens wirkte in der Stille des Zimmers wie geisterhafte Kälte.

„Ich kann nichts anderes tun, als Ihnen zuzureden, sich zu besinnen…“

Tosca brach in Gelächter aus. Er schlug sich auf die Knie. „*Sie* reden *mir* gut zu? Das ist absolut *köstlich*! Verschwenden Sie nicht Ihren Atem, alter Mann. Machen Sie einfach die Exkommunikation offiziell und schreiben Sie mir eine nette, lange Bulle wie die von Luther. Ich möchte sie mir einrahmen lassen!“

„Junger Mann“, sagte Leo mit feuchten Augen. „Sie wäre die Tinte nicht wert.“

Plötzlicher Zorn verzerrte Toscas Miene. Mit einem Wutschrei sprang er vom Stuhl und stürzte auf den erschrockenen Leo los, den Alabasterfüllfederhalter schwingend.

„Watson!“, schrie Holmes auf.

Doch Harden war schneller als ich. Mit dem, was – wie ich später erfuhr – ein perfektes Manöver des American Footbal war (ähnlich dem Rugby), stieß er seine Schulter in Toscas Brustkorb, dass dieser durchs Zimmer flog. Tosca stürzte zu Boden, überschlug sich, begann dann nach Luft zu schnappen, während Gesicht und Nacken aus Atemnot blau anliefen.

Leo war währenddessen zurückgewichen, stieß gegen den Tisch und fiel hart zu Boden. Ich rannte zu dem alten Mann, als Toscas Körper in der Mitte des Zimmers sich wand, in Zuckungen geriet und schließlich still dalag.

Holmes ging neben Tosca in die Hocke und drehte ihn um … Der vergiftete Federhalter war ihm durch das Hemd in die Brust gedrungen. „Erstaunlich“, murmelte Holmes. Er hob den Federhalter sorgsam in einem gefalteten Taschentuch hoch und untersuchte ihn. „Es wirkt fast augenblicklich!“

„Nein“, stöhnte Leo, die Miene schmerzerfüllt. Er kroch zur Leiche des jungen Mannes. „Oh nein – nein.“ Mit geballter Faust schlug er sich vor Kummer gegen die Stirn.

„Heiligkeit“, sagte ich. „Es ist alles in Ordnung…“

„Nein, Sie verstehen nicht“, krächzte er, die Hand auf Toscas Brust. „Die Seele dieses jungen Mannes ist in der Hölle.“

„Wenn dem so ist, so hat er selbst sie dorthin gebracht“, sagte Holmes. Er stand auf und ging zum Werktisch. Er nahm ein verkleckstes Pinselkästchen aus schwarzem Email, leerte dessen Inhalt aus, legte den Federhalter mit dem Taschentuch hinein und ließ es zuschnappen. „Sie haben ihn gehört. Er wollte von Reue und Buße nichts wissen und hat sie zurückgewiesen. Er war bereits verloren.“ Holmes schob das Kästchen in seine Brusttasche.

Leo schüttelte nur den Kopf, sein schmales Gesicht von Kummer verzerrt.

„Heiligkeit, lasst uns Euch helfen.“ Ich winkte Harden. Gemeinsam fassten wir den alten Mann unter den Armen und hoben ihn hoch.

Plötzlich schrie Leo auf und sog die Luft durch die Zähne ein. „Mein Fußgelenk“, sagte er.

„Helfen Sie ihm auf den Stuhl“, wies ich Harden an. Sobald Leo saß, beugte ich mich nieder, um einen Blick auf seinen linken Fuß, der im Stiefel steckte, zu werfen. Durch das Leder konnte ich erkennen, dass er bereits anschwoll.

„Seid Ihr schlimm verletzt, Heiliger Vater?“, fragte Holmes über meine Schulter hinweg. Sein gewöhnlich undurchdringlicher Gesichtsausdruck war einem echter Sorge gewichen. Ich konnte sehen, dass er den alten Mann recht gern mochte.

„Diese zerbrechlichen alten Knochen“, murmelte Leo. „Es sind nicht meine Stiefel, sondern die meines Kammerdieners. Sie sind zu groß. Deswegen bin ich zu Fall gekommen.“

„Der Knöchel ist doch nicht gebrochen, Watson, oder?“

„Nun, der Knöchel scheint nicht gebrochen, Holmes. Es wird wohl nur eine Verstauchung sein. Um sicher zu gehen, müsste ich den Stiefel runterkriegen. Und das geht nicht, es sei denn, ich schneide ihn auf. Am besten lege ich über dem Stiefel eine Bandage an, bis wir ihn nach Hause gebracht haben. Dort können wir den Stiefel dann aufschneiden. Schauen wir mal, ob wir hier etwas finden können, das ich als Bandage zum Ruhigstellen benutzen kann.“

Signora Lucci besorgte einige unbenutzte steife Tücher, die gut geeignet waren, den Knöchel zu bandagieren und ruhigzustellen. Während ich beschäftigt war, wies Holmes die Pensionswirtin an, die Behörden wegen des Leichnams zu verständigen, und gab ihr Hardens Adresse, wo man ihn für weitere Fragen erreichen könne. Sie war aufgeregt, doch erleichtert, dass alles vorbei war. Sie wusste offensichtlich nicht, dass der alte Priester der Papst war – Miss Maddio hatte vernünftigerweise entschieden, das Geheimnis für sich zu behalten. Und wir klärten sie nicht auf.

Als Holmes und ich Leo halfen aufzustehen und zur Tür zu hüpfen, schaute er mit schmerzvoller Miene auf Toscas Leiche zurück. Sein Köfferchen fest unter den Arm geklemmt, wandte er sich um und setzte mit unserer Hilfe seinen Weg die Treppen hinunter fort. An diesem Tag würde es tatsächlich keine Letzte Ölung geben.

In der Droschke saß Miss Maddio zwischen dem Pontifex und mir, Holmes und Harden gegenüber. Sie trug noch immer den Hut, den ihr Leo auf den Kopf gesetzt hatte. Leo indessen betete den Rosenkranz, den Blick aus dem Fenster auf den Regen gerichtet. Seine Miene war geprägt von Schwermut.

„Holmes", brach ich das angespannte Schweigen. „Du hast uns nicht erklärt, wie du zu der Erkenntnis kamst, dass es Tosca war, der seinem Onkel den Tod brachte."

„Man sollte meinen, es sei offensichtlich", entgegnete Holmes.

„Nicht für mich", warf Harden ein. „Sie schienen die Antwort aus der Luft zu greifen."

Holmes seufzte. „Es drehte sich alles um den fehlenden Federhalter", sagte er. „Wie Sie sich erinnern, war die Tinte am Finger Seiner Eminenz von anderer Art als jene in den noch vorhandenen Federhaltern. Daher musste er einen anderen Federhalter benutzt haben, einen, der nicht mehr dawar. Und da er nicht mehr dawar, musste der Schuldige ihn mitgenommen haben. Doch weshalb sollte er ihn mitnehmen? Wohl nur deshalb, weil er die Identität des Schuldigen enthüllt hätte oder weil er selbst die Mordwaffe war. Ich hatte ersteres vermutet, bis wir erfuhren, dass der Neffe ihn seinem Onkel geschenkt hatte und dabei einen ganz bestimmten Zweck im Sinn hatte. Ab diesem Zeitpunkt war ich sicher, dass beides zutraf.

Ich erkannte fast sofort, dass Miss Maddio nicht die Mörderin war, denn sie hatte keinen Versuch gemacht, ihre Identität vor dem Sekretär geheimzuhalten. Wäre er ein erfahrener Sekretär und nicht ein Seminarist gewesen, hätte er ihren Namen in Erinnerung behalten, und ein kaltblütiger Mörder wäre niemals dieses Risiko eingegangen. Nein, sie war gekommen, um ihn vor etwas Skandalösem zu warnen, wie die Gardisten sagten. Als ich ihre *carte de visite* fand, wurde der Grund für ihren Besuch klar. Nehmen Sie das seltsame Kommen und Gehen des jungen Mannes, die Anzeichen für einen Kampf, Rosalindas Verhalten ihm gegenüber, als er mit ihr fortging und den verschwundenen Federhalter hinzu, und Sie haben Ihren Mörder. Ich war nicht völlig sicher, wie der Federhalter Seine Eminenz getötet hat, weil ich das Schreibgerät nicht hatte, doch ich wusste, es musste ein sehr tödliches Gift sein, um so schnell zu wirken. Auf eine Vermutung hin ging ich jene Gifte durch, die spezifisch sind für Kolumbien in Südamerika, woher der junge Mann kam, und ich stieß auf den Pfeilgiftfrosch."

„Bravo, Signore", sagte Leo. „Wie der *Doctor Angelicus** einmal schrieb: ‚Vernunft im Menschen ist wie Gott in der Welt'. Sie haben dies heute bewiesen."

„*Grazie*, Heiliger Vater."

„Ich muss Ihnen wirklich dafür danken, Mr. Holmes, dass Sie mich gefunden haben", sagte Miss Maddio. „Und Sie haben Recht. Es hat sich alles so zugetragen. Seine Eminenz war so freundlich, mich zu empfangen. Nachdem er mich angehört hatte, setzte er sich an seinen Schreibtisch, um an den Direktor der Schule zu schreiben und ihn zu bitten, seinen Neffen zu suspendieren, bis er, der Kardinal, die Angelegenheit untersucht habe."

„Er glaubte Ihnen also?"

„So sah es aus. Doch als er sich zum Schreiben hinsetzte, den Federhalter nahm und – es war schrecklich. Ich kann nicht ertragen, daran zu denken." Sie barg das Gesicht in den Händen. „Ich weiß nicht, ob ich es je werde vergessen können."

„Sie armes Kind", murmelte Leo. „Jemand wie Sie sollte solche Dinge nicht sehen."

„Noch schrecklicher war, was Giuseppe tat, als er ankam. Er untersuchte den Leichnam des Kardinals, um sicherzugehen, dass er tot war, als wäre es ihm völlig gleichgültig. Er steckte meine Karte in seine Tasche und zwang mich mit ihm zu gehen,

* Hl. Thomas von Aquin, bedeutender Philosoph und Theologe des Mittelalters

indem er mich mit diesem entsetzlichen Federhalter bedrohte. Während ich mich gegen ihn wehrte, bemerkte ich, dass meine Karte aus seiner Tasche herausschaute. Also zog ich sie bei unserem Gerangel heraus und ließ sie auf den Boden fallen…"

„*Sie* ließen die Karte fallen?", fragte Holmes.

„Ja, ich hoffte, dass sie jemand finden würde."

Ein Lächeln breitete sich über Holmes' Gesicht. „Das war schlau. Sie haben sich selbst das Leben gerettet."

„Nun, das hatte ich gehofft. Es schien mir zu jenem Zeitpunkt jedoch nicht wahrscheinlich. Er hat mir solche Angst gemacht. Er sagte, das Ganze sei meine Schuld."

Leo stöhnte auf und fuhr sich mit der Hand über das Gesicht.

„Doch, es *ist* meine Schuld. Sehen Sie das nicht? Hätte ich mich nicht in die Sache eingemischt, die mich nichts anging, wäre Seine Eminenz jetzt noch am Leben."

„Meine Tochter, hören Sie mich an", sagte der Papst, während er ihre Hand nahm. „Gott nimmt jeden zur vorherbestimmten Zeit zu sich. Es war die Zeit Seiner Eminenz, und sein Tod war die Schuld seines Neffen, nicht Ihre. Sie dürfen sich dafür nicht selbst die Schuld geben."

Ihre Augen glänzten feucht. „Giuseppe war so grob zu mir." Sie schüttelte fassungslos den Kopf. „Ich bin niemals zuvor von einem Mann in dieser Weise behandelt worden. Er war kein Gentleman."

„Das war nur zu deutlich", bemerkte Holmes.

„Dank dem barmherzigen Erlöser sind Sie unverletzt", sagte Leo. Er tätschelte ihre Hand, die fest in seiner lag. „Nicht alle Männer sind wie er, Signorina. Aber vielleicht sollten Sie es sich in Zukunft zwei Mal überlegen, ob Sie wieder ohne Anstandsdame auf Abenteuer gehen."

„Ich werde Euch nicht widersprechen, Heiliger Vater. Als ich in dem Schrank war, habe ich mir selbst versprochen, dass ich Nonne werde, wenn ich am Leben bleibe."

Der alte Mann lachte. Rosalinda sah ihn verwundert an.

„Signorina“, erklärte er freundlich. „Man sollte nicht einem Konvent beitreten, weil man sich vor Männern fürchtet, sondern weil man von Gott berufen ist, ihm auf diese Weise zu dienen. Ich begegnete einem jungen Mädchen* wie Ihnen, das sich nicht schämte, bei einer öffentlichen Audienz zu meinen Füßen Tränen zu vergießen, weil es mit 15 Jahren in den Karmel eintreten wollte. Sie war von Gott dazu berufen. Doch ich gehe davon aus, dass dies bei Ihnen nicht der Fall ist.“ Er zog die Augenbrauen hoch.

Sie seufzte und ihre Schultern sanken herab. „Nein, ist es nicht.“

„*Va bene*. Es gibt eine Menge guter und anständiger Männer in der Welt. Einige sind sogar in diesem Wagen, oder nicht?“ Diese Spitze zielte auf Holmes; Leo lächelte ihm zu.

Auf Holmes’ Wangen erschien eine Röte, und er wandte das Gesicht ab. Doch ich bemerkte, dass ein Lächeln um seine Lippen zuckte.

Dann hielt die Kutsche an der Wohnung von Miss Maddio. Harden lieh sich Leos Schirm und verließ die Kutsche, um das Mädchen zur Tür zu geleiten. Bevor sie aus dem Wagen stieg, sagte Leo: „Ich brauche meinen Hut, Kind.“

„Oh!“ Sie nahm ihn vom Kopf und legte ihn in seine Hände. „Verzeihung, Heiliger Vater. Und vielen Dank. Ihr hättet meinetwegen nicht den Vatikan verlassen sollen.“

„Wir sind ein Hirte“, sagte er mit einem sanften Lächeln. „Ein Hirte geht auf die Suche nach dem verlorenen Schaf – besonders nach einem, das Unseretwegen in Gefahr ist.“

„Oh, das hätte ich fast vergessen. Euer Taschentuch...“ Sie hielt es ihm entgegen.

„Behalten Sie es“, sagte er und tätschelte ihre Hand. „Wir

* Hl. Thérèse vom Kinde Jesu, Karmelitin und Kirchenlehrerin

werden uns wiedersehen, denn ich möchte gern Ihre Kunst sehen."

Er machte das Kreuzzeichen zum Segen über sie, und sie ging mit Harden davon.

Sobald der Millionär zurückgekehrt war, brachten wir Leo in den Vatikan zurück, sehr zu Erleichterung (und zum anhaltenden Ärger) des Hauptmanns der Garde. Als er das verletzte Bein des Papstes bemerkte, wirkte er sehr verärgert, doch er half uns, ihn die Treppen zu den päpstlichen Appartements hinaufzutragen. Dort schnitt ich den Stiefel von seinem Fuß und nach einer gründlichen Untersuchung teilte ich dem erschöpften Pontifex mit, dass es sich um eine üble Verstauchung handele.

Als Leos Leibarzt eintraf, hatte ich den Knöchel bereits ordnungsgemäß bandagiert und die Umgebung des Papstes instruiert, kalte feuchte Umschläge anzulegen und den Knöchel hochzulagern, um die Schwellung zum Abklingen zu bringen.

„Heiliger Vater", sagte Holmes, als ich meine Arbeit beendete. „Ich muss mich wirklich bei Euch für Eure Verletzung entschuldigen..."

Der Pontifex wischte seine Worte beiseite. „Das war meine eigene Schuld, mein Sohn. Als ich die schwarze Soutane anzog, wusste ich, worauf ich mich einlasse. Im Übrigen: Von unserem letzten Zusammentreffen her sollte ich wissen, dass einige Turbulenzen zu erwarten sind, wenn Sie in der Nähe sind, nicht?" Er zwinkerte meinem Freund zu. „Ich werde meine Beschwerden für die Armen Seelen im Fegefeuer aufopfern."

Leo rief Dionsio an seine Seite. „Giacomo, informiere bitte Unseren Kutscher, dass er diese drei Herren zu Mr. Hardens Villa bringen möge. Es sei denn, natürlich, Unsere Freunde möchten zum Abendessen bleiben?"

„So reizvoll Eure Einladung auch ist, Euer Heiligkeit", sagte ich. „Ich denke, es ist das Beste, wir lassen Euch etwas ruhen."

Harden nickte zustimmend. „Und ich sollte nach Hause zu

meiner Frau zurückkehren. Zweifellos läuft sie bereits vor Sorge auf und ab."

„Ah, *va bene*. Dann gehen Sie nur. Wir werden einander bald wiedersehen. Ich hoffe, Sie werden Unsere Einladung annehmen, bald wiederzukommen, sodass Wir Uns angemessen bedanken können."

„Wir würden uns freuen, Heiligkeit", sagte Holmes. Leo hob die Hand, um uns den Segen zu erteilen, und wir gingen.

Die Einladung kam, wie versprochen, einige Tage später durch einen persönlichen Boten. Harden ließ seine große Kutsche anspannen, um uns zusammen mit seiner Frau und seinem zweijährigen Sohn in den Vatikan zu bringen. Unterwegs hielten wir, um Miss Maddio und Hardens Schwägerin aufzunehmen, die ebenfalls Einladungen erhalten hatten.

Es war eine Privataudienz, die in der Wohnung des Papstes im 3. Stock abgehalten wurde statt in seinen Empfangsräumen, wo die mehr formalen Audienzen stattfanden – wahrscheinlich wegen seiner Verletzung. Die Frauen waren in schwarze Roben gekleidet und gebührend verhüllt mit schwarzen Mantillas. Ich musste mir immer wieder in Erinnerung rufen, dass Miss Maddio 26 Jahre jünger war als ich und dass ich kein Recht hatte, sie zu bewundern. Sie war wirklich ein Traum.

Bei der Audienz zeigte Miss Maddio dem Pontifex ihr Kunstportfolio, das wahrhaftig beeindruckend war. Dann gab Leo uns allen ein persönliches Geschenk. Mir schenkte er eine handgemalte byzantinische Ikone mit dem Erzengel Raphael, die, wie ich fand, sich in meinem Untersuchungszimmer gut machen würde. Holmes erhielt eine passende Ikone des hl. Michael, die er später in unserem Wohnzimmer über seinen Schreibtisch hängte. Dann gab uns der Papst den Apostolischen Segen, und wir verließen ihn. Holmes würde noch eine großzügige Vergütung von Seiner Heiligkeit erhalten, wenn wir nach Hause zurückkehrten. Und doch, als wir die päpstlichen Appartements verließen, murmelte Holmes: „Verflucht."

„Was ist?"

„Ich hatte ihn etwas fragen wollen."

„Dann geh doch zurück", sagte ich und nahm sein Geschenk. „Ich werde warten."

Holmes ging rasch zurück und ließ sich neben Leos Stuhl auf ein Knie nieder, sodass sie nahe beieinander sprechen konnten. Während sich die beiden unterhielten, sah ich, wie sich die Miene des Pontifex in Besorgnis verdüsterte. Ich wandte mich ab und schritt in den Flur hinaus. Holmes schloss ein paar Augenblicke später zu mir auf, und wir setzten unseren Weg nach draußen zu Hardens Kutsche fort. Er schwieg auf dem Weg, sein Gesicht von Besorgnis geprägt.

„Alles in Ordnung, Holmes?", fragte ich schließlich.

„Alles bestens", murmelte er. Ich sah, dass er nicht darüber sprechen wollte, also ließ ich ihn in Ruhe.

Den Rest unseres Besuchs über war Holmes heiter, ja manchmal sogar glücklich. Doch hin und wieder erspähte ich ihn in Gedanken verloren - die dunkle Wolke war zurückgekehrt.

Auf unserer Rückreise im Privatzug bemerkte ich, dass er wieder in diese düsteren Gedanken versank, daher fragte ich ihn schließlich: „Holmes, seit deinem privaten Gespräch mit dem Papst bläst du Trübsal. Darf ich fragen, was in aller Welt ihr beide besprochen habt?"

„Ich blase kein Trübsal, Watson, ich denke nur nach."

„Worüber?"

Holmes stieß eine Rauchwolke aus seiner Meerschaumpfeife aus und betrachtete mich nachdenklich. „Nun, er wies mich darauf hin, dass der Grundstein für die neue katholische Kathedrale in Westminster am 29. gelegt würde. Er hoffte, ich würde rechtzeitig nach London zurückkehren, um daran teilzunehmen.

Ich bin recht froh, dass wir bis dahin zurück sein und seine Bitte erfüllen werden."

„Und das ist alles?"

„Nein." Holmes legte das Buch, das er auf seinem Schoß hielt, zur Seite und tat einen weiteren Zug an seiner Pfeife. „Nachdem ich ihm das erste Mal begegnet war, bin ich in der Zeitung über eine beunruhigende Geschichte gestolpert. Sie war verborgen im Abschnitt der „‚Seltsamen Geschehnisse' – einer der Teile in der Zeitung, die ich am liebsten lese, wie du weißt. Die Story gab vor, seine Heiligkeit sei ein Visionär."

„Was seine sozialen Theorien anbelangt, ist er es. Seine Enzyklika über die Lebensbedingungen der Arbeiterklasse ist ein Meisterwerk."

„Ich meinte nicht diese Sorte von Visionären. Ich meine, dass er Visionen hatte."

Ich zögerte, bevor ich antwortete: „Du meinst – er hat Wahnvorstellungen?"

„Wirkte er auf dich wie jemand, der Wahnvorstellungen hat, Watson? Nein, sie behaupten, er habe Visionen von Gott."

Ich blinzelte. „Das ist … ungewöhnlich."

„Das habe ich auch gedacht. Die betreffende Geschichte besagt, dass Seine Heiligkeit 1884, als er die Messe beendete, in einen Zustand fiel, den sie als ‚Ekstase' bezeichneten. In diesem Zustand hörte er die Stimmen von Christus und dem Satan, die miteinander sprachen. Satan erklärte stolz, er würde die Kirche zerstören, und Christus gewährte ihm 100 Jahre für den Versuch. Dann sah Seine Heiligkeit böse Geister – Dämonen, wenn du so willst –, die sich auf die Kirche stürzten, und den siegreichen Michael mit seinen Legionen, die kämpften, um sie in Schach zu halten. In jener Nacht verfasste er sein Gebet zu St. Michael und ordnete an, dass es am Ende jeder Messe gebetet werde, um den Angriff des Teufels abzuwehren."

„Das klingt ziemlich dramatisch. Es gibt sicher Leute, die

das lesen und seinen Verstand in Frage stellen".

„Einige werden das zweifellos tun", nickte Holmes. „Und doch, meine persönliche Erfahrung mit ihm, und du wirst mir darin zweifellos zustimmen, ist, dass er ein zutiefst rationaler Mensch ist. Die Geschichte scheint mir vielleicht ein bisschen übertrieben. Und doch…", Holmes sah zu mir herüber und dämpfte die Stimme, „… in seiner Privatkapelle, Watson – du konntest es von deinem Standort aus nicht sehen, aber ich hatte sein Gesicht voll im Blick. Als er damals vor dem Tabernakel stehen blieb – ich bin sicher, er sah etwas. Ich konnte sehen, wie sich sein Gesichtsausdruck veränderte und seine Augen einer Bewegung folgten. Ich war so erschüttert, wie du wahrscheinlich jetzt. Aber ich weiß, dass er etwas beobachtete – etwas, das sich vor seinen Augen entfaltete und ihm die Tränen hervortrieb."

Ein Schauder fuhr mein Rückgrat entlang. „Und du hast ihn gefragt, was er gesehen hat?"

„Ich sagte ihm, ich glaubte, er habe in der Kapelle etwas Ungewöhnliches gesehen, und dass ich besorgt sei."

„Was hat er gesagt?"

Holmes schüttelte den Kopf. „Er blinzelte nur und sagte, *‚fides credere quod nondum vides; cuius fidei merces est videre, quod credis.'*"* Holmes gab seinem Kopf eine nachdenkliche Haltung. „Ich mag ihn, Watson, sehr sogar. Er liebt es, mich in Verlegenheit zu bringen, wie du siehst, aber nur, weil er wirklich fromm ist. Er ist auch gebieterisch, aber auf eine sehr liebenswerte Weise."

„Nun ja", lächelte ich. „Daran bin ich gewöhnt."

* Glaube ist für wahr halten, was du noch nicht siehst; der Lohn dieses Glaubens ist zu sehen, was du geglaubt hast (Augustinus, *Sermones* 4.1.1).

Die vatikanischen Kameen

Mir waren seinerzeit einige Zeitungsartikel darüber aufgefallen, aber ich war damals gerade mit dem Fall der vatikanischen Kameen beschäftigt, und in meinem Eifer, dem Papst gefällig zu sein, verlor ich die Fühlung mit verschiedenen interessanten englischen Fällen.

Sherlock Holmes
Der Hund von Baskerville

INTROITUS

Erst nachdem ich Holmes in der Angelegenheit der Ermordung von Kardinal Tosca in Rom begleitet hatte, zog ich in Betracht, den ersten Fall, den er sieben Jahre zuvor für Papst Leo XIII. gelöst hatte, niederzuschreiben. In den Jahren dazwischen hatte ich den Gedanken an den früheren Fall beiseite geschoben, denn er rief mir einige tragische Erlebnisse jener Tage in Erinnerung wie auch den tiefen Kummer, dass ich nicht mehr für einen Freund hatte tun können, der so viel für mich getan hatte.

An jenem Morgen hatte ich meine Praxis früh verlassen und in der Baker Street Halt gemacht, um frische Kleidung und mein Rasierzeug zu holen, bevor ich meinen Weg zum Haus einer

Introitus = lat.: Eingang; in der katholischen Liturgie: Eingangslied

Patientin fortsetzte, zu der ich dringend gerufen worden war. Eine liebevolle Mutter von vier Kindern stand vor der Geburt ihres fünften und die Niederkunft versprach riskant zu werden. Es würde eine lange Nacht werden, oder vielleicht sogar Tage, bevor ich in unsere Wohnung zurückkehren konnte. Mit schwerem Herzen und besorgtem Sinn graute mir vor dem Kommenden, denn ich fürchtete, meine Patientin, ihr Kind oder beide zu verlieren. Voller Ängste stieg ich die Stufen zu unseren Wohnräumen hinauf. Als ich den Treppenabsatz erreichte, öffnete sich die Tür zu unserem Wohnzimmer und der Kopf meines Freundes erschien im Flur. „Watson, wie gut…“ Er verstummte, als er meinen Gesichtsausdruck sah. „Bist du in Ordnung?“

„Mir geht's gut.“

Ihm war klar, dass es mir natürlich *nicht* gut ging.

„Ich habe einen ziemlich wichtigen Fall, den mir der Premierminister auf dem Weg über das Foreign Office hat zukommen lassen.“ Er hielt einen Brief hoch, der sehr offiziell aussah. „Ich war der Hoffnung, dass du mich vielleicht in den Vatikan begleiten willst, um ein kleines Problem für Seine Heiligkeit, den Papst, zu lösen. Wir müssen rasch packen, damit wir noch Zeit für einen Besuch bei Scotland Yard haben und den Zug nach Dover erreichen können, der von Charing Cross abfährt.“ Er zögerte. „Aber ich fürchte, du bist augenblicklich anderweitig engagiert.“

„Das bin ich“, sagte ich. „Ich muss Genevieve Murray von einem Baby entbinden. Das Kind wird wahrscheinlich in Steißlage sein. Ich könnte es verlieren, zusammen mit der Mutter.“

„Murray? Das ist doch nicht…“

„Die Ehefrau von Alexander Murray, dem Mann, der mir bei Maiwand das Leben gerettet hat. Ich hoffe, du wirst mir vergeben, wenn diesmal meine Arbeit den Vorrang hat vor der deinen.“

Mit diesen Worten machte ich auf dem Absatz kehrt und marschierte in mein Zimmer hinauf.

„Watson!“, rief mir mein Freund nach.

Meine Hände zitterten, als ich meine Arzttasche und den Schirm aufs Bett warf. Ich riss meinen Kleiderschrank auf und nahm eine Ledertasche heraus, zusammen mit einem frischen Hemd, Kragen, Unterwäsche, Hosen und Socken.

Holmes betrat mein Zimmer und schloss leise die Tür hinter sich. „Watson!“ Er legte seine Hand auf meine Schulter. „Du bist ein ausgezeichneter Arzt. Du wirst dein Bestes geben, du wirst alles tun, was man nur tun kann, und der Rest liegt in …“

„‚… Gottes Händen’. Das wolltest du doch sagen, nicht?“ Ich drehte mich zu ihm um. „Warum sagen wir das, Holmes? Weder du noch ich sind gläubige Männer, und doch sagen wir so etwas.“ Als ich den besorgten Ausdruck auf seinem hageren Gesicht sah, seufzte ich. „Sie ist eine gute Frau, Holmes. Eine hingebungsvolle. Ich weiß einfach nicht, was Murray ohne sie machen soll. Er sagt, sie gehe jeden Morgen zur Messe – *jeden Morgen*, ist das zu glauben? Das heißt, wenn sie nicht im Kindbett liegt. Weder du noch ich haben die Tür einer Kirche verdunkelt, seit wie lange? Ich versuche, jemandem wie ihr zu helfen, und frage mich dabei, ob vielleicht eher sie mir helfen sollte.“ Ich seufzte tief und verscheuchte meine Gefühle. „Du fährst also zum Papst nach Rom?“

„Scheint so.“

„Nun, dann überbring dem Mann eine Bitte von mir.“

„Die da lautet?“

„Bitte ihn, für sie zu beten. Uns mag das wenig bedeuten, aber wenn sie weiß, dass ihr Papst für sie betet, gibt es ihr vielleicht genug Kraft, dies zu überstehen.“

„Er wird die Bitte direkt von mir hören, mein Freund. Dessen kannst du sicher sein.“

„Danke.“ Ich ergriff meine Tasche, zusammen mit meiner Arzttasche und dem Schirm. „Ich wünsche eine angenehme Reise und viel Glück.“

Holmes ging mir voran, um mir die Tür zu öffnen. „Und meine besten Wünsche an Seine Heiligkeit."

„Richte ich aus."

Und das war das Letzte, das Holmes und ich über den ersten Fall im Vatikan sprachen. Getreu seinem Wort, gab Holmes meine Bitte an Seine Heiligkeit weiter und schickte mir zur Bestätigung ein Telegramm aus dem Vatikan. Ich brachte das Telegramm zu den Murrays, die Holmes' Aufmerksamkeit wohl zu schätzen wussten. Mrs. Murray indessen überlebte ihre Niederkunft, ihr Kind, ein Junge, jedoch nicht. Er starb in der Stunde nach seiner Geburt und wurde im Wochenzimmer seiner Mutter von einem katholischen Priester getauft, als er seine letzten Atemzüge tat. Sie gaben ihm den Namen John.

„Dr. Watson", sagte die arme Frau, wobei sie meine Hand ergriff. Sie lächelte mich an, trotz ihrem eigenen Schmerz und Kummer. „Ich weiß, dass dies Sie sehr bekümmert. Bitte, nehmen Sie es sich nicht zu sehr zu Herzen, denn ich weiß, Sie haben getan, was Sie konnten. Verstehen Sie: Wir haben jetzt unseren eigenen kleinen Heiligen im Himmel, der für uns betet."

Die Kraft ihres Glaubens angesichts eines solchen Verlustes beschämte mich. Unnötig zu sagen, dass ich mich an all dies eine ganze Weile nicht erinnern wollte. Doch nachdem ich den ehrwürdigen Pontifex sieben Jahre später kennen gelernt hatte, wurde ich neugierig auf das, was meinem Freund auf seiner ersten Reise nach Rom widerfahren war, während ich so traurig beschäftigt war. Daher fragte ich Holmes, ob er sich gut genug an den Fall erinnere, um mir davon zu erzählen.

Holmes trat zu den Bücher mit seinen Unterlagen und zeigte mir seine eigenen Notizen zu dem Fall, die, milde ausgedrückt, ziemlich skizzenhaft waren. Daher fragte ich ihn, ob er bereit sei, über das Geschehene zu schreiben, da es doch nicht ohne Interesse gewesen sei. Er spottete natürlich nur über die Idee.

„Watson, ich bin unfähig, eine Geschichte in der Art zu

spinnen, wie du es tust. Die Erzählung würde sich lesen wie eine wissenschaftliche Abhandlung. Niemand möchte über den Fall Seiner Heiligkeit in dieser Form lesen."

Traurigerweise hatte er Recht. Dennoch hatte ich eine letzte Hoffnung. Zu dieser Zeit – es war nun Mitte August 1895 – hatte Holmes einen Brief Seiner Heiligkeit erhalten, worin dieser einige Seiten für mich beigefügt hatte. Als ich ihm eine Antwort auf Französisch schrieb, fragte ich den Pontifex, was ihm über den Zwischenfall mit den Kameen in Erinnerung geblieben sei, weil ich ihn sehr gern zusammen mit den neueren Fällen meines Freundes niederschreiben wolle. Die Antwort kam zwei Wochen später an einem wolkenverhangenen Septembernachmittag in Person eines schüchternen jungen Geistlichen an unsere Türschwelle. Er kam, wie es schien, auf Geheiß des Erzbischofs von Westminster und trug einen großen braunen Umschlag bei sich, der mir persönlich zu übergeben sei. Mrs. Hudson führte ihn in unser Wohnzimmer, wo ich gerade allein beim Tee saß, denn Holmes war in Geschäften unterwegs. Gekleidet in seine lange, schwarze geknöpfte Soutane und mit einem schmalkrempigen Hut, war der Geistliche ein schmächtiger, noch grüner Jüngling mit dem Gesichtsausdruck eines Cherubs und großen, klaren grauen Augen, die hinter einer Brille mit schmalem Drahtgestell hervorblickten. Mit der Hand, die nicht den Umschlag hielt, hatte er einen schwarzen Regenschirm so fest gepackt, als wäre er sein Rettungsring. Da ich begriff, dass dies Ausdruck seiner Schüchternheit war, gewann er sofort meine Sympathie.

Ich stand vom Tisch auf und bot ihm die Hand. „Guten Tag, Hochwürden..."

„Diakon", sagte er und lehnte den Schirm gegen sein Bein, um mir die Hand zu schütteln. „Brown, Sir. Ich werde erst im Mai zum Priester geweiht."

„Ja, nun, meinen Glückwunsch im Voraus, Diakon Brown. Wenn ich recht verstehe, dann haben Sie etwas für mich?"

Der Schirm des Klerikers fiel zu Boden. Er machte Miene ihn aufzuheben, doch ich ergriff ihn zuerst. „Stellen wir den hier ab." Ich schritt durch den Raum und stellte ihn in den Schirmständer neben der Tür. „Möchten Sie Tee?"

Ein erleichtertes Lächeln spielte um seine Lippen. „Das wäre wundervoll, Herr Doktor. Danke." Er nahm den Hut ab, legte ihn aufs Sofa und nahm am Tisch Platz. Auch ich setzte mich.

„Lassen Sie mich das Päckchen öffnen, während Sie einschenken." Er reichte mir den Umschlag herüber, und ich drehte ihn in den Händen. Der Verschluss war mit rotem Wachs versehen – nach Art von Rechts- oder Staatsdokumenten – und darauf war, wie ich erkennen konnte, das Siegel Leos XIII. eingedrückt.

Ich lächelte zu Brown auf: „Sie wissen, von wem das ist, nicht wahr?"

Er nickte, nahm die Teekanne auf und goss uns beiden ein. „Es ist mir jedoch ein Rätsel, weshalb Seine Heiligkeit Kardinal Vaughn ein Päckchen schickt, das durch einen Boten an einen Londoner Doktor geliefert … oh – *warten* Sie." Ein Gedanke war ihm gedämmert, und er staunte mich nun mit offenem Mund an. Dann setzte er die Teekanne mit einem harten Klirren ab. „Sie sind Dr. *Watson*", sagte er. „*Der* Dr. Watson – der über Sherlock Holmes schreibt!"

„Nun ja, junger Mann. Das haben Sie nicht gewusst, als Sie hergeschickt wurden?"

„Seine Eminenz hat nichts gesagt. Und Watson ist ein Name, fast so häufig wie meiner." Er schüttelte den Kopf. „Ich habe einfach nicht den Zusammenhang hergestellt. Ich gestehe, dass mein Geist so in einer Prüfungsarbeit über Aristoteles verstrick war, die ich bis nächste Woche fertig haben muss, dass ich gar nicht bemerkt habe…" Er sah sich um. „Himmel, Mr. Holmes wohnt hier!"

„So ist es."

„Sir, ich habe alle Ihre Berichte über die Arbeit von Mr. Holmes gelesen. Ich bewundere, was er tut. Seine Erfolge auf dem Gebiet der Kriminologie haben mich inspiriert, meine Abschlussprüfungsarbeit über die Rolle der Gewohnheitssünde in der Seele des Kriminellen zu schreiben."

„Was Sie nicht sagen."

„Und da wundere ich mich, warum in aller Welt Seine Eminenz mich hat rufen lassen, um diesen Umschlag zu überbringen. Er kennt das Thema meiner Prüfungsarbeit und schien mich eigentlich eher davon abschrecken zu wollen. Und nun..." Er schüttelte den Kopf und lächelte. „Sir, Sie wissen gar nicht, was dies für mich bedeutet."

„Ich glaube schon, Diakon", sagte ich und lächelte über die Weisheit des Kardinals, der gerade diesen jungen Mann mit der Aufgabe betraut hatte. „Dann wollen wir mal herausfinden, was in dem Umschlag steckt."

Nachdem ich mit der Schneide des Buttermessers unter dem Siegel hindurchgefahren war, ließ ich die Blätter aus dem Umschlag herausgleiten. Darin waren zwei Bündel von Dokumenten, die einen handgeschrieben und in Latein, die anderen mit Schreibmaschine in Englisch getippt, obwohl auch diese letzteren die persönliche Unterschrift von Seiner Heiligkeit trugen.

„Wie nett von ihm, er hat es für mich ins Englische übersetzen lassen." Mein Gesicht zeigte ein törichtes Grinsen. „Sie können Latein, nicht wahr, Diakon Brown?"

„Ich wäre fehl am Platz, wenn ich es nicht könnte, Doktor. Es ist Voraussetzung für meinen Beruf."

„Dann können Sie die lateinische Fassung lesen, während ich die englische nehme." Ich gab die handgeschriebenen Blätter an ihn weiter.

„Oh", sagte Brown. Seine Augen blinzelten rascher, als er die Blätter im Sonnenlicht, das durch die Fenster fiel, betrachtete. „Das ist vom Heiligen Vater mit eigener Hand geschrieben."

„So ist es."

Der junge Mann schluckte mühsam, bezeichnete sich mit dem Kreuz und begann dann zu lesen. Seinem Beispiel folgend, machte ich mich daran, die englische Version des Papstbriefes zu studieren.

LEO PP. XIII

An unseren lieben Freund

Dr. John Watson

Dem verehrten Doktor Gesundheit und Apostolischen Segen

Betreffend Ihre Nachfrage nach meiner ersten Begegnung mit Ihrem geschätzten Freund, Mr. Sherlock Holmes, in der Angelegenheit der verschwundenen Kameen, ist es mir eine Freude, Ihnen zu helfen. Denn nachdem er mich bei jener Gelegenheit verlassen hatte, unternahm ich es selbst über den Zwischenfall in meinen persönlichen Memoiren zu schreiben. Während der fraglichen Zeit sprach unser gemeinsamer Freund davon, wie wertvoll Ihre Hilfe für ihn gewesen wäre, und sagte ferner, wie sehr er Ihre Gesellschaft vermisst habe. Und daher bot ich ihm an, während ich ihn durch den Fall hindurch begleitete, für die Dauer – Sie verzeihen die Anmaßung – sein „Watson" zu sein. Denn, wie der engelgleiche Lehrer Thomas von Aquin schrieb: „Freundschaft ist die Quelle größter Freuden, und ohne Freunde werden selbst die angenehmsten Beschäftigungen öde."

Mr. Holmes, als Gentleman der er ist, nahm das Angebot meiner unzulänglichen Unterstützung in großer Nächstenliebe an, denn ich weiß, dass ich nur ein armseliger Ersatz für einen Freund wie Sie war. Auch wenn ich sicher bin, dass er nicht voraussah, dass ich bei Annahme meiner Rolle es so verstanden hatte, dass eine der Aufgaben, die sie mit sich brachte, darin bestand, als Chronist seiner wundervollen Kunst zu fungieren, so wie Sie es getan hätten.

Daher nahm ich, als alles getan war, den Federhalter zur Hand. Doch als ich den Bericht niederschrieb, wurde mir klar, dass das geistige Klima unseres Zeitalters die Geschichte übel aufnehmen würde und dass einige Einzelheiten für Ihren Freund kompromittierend sein könnten. Daher beschloss ich, sie zurückzuhalten, bis zu einer Zeit, wo England offener sei für das, was sie enthüllt. Und doch: Auf Ihre Bitte hin und nachdem ich in Ihnen einen gütigen Gentleman getroffen habe, dem sein Freund voll vertraut, sende ich sie Ihnen zu.

Ich habe die Geschichte ins Englische übersetzen lassen, sodass Sie keine Mühe damit haben. Dennoch muss ich Sie dringend ersuchen, den Bericht nicht zu veröffentlichen, besonders um Ihres Freundes Willen. Sollte England sich in Zukunft dem Inhalt gegenüber als offener erweisen, mag er mit meinem aufrichtigen Segen herausgegeben werden.

Wie immer ist es eine Freude, Ihnen zu helfen, und ich freue mich, wieder von Ihnen zu hören.

Wir erteilen Ihnen liebevoll im Herrn Unseren Apostolischen Segen und erbitten die Fürsprache des Erzengels Raphael für alle Ihre Anliegen.

Gegeben zu Rom im Apostolischen Palast, am 14. August des Jahres 1895, dem achtzehnten Unseres Pontifikates.

: Leo P. P. XIII :

„Stellen Sie sich vor! Der liebenswürdige alter Herr hat seinen eigenen Bericht geschrieben“, sagte ich. „Er bittet darum, ihn nicht zu veröffentlichen, doch ich frage mich, was ich tun sollte, falls er jemals veröffentlicht würde. Ich würde ihn nicht neu schreiben.“

„Ich hoffe nicht“, sagte Brown. „Man überarbeitet einen Papst nicht.“

„So ist es. Ich frage mich, was mein Verleger tun würde – würde er ihn so veröffentlichen, wie er ist, und ein angemessenes Honorar an den Heiligen Stuhl senden?“

„Es wäre das erste Mal, dass ein Heiliger Vater einen erzählenden Text geschrieben hat", stellte Brown heraus.

„Hier, Diakon Brown", sagte ich. „Da Sie ein getreuer Gefolgsmann des Autors und ein Bewunderer meines Freundes sind, bin ich glücklich, Ihnen die lateinische Fassung, die Sie in Händen halten, als Geschenk zu Ihrer Weihe zu geben."

„Sir!" Er fuhr in seinem Sessel auf. „Das können Sie unmöglich tun. Das wurde von Seiner Heiligkeit mit eigener Hand geschrieben."

„Die englische Version wird meinen Zweck voll erfüllen. Wenn es jemals gedruckt wird, soll mein Verleger Ihnen nachjagen, um eine fremdsprachige Ausgabe herauszugeben. Aber davon abgesehen, gehört es Ihnen.

„Ich weiß gar nicht, was ich sagen soll", sagte der junge Mann. „Nur: Danke."

„Sie brauchen überhaupt nichts zu sagen. Nehmen Sie sich von dem Teegebäck, und lassen Sie uns mit der Lektüre beginnen. Ich bin genauso neugierig wie Sie, was Seine Heiligkeit, Leo XIII., über Sherlock Holmes und die verschwundenen vatikanischen Kameen zu berichten hat."

SEQUENTIA

Anmerkung des Verlegers (2010): In seinen persönlichen Memoiren wechselt Seine Heiligkeit manchmal zwischen der Einzahl „Ich" und dem Pluralis Majestatis „Wir", wenn er Bezug nimmt auf sich selbst in seiner Rolle als Pontifex, im Gegensatz zu ihm als Individuum. Wenn dies geschieht, so wurde das königliche „Wir" der Klarheit wegen groß geschrieben. Von dieser Änderung abgesehen, wird der Bericht Seiner Heiligkeit über die vatikanischen Kameen hier getreu der ursprünglichen englischen Übersetzung wiedergegeben.

Sequentia = lat.: Folge; in der kath. Liturgie: Sequenz

Leo P.P. XII – *Persönliches Tagebuch, 30. Juni im Jahr 1888, dem elften Unseres Pontifikates*

Es war gegen Ende des fünften Monats des Jahres 1888, dass ich die Ehre hatte, die Bekanntschaft eines faszinierenden jungen Engländers namens Sherlock Holmes zu machen, der zu mir kam wegen eines Problems, das ich traurigerweise selbst verursacht hatte – obgleich ich die besten Absichten gehegt hatte.

Oft in meinem Leben habe ich im Gebet in die Hände des Erlösers das Volk von Britannien gelegt, dessen Königin Victoria, ebenso wie ich, im vorangegangenen Jahr ihr Jubiläum gefeiert hat. Welch ein Zufall es doch ist, dass sie und ich unsere Aufgabe im Leben gleichzeitig gefunden haben, denn sie bestieg den Thron im Juni 1837, und ich wurde am 31. Dezember des gleichen Jahres zum Priester geweiht.

Sechs Jahre später und gerade erst zum Bischof konsekriert, wurde ich als päpstlicher Nuntius mit dem Titel eines Erzbischofs von Damietta zu Victorias Onkel, Leopold I. König der Belgier, nach Brüssel geschickt. Leopold entwickelte eine brüderliche, wenn nicht gar väterliche, Zuneigung zu mir, und seine teure Gattin, Königin Louise, eine liebevolle, fromme katholische Frau, schätzte meine geistliche Leitung für ihre Familie überaus. Im Jahr 1846, nach drei Jahren an Leopolds Hof, wurde mir der Bischofssitz von Perugia übertragen. So ging ich von Belgien nach Rom, bevor ich nach Perugia weiterreiste, eine Brutstätte der antikatholischen Bewegungen des revolutionären Italien.

Nachdem ich Brüssel verlassen hatte, reiste ich jedoch zuerst, auf Leopolds Empfehlung hin, nach England, zu seiner hochgeschätzten königlichen Nichte. Dort blieb ich den Februar über als Gast von Monsignore Wiseman, dem Vorsteher des Oscott Seminars.

Ich muss zugeben, ich glaube nicht, dass sich ihre Majestät an jene Begegnung Anfang Februar erinnert. Ich war wohl eher geneigt, es im Gedächtnis zu behalten als sie. Sie war eine junge Frau von 27 – doch die energische, eigenwillige Herrscherin eines Empires. Und ich war, obwohl von adliger Geburt, ein schlaksiger katholischer Bischof, der mit ihr in Französisch mit einem solchen Akzent sprach, dass sie Schwierigkeiten hatte, mich zu verstehen.

42 Jahre später regiert sie noch immer das Empire, und zwar ein größeres als zu Beginn. Und ich – nun, ich muss sagen, ich hätte niemals vorhersehen können, dass ich eines Tages dort sein würde, wo ich nun bin. (Obwohl mein älterer Bruder Giuseppe mit Überzeugung behauptet, dass er seit unserer Kinderzeit geglaubt habe, ich würde einmal diese Stelle einnehmen). Ungeachtet dessen: Die Begegnung mit Victoria brannte ein Bild in mein Gedächtnis: Eine anmutige junge Mutter, sehr huldreich, die höflich lächelte, aber mit dem Schatten finsteren Misstrauens in den hellen Augen. Sie sah mein Kollar, hörte meinen Akzent, wusste, was ich war, und begegnete mir mit Ablehnung. Nicht unbedingt meiner Person, aber dessen, was ich repräsentierte. Ich ging aus der Audienz in den Londoner Spätwinter hinaus und fragte mich, was aus dem katholischen Glauben in Britannien wohl werden würde – so besorgt war ich über ihre Haltung zu mir.

Für einen Römer war die feuchte Kälte Englands, die ich für den Rest des Februars ertragen musste, scheußlich, um das mindeste zu sagen. Ich holte mir eine Erkältung, die meinen Besuch abzukürzen drohte, doch sie ging vorüber und ließ Wiseman genug Zeit, mir zwei eifrige neue Konvertiten aus der Oxford Bewegung vorzustellen, John Henry Newman und Ambrose St. John, die beide ihrer je eigenen Berufung nach Oscott folgten. Wir drei verbrachten zwei Tage zusammen und kamen großartig miteinander zurecht, indem wir uns auf Französisch und Latein unterhielten und durch die frostigen Straßen Londons wanderten, bevor wir gemeinsam zum Seminar reisten. Sie führten mich durch die Slums von London, wo die irische Bevölkerung in einer feindseligen Umgebung um die Bewahrung des Glaubens und den Lebensunterhalt kämpfte. Dann gingen wir nach Tyburn*, wo wir, in der nassen Kälte des frühen Morgens zitternd, unverfroren an jenem Ort den Rosenkranz beteten, wo der Galgen gestanden hatte – wobei Newman um einiges nervöser war als sein kecker Freund, der es vorgeschlagen hatte. Als wir beim vierten schmerzhaften Gesätz** anlangten, schaute ich auf und sah Newmans graue Augen, die sich mit Tränen füllten, auf mich gerichtet.

„Was wir brauchen, Euer Exzellenz", unterbrach er unser Gebet, „ist eine Kathedrale. Genau hier."

St. John kicherte. „Da müssen aber zuerst ein paar Bischöfe her, Newman. Schirren Sie den Gaul nicht von hinten auf."

„Wenn es Gottes Wille ist", sagte ich, denn das war das Einzige, was ich mit Sicherheit sagen konnte. „Dann wird es geschehen."

Ich war daher außer mir vor Freude, als, 38 Jahre später, der Erzbischof von Westminster, Kardinal Manning, Uns schrieb, das er ein Grundstück in Westminster, nicht weit von Tyburn, gekauft habe, um eine neue katholische Kathedrale zu bauen. Dort hatte einst ein Gefängnis gestanden – wie passend, da Unser Herr doch kam, den Gefangenen die Freiheit zu predigen. Unser Kardinal Newman war ebenfalls begeistert. Und doch – da waren in meiner Erinnerung die misstrauischen Blicke von Victoria, die auf mich gerichtet waren. Würde sie es erlauben oder die Ausführung des Baus bekämpfen, aus Angst vor ultramontanem Einfluss auf ihr Volk?

Teils mit dieser Besorgnis im Hinterkopf sandten Wir drei Jahre später zu Victorias Thronjubiläum Monsignore Ruffo-

* Hinrichtungsort zahlreicher katholischer Priester in den Verfolgungszeiten unter Elisabeth I. und ihrer Nachfolger

**„Der für uns das schwere Kreuz getragen hat".

Scilla als Gesandten an ihren Hof mit Unseren Glückwünschen, Gebeten und guten Wünschen. Er wurde gut aufgenommen, so glaubte ich zumindest, denn sie sandte im Gegenzug den katholischen Herzog von Norfolk, Henry Fitzalan-Howard, mit ebenso freundlichen Glückwünschen für mein eigenes Priesterjubiläum.

Und doch: Im April dieses darauffolgenden Jahres berichtete Manning, dass er auf politischen Widerstand stoße, der das Fortschreiten des Bauvorhabens zu behindern drohe, während er andererseits erfolgreich die nötigen Mittel gesammelt habe, um den Grundstein für die Kathedrale zu legen. Da haben Wir Uns entschlossen, Unseren freundschaftlichen Verkehr mit der Königin auszudehnen, in der Hoffnung, sie würde zumindest den Bau ungehindert weitergehen lassen, wenn sie auch Uns gegenüber noch immer Argwohn hegte. Wir wollten durch eine Geste – durch etwas, das ihr Unsere ehrliche Absicht übermittelte – zeigen, dass Wir weder ihr noch ihrem Königreich übel wollten. Im Gegenteil, Wir liebten und schätzten es und wollten nichts anderes, als der Herde, die dort lebte, dienen. Doch wie kann man dies über eine Entfernung von vielen Meilen und 350 Jahren geistiger Entfremdung hinweg deutlich machen?

Da ich selbst keine Idee hatte, was ein passendes Freundschaftsgeschenk sein könnte, zog ich den Kurator der Vatikanischen Museen, Signore Michele Tildano, zu Rate. Wir mussten doch dort irgendetwas haben, das Victoria für ihr Volk schätzen würde (abgesehen von der Übersendung von Heinrichs VIII. Bitte um ein Annullierungsdekret*). Tildano war in Hochstimmung, denn er hatte eine Idee, kaum dass ich gefragt hatte.

„Heiligkeit, ich weiß genau das Richtige. Kameen!“

„Kameen?“

„Königin Victoria ist eine große Liebhaberin von Kameen.

* Nichtigkeitserklärung seiner Ehe mit Katharina von Aragón

Sie trägt jeden Tag eine, wie man mir erzählte. Die meisten in ihrer Sammlung stammen aus Italien."

„Und wir haben solche Kameen?"

„Heiligkeit, wir haben nicht nur einfach Kameen." Seine dunklen Augen sprühten. „Wir haben eine kleine Sammlung von Kameen, die aus dem 3. Jahrhundert vor Christus bis ins 1. Jahrhundert nach Christus stammen! Es ist eine Kollektion, die eine Adelsfamilie hier in Rom Pio Nono* für das Lateran Museum geschenkt hat. Wir haben sie noch nicht in der Gallerie ausgestellt. Auch wenn kein Kurator sich gern von solch wertvollen Stücken trennt, können sie doch Eurem Zweck dienen."

„Wir möchten diese Kameen sehen, Signore."

„Ohne Frage, Heiligkeit. Ich werde sie sofort holen."

Er brachte mir die Kunstgegenstände – sieben an der Zahl – in einem flachen schwarzen Kästchen ins Büro. Zerbrechlich und unbezahlbar, auf schwarzem Samt liegend, zeigten sie die Bildnisse römischer Götter und Kaiser. Die Finger meiner rechten Hand fuhren über das Stück mit Neros Bild, in Schildpatt graviert – er, der Unseren Vorgänger Sankt Petrus hat hinrichten lassen.

„Außergewöhnlich", sagte ich. „Und leicht von einem Kurier nach Britannien zu transportieren."

„Genau mein Gedanke, Heiligkeit. Victoria wird sie in nur ein paar Tagen Zugreise für ihr British Museum erhalten."

„Hervorragend. Wir werden einen Brief an Ihre Majestät aufsetzen und ein Telegramm an Kardinal Manning senden und den

* Papst Pius IX. (1846-1878)

Kurier ankündigen, da er ihn sicherlich persönlich zur Audienz bei der Königin begleiten möchte. Können Sie einen Kurier so schnell als möglich abfertigen?"

„Absolut, Heiligkeit. Wir können ihn Anfang der kommenden Woche lossenden."

Und so kam es, dass die Kameen am Dienstag, den 22. Mai, auf dem Weg nach England waren, begleitet von einem Brief an Victoria persönlich, von Unserer Hand geschrieben und mit Unserem Siegel versehen. Darin drückten Wir Unsere Liebe zum britischen Volk aus und die Hoffnung, dass die Kameen akzeptiert würden als ein Geschenk, dazu gedacht, das Leben aller Untertanen von Königin Victoria zu bereichern.

Während ich auf Nachrichten darüber wartete, wie die Kameen aufgenommen worden waren, vertiefte ich mich in meine Arbeit – Unsere neueste Enzyklika über die menschliche Freiheit. Drei Tage später, als ich mit meinem Latinisten, Monsignore Tarozzi, an der Veröffentlichung dieses Dokumentes arbeitete, brachte mein persönlicher Kammerherr, Pio Centra, einen jungen Seminaristen in mein Arbeitszimmer. Er war sichtlich eingeschüchtert durch meine Gegenwart und hielt in seiner Hand krampfhaft ein gelbes Blatt Papier – ein Telegramm.

„Bruder Giacomo Dionisio, Heiligkeit", sagte Pio. „Ein Jesuitenseminarist. Er hilft im Telegrafenbüro."

Ich blickte den Jugendlichen über meine Brillenränder hinweg an. „*Buon giorno*, Bruder Giacomo. Das ist für mich, nicht?"

Er kniete an meinem Knie nieder und küsste Unseren Fischerring. „Heiliger Vater, bitte versichert mir, dass Ihr ruhig bleiben werdet."

Wenn jemand so etwas sagt, ist ruhig bleiben natürlich das Letzte, was man tut. „Ruhig? Was ist geschehen?"

„Ich nahm diese Nachricht selbst auf und bin den ganzen Weg hierher gerannt, sobald ich sie gelesen habe. Heiligkeit –

habt Ihr einige Kostbarkeiten an Königin Victoria geschickt?"

„Ja. Sind sie angekommen?"

Er schüttelte den Kopf. „Sie sind verschwunden."

Ich fühlte das Blut aus meinem Gesicht weichen. „Was?"

„Als sie das Kästchen öffneten, war es leer."

„Nein." Ich konnte kaum atmen noch blinzeln. „Sagen Sie mir, dass sie dabei nicht zugegen war."

Der junge Mann hielt mir das Blatt mit zitternden Händen hin, und ich nahm es.

BUCKINGHAM PALACE

25. Mai 1888

An: Leo PP. XIII.

Kurier mit Kästchen eingetroffen, aber es war leer. Kurier wird im Augenblick verhört. Er streitet jegliches Vergehen ab. I.M. wünscht eine vollständige Untersuchung. Erbitte Anweisungen.

– H. E. KARDINAL MANNING

– Via H. Ponsonby, Sekretär I.K.M., V. R.

Von Victorias Privatsekretär – sie hatte also tatsächlich das Kästchen in Mannings Beisein geöffnet. Das war natürlich zu erwarten gewesen, denn ich hätte dasselbe getan.

„Lassen Sie Tildano kommen", sagte ich. Meine Stimme konnte ich kaum hören, so laut schlug mein Herz.

Der junge Mann an meinem Knie schaute verwirrt auf. „Wen, Heiliger Vater?"

„Signore Tildano. Den Kurator der Museen. Holen Sie ihn, schnell."

Bruder Giacomo nickte und stürzte zur Tür hinaus, und für einen Moment neidete ich ihm seine Jugend, die sich mit solcher Geschwindigkeit bewegen konnte. Ich, für meinen Teil, ließ mich in den Sessel fallen, nahm meine Lesebrille ab und rieb mir die

Augen. Ich kannte den Hochadel – denn ich war in seinem Umkreis aufgewachsen, war in seinen Schulen erzogen worden und hatte mich meine ganze Karriere hindurch unter seinen Mitgliedern bewegt. Alle waren zu einem gewissen Grad launenhaft, und Victoria, trotz ihrer gerühmten Festigkeit und ihrem Gerechtigkeitssinn, konnte wahrscheinlich ebenso kleinlich sein wie jeder andere. Fehler dieser Art waren in diesen Kreisen inakzeptabel, mochten sie nun absichtlich oder unabsichtlich geschehen. Jegliche Hoffnung darauf, ihr Herz zu rühren, schien nunmehr unwiederbringlich verloren.

„Heiligkeit", sagte Tarozzi vom Schreibtisch her. „Seid Ihr in Ordnung?"

„Nein."

„Soll ich Euren Arzt rufen?"

„Nein."

In diesem Moment läuteten die Glocken von St. Peter zum Angelus. Ich rutschte vom Sessel auf die Knie und betete. Tarozzi folgte sofort, umrundete den Schreibtisch, um neben mir niederzuknien. Wir machten das Kreuzzeichen und begannen. Doch als wir zusammen die Worte der alten frommen Übung sprachen, lastete meine Sorge wegen der Kameen schwer auf mir und drängte sich in mein stilles Gebet.

*„Angelus Domini nuntiavit Mariae…"**

Liebe Mutter Christi erhöre mich, betete ich still, und lege meine Sorgen deinem Sohn zu Füßen.

*„… Ave Maria, gratia plena; Dominus tecum; benedicta tu in mulieribus, et benedictus fructus ventris tui Iesus…"***

Ich habe keinen anderen Wunsch, als Seinen Kindern ein guter Hirte zu sein, bitte Ihn, den fleischgewordenen Gott, für mich.

* „Der Engel des Herrn brachte Maria die Botschaft..."

** „...Gegrüßet seist du, Maria, voll der Gnaden; der Herr ist mit dir, du bist gebenedeit unter den Frauen und gebenedeit ist die Frucht deines Leibes Jesus..."

„... *Ecce ancilla Domini...*"*

Ich lege alle meine Sorgen und Ängste in dein Unbeflecktes Herz, denn du verstehst solche Leiden.

„... *Et Verbum caro factum est...*"**

Herr, zu wem soll ich mich wenden?

„:..*Ora pro nobis, sancta Dei Genetrix...*"***

In Dir, oh Gott, ist meine Stärke.

„...*Per eundem Christum Dominum nostrum. Amen.*"****

Ich bedeckte mein Gesicht mit den Händen. Tarozzi machte das Kreuzzeichen neben mir und bemerkte meine Haltung. „Heiligkeit", sagte er. „Lasst mich Euch helfen."

Ich fuhr mit den Händen über mein Gesicht. „Erlauben Sie mir ein paar Augenblicke allein, Monsignore, bitte."

Er erhob sich und hielt mir die Hand hin. „Lasst mich zumindest Euch aufhelfen."

Ich winkte ihn fort. „Ich möchte hier bleiben. Geben Sie mir Zeit mich zu sammeln. Wenn Bruder Giacomo mit dem Kurator zurückkehrt, sagen Sie Pio, er möge sie hereinschicken."

„Ja, Euer Heiligkeit."

Nachdem er gegangen war, ließ ich mein Gesicht wieder in den Händen ruhen, die Ellbogen auf meinen Stuhl gestützt, um zu beten. Zwanzig Minuten später hörte ich ein Klopfen an der Tür. „Herein."

Bruder Giacomo und Tildano traten zusammen ein, doch sie blieben stehen, als sie mich auf den Knien sahen.

„Sollen wir später wiederkommen, Heiliger Vater?", fragte Giacomo.

„Nein, kommen Sie und helfen Sie mir hoch, junger Mann." Er folgte meinem Befehl und stützte mich mit einem starken

* ...Siehe, ich bin die Magd des Herrn...

** ...Und das Wort ist Fleisch geworden...

*** Bitte für uns, o heilige Gottesgebärerin...

**** ...Durch denselben Christus unseren Herrn. Amen

Arm. „Nun, Signore“, sagte ich zu Tildano, wobei ich meine Soutane straff zog. „Vielleicht können Sie mir eine Erklärung geben, weshalb die Kameen nicht im Kästchen waren, als es bei Victoria ankam?“

Tildano, bleich wie ein unbeschriebenes Blatt Papier, schüttelte den Kopf. „Ich habe keine, Euer Heiligkeit.“

„Keine?“ Die Heftigkeit der Enttäuschung ließ meine Stimme scharf klingen. „Ich erwarte Besseres, Signore.“

„Heiligkeit, ich habe das Kästchen persönlich geprüft. Ich habe gesehen, dass die Kameen innen gut befestigt waren, sodass sie nicht herumkullern konnten. Ich legte Euer Schreiben in das Kästchen und verschloss es fest. Dann gab ich es dem Kurier. Und wenn es um mein Leben ginge, ich kann nicht erklären, warum sie nicht drin waren.“

„Und doch ist derselbe Kurier in London mit einem leeren Kästchen eingetroffen und hat es in Gegenwart der Königin unverfroren geöffnet. Das klingt nicht nach dem Handeln eines Schuldigen.“

„Er steht, was Vertrauenswürdigkeit anbelangt, in einem ausgezeichneten Ruf, Heiliger Vater.“

„Wo in aller Welt sind sie dann?!“

Tildano öffnete den Mund und schloss ihn wieder, sichtlich ebenso baff wie ich. Ich begann auf und ab zu laufen, wobei ich mit dem Fingerknöchel gegen meine Stirn klopfte. Irgendetwas an diesem ganzen Szenario war schrecklich falsch, aber ich konnte nicht erkennen, was. Ich hielt neben dem Schreibtisch inne, setzte mich und griff nach dem Federhalter. Dann tauchte ich ihn in die Tinte und schrieb in Französisch auf ein Stück Kanzleipapier.

AN: I.K.M., V. R.

Wir sind von diesen Ereignissen tief betrübt. Unser Kurator beharrt darauf, dass die Gegenstände uns gut gesichert und in vertrauenswürdiger Obhut verließen. Auch Wir wünschen eine Untersuchung, doch wären Wir immens dankbar für jegliche Unterstützung, da Unsere Fähigkeiten auf diesem Gebiet begrenzt sind.

In aller Demut erflehen Wir Eure Geduld und Vergebung. Arbeiten Wir zusammen an einer positiven Lösung dieser Angelegenheit.

In der Liebe des erbarmungsvollsten Erlösers,

Leo PP. XIII

Ich reichte das Blatt Bruder Giacomo. „Senden Sie das Ganze, mit einer Kopie an Kardinal Manning. Ich weiß, dass es für ein Telegramm zu wortreich ist, aber jedes Wort ist wichtig. Kommen Sie zu mir, sobald Sie eine Antwort haben. Ganz gleich, wann es ist – es sei denn, ich lese gerade die Messe, natürlich. Ich werde darauf warten."

„Sicher, Heiliger Vater."

Als Giacomo fortging, sah ich zu Tildano auf. „Gehen Sie in Ihr Museum zurück, Signore, und lassen Sie Ihre Leute mit der Suche beginnen. Wenn sie noch immer da sind, werde ich sehr nette Worte finden müssen, um mich zu entschuldigen." Ich seufzte und stützte meinen Kopf auf die Hand. „Ich bin gut mit Worten, aber ob mein Talent dazu reicht?"

Tildano antwortete nicht auf meine rhetorische Frage. „Ich werde Euch sofort Meldung erstatten, wenn ich etwas finde, Heiliger Vater."

Ich winkte ihn fort, und als sich die Tür schloss, starrte ich auf die Blätter mit meiner Enzyklika, die vor mir lagen – die Worte verschwammen vor meinen Augen. Ich bemerkte, dass ich meine Lesebrille abgesetzt hatte. Als ich mich nach ihr umsah, sah ich, dass ich sie auf meinen Stuhl gelegt hatte, als ich mich zum Gebet niederkniete. Doch jetzt hatte ich keine Energie, um aufzustehen und sie zu holen. Müdigkeit lastete wie ein Bleigewicht auf meinen Schultern. Da fiel mein Blick auf das kleine byzantinische Bild Unserer Lieben Frau von der Immerwährenden Hilfe, das auf meinem Schreibtisch stand – die Mutter Gottes, die einem verängstigten Jesuskind Trost schenkte, während die Erzengel Gabriel und Michael Kreuz und Lanze hoch hielten – die Instrumente des göttlichen Leidens. Mit ausgestreckten Fingern strich ich über den Schleier der Madonna, in der Hoffnung, sie würde mir ein wenig des gleichen Trostes zukommen lassen.

Da hörte ich, wie die Tür wiederum leise geöffnet wurde. Ich sah auf und erblickte Matteo, einen der päpstlichen Kammerherren, der sich um das Appartement kümmerte und die Mahlzeiten servierte. Er war ein junger Mann von fürstlicher Abstammung, doch er hatte eine hingebungsvolle Unschuld an sich. Er stand in seinem schwarzen Anzug still da wie ein Schatten und wartete darauf, von mir angesprochen zu werden.

„Was gibt es, Matteo?"

„Heiligkeit", sagte er mit leiser unsicherer Stimme. „Möchtet Ihr nicht etwas essen?"

Ich schüttelte den Kopf. „Ich bin nicht hungrig."

„Aber Heiliger Vater, Ihr hattet nur Café zum Frühstück." Sein Gesichtsausdruck war verzweifelt. „Sicherlich braucht Ihr etwas Substantielleres."

Mir entfuhr ein tiefer Seufzer. Meine Essgewohnheiten waren eine Tortur für die Diener. Die älteren unter ihnen waren an Pio Nonos Appetit gewöhnt – er hat recht gut gegessen, und das sah man an seiner wohlbeleibten Statur. Ich dagegen fastete mehr als ich aß – ein schockierendes Fehlverhalten in einer Kultur, in der man oft die Liebe zueinander durch das zeigt, was man dem anderen zubereitet.

Er kam und kniete neben mir nieder. „Bitte, Heiliger Vater, selbst wenn Ihr nur ein Panino esst, ist das besser als gar nichts."

Ich legte meine Hand auf seine Schulter. „Bei den heutigen Aufregungen habe ich jeglichen Appetit verloren."

„Wenn ich etwas empfehlen darf, Heiliger Vater?“

„Ich sollte trotzdem essen?“

Matteo lächelte, seine Unsicherheit schwand etwas. „Nun, ja, aber außerdem noch etwas.“

„Nur heraus damit.“

„Vielleicht solltet Ihr bei dem Problem die Fürbitte der seligen Rita von Cascia anrufen. Ich verehre sie in besonderer Weise, weil sie aus meiner Heimatstadt ist. Aber sie scheint in den ausweglosesten Situationen zu helfen.“

Sein Vorschlag war so treuherzig, dass ich mich eines Lächelns nicht erwehren konnte. Aber er war nicht ohne Wert. „Ich werde das vielleicht tun. Nun, was haben die Köche zum Mittagessen zubereitet?“

„Kichererbsensuppe mit Rosmarin, frisches Brot und, wenn Ihr möchtet, Forelle, geschmort in Knoblauch und Zitrone.“

Trotz meiner Worte über den fehlenden Appetit überwog das Interesse meines Gaumens. „Ich würde gern eine Tasse Suppe und ein wenig Brot zu mir nehmen:“

„Sofort, Heiliger Vater.“ Er fasste meine Hand und küsste meinen Ring mit dankbarer Begeisterung, bevor er aus dem Zimmer stürmte.

Mit einem tiefen Seufzer stand ich auf und nahm meine Lesebrille auf, bevor ich ihm ins Speisezimmer folgte. Wollte Gott verhüten, dass ich zurückkehrte und mich ohne Nachdenken draufsetzte.

Die Suppe war tatsächlich köstlich, und ich bemerkte, dass die listigen Köche einige kleine Bröckchen Fisch hineingemischt hatten, um mir ein wenig zusätzliche Nahrung zu geben.

Als ich die Mahlzeit beendete, hastete der junge Telegrafist ins Speisezimmer, atemlos vom Lauf. „Heiligkeit“, sagte er strahlend. „Wundervolle Nachrichten!“ Er kniete neben meinem Stuhl nieder und reichte mir das Telegramm.

„Sie haben sie gefunden?“

Sein Gesicht verdüsterte sich. „Ah, nein. So gut nicht. Aber trotzdem gut. Sie schicken Sherlock Holmes!"

„Wen?" Der Name klang so fremdländisch in meinen Ohren. Und doch – er war seltsam vertraut.

„Ein beratender Detektiv aus England, Heiliger Vater. Er ist sehr scharfsinnig und löst die schwierigsten Fälle. Er hat einige ziemlich haarige Situationen für mehrere gekrönte Häupter Europas entwirrt."

„Ah…" Das erklärte, weshalb mir der Name irgendwie vertraut war, auch wenn ich kaum Einzelheiten kannte. Ich erinnerte mich daran, dass da irgendetwas mit einer skandalösen Geschichte in der königlichen Familie der Niederlande gewesen war. Ich nahm meine Lesebrille, die ich neben meinem Wasserglas abgelegt hatte, und setzte sie auf, um das Telegramm zu lesen.

> BUCKINGHAM PALACE
> 25. Mai 1888
> An: Leo PP. XIII
>
> Wir schicken Euch Mr. Sherlock Holmes, einen beratenden Detektiv von makellosem Ruf, der Unser volles Vertrauen genießt. Erwartet ihn Montag, den 28. Mai, vormittags. Wir sind sicher, wenn er die verschwundenen Gegenstände nicht findet, kann es niemand. In der Zwischenzeit seid Unserer besten Wünsche versichert.
>
> -V.R.

Erleichtert über ihre liebenswürdige Antwort, ließ ich mich auf den Stuhl zurücksinken. „Sie hat dies selbst verfasst", sagte ich.

„Ihr habt dasselbe getan, Heiligkeit. Ich nehme an, sie wollte die Geste erwidern."

„Wie gütig. Vielleicht habe ich sie doch falsch beurteilt." Ich bemerkte die Blicke des jungen Mannes auf meine Suppentasse. „Haben Sie schon gegessen, mein Sohn?"

„Noch nicht, Heiliger Vater. Ich habe auf das Telegramm gewartet."

„Setzen Sie sich", sagte ich und zeigte auf den Stuhl an der Ecke gegenüber.

Mein Befehl machte ihn unbehaglich. Es war nicht Sitte, dass die Untergebenen in meiner Gegenwart saßen, und doch konnte er nicht anders als gehorchen.

„Matteo", rief ich.

Matteo kam aus dem Servierraum.

„Bitte bringen Sie diesem jungen Mann etwas Suppe und Fisch. Er hat heute hart für mich gearbeitet, indem er hin und hergerannt ist."

Nachdem Giacomo bedient worden war und sein Dankgebet gesprochen hatte, fragte ich: „Nun erzählen Sie mir, woher Sie diesen Sherlock Holmes kennen."

Ich wiederholte den Namen; ihn auszusprechen war schwer für meine Lippen. „Sherlock Holmes. Was für ein unaussprechlicher Name. Warum hüllen diese Engländer alle ihre Worte in solch holprige Konsonanten?"

Bruder Giacomo lachte, dann wurde er rasch wieder ernst. „Verzeiht, Heiliger Vater."

„Wofür? Ich habe versucht, amüsant zu sein. Es muss der Fluch des Papsttums sein, dass niemand mehr über meine Scherze lacht. Nun, bitte, erklären Sie mir, woher Sie diesen Mann kennen."

„Nun, abgesehen von den Gerüchten, die man ständig im Telegrafenbüro zu hören bekommt, habe ich in einer Zeitschrift über ihn gelesen."

„In einer Zeitschrift?"

„Ja, sein Freund, ein Dr. John H. Watson, hat eine Fortsetzungsgeschichte über einen seiner Fälle verfasst. Sie wurde übersetzt und in zwei Teilen hier in Italien veröffentlicht. Sie heißt: *Eine Studie in Scharlachrot*."

„Klingt wie eine Liebesschnulze."

Der junge Mann machte ein schockiertes Gesicht. „Keineswegs, Heiliger Vater. Es ist ein Kriminalroman, der zeigt, wie Signore Holmes die Technik der Schlussfolgerung nutzt, um Mordfälle zu lösen."

„Tatsächlich? Ich möchte diese Geschichte lesen. Haben Sie sie noch?"

„Ja, Heiligkeit."

„Wenn Sie mit dem Essen fertig sind, werden Wir eine Dankesantwort an Ihre Majestät senden. Danach bringen Sie mir bitte diese Geschichte. Ich will sie lesen, während ich mich zur Siesta niederlege."

COMMUNIO

In den folgenden drei Tagen fand ich trotz meines gedrängten Terminplanes Zeit, die Geschichte zu lesen, die Giacomo mir gebracht hatte. So sah ich schließlich gespannt der Begegnung mit diesem jungen Engländer von solch bemerkenswertem intellektuellen Talent entgegen. Auch ließ ich es mir angelegen sein, während meiner privaten Gebetszeit die Fürbitte der seligen Rita von Cascia in diesem Fall zu erbitten, wie Matteo vorgeschlagen hatte.

Victorias Versprechen getreu, kam der so großartig angekündigte Sherlock Holmes am Montagvormittag gegen 10.30 Uhr an. Es war, welch ein Zufall, das Fest des Augustinus von Canterbury, des Heiligen und Bekenners, der das Volk von Britan-

Communio = lat.: Gemeinschaft

Er stand in zurückhaltender Haltung vor mir

nien zum Christentum bekehrte. Ich fragte mich, ob dies vielleicht ein Zeichen der göttlichen Vorsehung sei.

In Erwartung von Signore Holmes' Besuch hatte ich meinen Terminplan für den größten Teil des Tages frei gemacht, dennoch versuchte ich noch so viel Arbeit wie möglich vor seiner Ankunft zu erledigen. Mein Oberster Kammerherr, Monsignore Macchi, begleitete ihn in mein Büro, als ich gerade dabei war, in letzter Minute einige Kleinigkeiten mit Tarozzi zu erledigen. Der Detektiv war, wie sein Biograph beschrieb, ein schlanker Gentleman von beeindruckender Größe, Anfang 30, mit scharfen Gesichtszügen und hohem Haaransatz. Gekleidet in einen makellosen grauen Tweedanzug, hielt er einen schmalrandigen Homburg in der Hand, und ein fein gearbeiteter Goldring, eine

Erinnerung an königliche Protektion, glänzte am Ringfinger seiner rechten Hand. In der anderen Hand hielt er einen elfenbeinernen Gehstock mit Silberknauf. Von meinem Blickwinkel im Sessel aus schien er mit dem Kopf fast den Türsturz zu berühren – obwohl er ihn eher um einige Zentimeter verfehlte. Er stand in zurückhaltender Haltung vor mir, und seine kühlen, grauen Augen wanderten hierin und dorthin, alles aufnehmend – die Szenerie mit einem durchdringend Blick in sich aufsaugend.

Ich muss kurz bemerken, dass Signore Holmes, in einem Italienisch zu mir sprach, das ich bestenfalls als befriedigend und aus einem Buch gelernt, beschreiben kann, und das manchmal ins Lateinische abglitt, wenn er sich an ein Wort oder eine Verbkonjugation nicht erinnerte. Für einige in meiner Umgebung war dieser Wechsel unangenehm und sie konnten ihn nicht verstehen. Ich jedoch, der ich beide Sprachen fließend sprach, verstand ihn recht gut. Daher werde ich seine Rede ihrer Bedeutung gemäß niederschreiben, nicht aber so, wie sie wörtlich zu mir gesprochen wurde.

Nachdem Macchi Holmes angekündigt hatte, beugte ich meinen Kopf vor, um ihn über die Ränder meiner Lesebrille hinweg genau zu betrachten. „*Buon giorno, Signore Holmes, piacere.* Sie sind sehr groß.“ Ich streckte ihm meine Hand entgegen, denn selbst Protestanten erweisen Uns mit einer leichten Reverenz Respekt.

Aus den Augenwinkeln gewahrte ich, dass der Monsignore an meiner Schulter andeutungsweise das Knie beugte, um dem Engländer deutlich zu machen, dass er eine Kniebeuge machen solle.

Der junge Mann schien dies jedoch nicht zu bemerken. Er trat zwei Schritte in den Raum und sagte in einer schneidenden Tenorstimme: „Euer Heiligkeit, auch ich freue mich Eure Bekanntschaft zu machen. Bevor wir zum Zeremoniell übergehen, muss ich Euch fragen, ob Ihr vorzieht, dass man im Umgang mit Euch aufrichtig ist oder nicht.“

Ich hob die Augenbrauen und ließ meine Hand auf die Armlehne des Sessels fallen. „Aufrichtig, natürlich."

„Dann muss ich Euch sagen, dass ich ein loyaler Untertan Ihrer Majestät, Königin Victorias bin, Oberhaupt der Kirche von England. Wenn ich Euer Heiligkeit auch nicht beleidigen möchte, indem ich von der seit unvordenklichen Zeiten bestehenden Tradition, niederzuknien und Eure Hand zu küssen, Abstand nehme, so denke ich doch, es wäre unaufrichtig, eine solche Geste zu machen. Es würde bedeuten, unsere Freundschaft auf einer Basis von Unaufrichtigkeit zu beginnen."

„Ah." Ich warf einen Blick hinüber auf Tarozzi und Macchi, deren Gesichter aschfahl geworden waren bei dem, was sie ohne Zweifel als Beleidigung Unserer Person ansahen.

In Wahrheit war ich nicht beleidigt, eher betrübt. Denn wenn auch der Engländer davon sprach, dass seine Untertanentreue gegenüber der Königin über seiner Beziehung zu Uns stehe, begriff ich doch, dass es mehr sein persönlicher Stolz war. Prestigepositionen bedeuteten jemandem wie ihm, der sich in dem Intellekt sonnte, den er nach seinem eigenen Standard geformt hatte, wenig, sei es auch die herausragende Stellung des Stellvertreters Christi auf Erden. Ich begriff, dass für ihn Respekt etwas war, das man sich verdienen musste, und für meinen Teil verstand ich das.

Ich nahm die Brille ab und reichte sie zusammen mit dem Buch, das ich auf dem Schoß hatte, an Macchi, dann machte ich Anstalten aufzustehen. Ich hatte jedoch zu lange in einer Haltung gesessen – meine Gelenke waren unangenehm steif geworden. „Kommen Sie her, mein Sohn", sagte ich, wobei ich den Engländer heranwinkte.

Er tat, wie ich gebeten hatte, und kam zur linken Seite meines Stuhls.

„Bitte, helfen Sie mir aufzustehen."

Er nahm meinen Arm und gab mir die Unterstützung, die ich brauchte, um mich zu erheben.

„*Grazie*, Signore." Ich gelte mit meinen fünf Fuß zehn Inches als groß unter den Italienern, doch er schien mich wie ein Turm zu überragen. „*Allora*", sagte ich und lächelte zu ihm empor. „Mein erster Eindruck von Ihnen ist, wie ich schon sagte. Ich muss meinen Hals verrenken, um zu Ihnen aufzusehen. Sagen Sie mir, bitte, wie groß sind Sie?"

„Ein bisschen über sechs Fuß, Euer Heiligkeit."

„Lieber Himmel! Womit hat Sie Ihre Mutter gefüttert?"

Ein leichtes Lächeln huschte endlich über sein Gesicht, das bei seinem Eintreten ausdruckslos gewesen war. „Meine Mutter hat dafür gesorgt, dass ich alles aß, ob ich wollte oder nicht."

Ich brummte vor Belustigung. „Meine ebenso. Ist es nicht wunderbar, dass wir als Männer so rank sind wie Schilfrohr?"

An Tarozzi gewandt, machte ich mit der Hand ein Zeichen der Entlassung. „Monsignore, wir werden später fortfahren. Gehen Sie mit Monsignore Macchi frühstücken und überlassen Sie dem Signore Ihren Stuhl."

Der Bischof schaute zwischen uns hin und her. Dann nahm er seine Sachen auf, bot dem Engländer seinen Platz an und verließ zusammen mit seinem bischöflichen Mitbruder mit wehenden Kleidern den Raum. Holmes trat hinter den Schreibtisch und legte Hut und Stock darauf. Er setzte sich nicht hin, sondern betrachtete stattdessen die Bücher in meinen Regalen, die Hände auf dem Rücken verschränkt.

Nachdem Tarozzi mit Macchi hinausgegangen war, bemerkte ich einen anderen sehr nervösen jungen Mann mit Schnauzbart, der direkt vor der Tür stand. Er hielt einen braunen Bowler so fest in der Hand, als wolle er ihn in zwei Teile reißen.

„Und wer sind Sie, mein Sohn?", fragte ich.

„Meine Entschuldigung, Heiligkeit", sagte Sherlock Holmes und wandte sich mir wieder zu. „Das ist Signore Vicini, der Kurier…"

Vicini hastete vorwärts, um vor mir auf die Knie zu gehen.

Er küsste meinen Ring und beugte dann den Kopf, um mit dem Ausdruck tiefster Beschämung die Spitzen meiner Schuhe zu küssen. „Ich bin derjenige, der die Kameen verloren hat, Heiliger Vater. Ich bitte Euch um Vergebung.“

„Vicini“, sagte Holmes mit einer ungeduldigen Schärfe in der Stimme. „Ich habe Ihnen bereits gesagt, dass Sie sie nicht verloren haben. Nun reißen Sie sich, bitte, zusammen.“

Ich legte meine rechte Hand sacht auf Vicinis gebeugtes Haupt, um ihn zu segnen, und sah hinüber zu dem Engländer. „Wenn er sie nicht verloren hat, Signore, wo sind sie dann hingekommen?“

„Nirgendwohin. Sie sind hier.“

„Hier?“

„Wenn man das Unmögliche eliminiert hat, muss, was immer übrigbleibt, so unwahrscheinlich es auch zu sein scheint, die Wahrheit sein. Sie waren nicht bei Vicini, als er in London ankam, obwohl er das Kästchen, das er brachte, zu keiner Zeit aus den Händen gegeben hatte. Daraus folgt, dass er sie von Anfang an gar nicht dabei hatte.“ Er klopfte mit seinen langen Fingern auf den Schreibtisch. „Sie sind hier, oder waren es zumindest. Wo sie jetzt sind, kann ich nicht sagen. Das ist es, natürlich, was ich herausfinden muss.“

„Da sehen Sie“, sagte ich und sah auf den Mann zu meinen Füßen hinab. „Wenn Signore Holmes sagt, dass Sie sie nicht verloren haben, dann haben Sie es auch nicht. Und nun“, fuhr ich freundlich fort, „würde ich gern einige Augenblicke mit dem Signore sprechen. Würden Sie bitte draußen warten?“

„Ja, Heiliger Vater.“ Er rappelte sich vom Boden auf und stolperte zur Tür hinaus, die er hinter sich schloss.

„Er ist sehr von Schuldgefühlen geplagt“, bemerkte ich.

„Und es ist ein außerordentliches Vergnügen gewesen, drei Tage mit ihm unterwegs zu sein, das kann ich Euch versichern.“

Ich tat mein Bestes angesichts seines Sarkasmus’ ein Lächeln zu unterdrücken, doch ich war nicht sehr erfolgreich. „Bitte, setzen Sie sich, Signore. Ich möchte ein bisschen stehen, um meine Beine zu bewegen."

Er tat, wie ich gebeten hatte. Dennoch bemerkte ich, wie sein forschender Blick wiederum durch den Raum glitt, über meinen Schreibtisch und zurück zu mir, während ich zum Fenster mit der Loggia schritt, die auf den Petersplatz hinausgeht. Es war ein wunderschöner Morgen. Die warme gelbe Sonne warf dekorative Schatten der Heiligenstatuen auf das Steinpflaster unten.

Ich wandte mich ihm wieder zu und sagte: „Sie betrachten mich, Signore. Ist es wahr, dass Sie alles sehen können, was es mit einem Mann auf sich hat, wenn Sie ihn nur anschauen?"

„Man kann beobachten und vieles daraus schließen, Heiligkeit. Ich würde zögern zu sagen, alles."

„Was, nun, sehen Sie an mir?"

Er seufzte mit etwas, das ich entweder für Ärger oder Ungeduld hielt, dann antwortete er mir in einem raschen Stakkato: „Neben der Tatsache, dass Euer Heiligkeit sehr wenig essen, schnupfen, sich sehr auf die Werke des Thomas von Aquin stützen, eine herausragende Kenntnis des Lateinischen besitzen, ein ausgeprägtes Interesse an wissenschaftlichen Untersuchungen haben, die Madonna verehren, sich an Schach erfreuen, unaufhörlich schreiben und gegenwärtig an Schlaflosigkeit leiden, kann ich nichts sonst ausmachen, dass nicht den meisten Beobachtern klar vor Augen läge."

„Sie meinen, dass ich der Papst bin."

„Ja." Ein mildes Lächeln huschte wiederum über sein Gesicht.

„*Va bene*", sagte ich. „Wollen wir sehen, ob ich ermitteln kann, woher Sie diese Dinge erfahren haben." Ich verschränkte die Arme. „Ich werde als viel zu dünn betrachtet, ein Anzeichen dafür, dass ich wenig esse. Die Schnupftabakdose auf dem Schreibtisch ist ein Hinweis, dass ich gelegentlich Schnupftabak verwende. Der abgegriffene Zustand meiner Aquina-Texte zeigt, dass ich sie häufig in Gebrauch habe, und die Dokumente auf Latein, die auf meinem Schreibtisch liegen, beweisen meine Kenntnisse in dieser Sprache. Die Bilder Unserer Lieben Frau und der Rosenkranz auf meinem Schreibtisch lassen meine Verehrung für die Madonna vermuten. Meine Sammlung wissenschaftlicher Texte verweist auf mein Interesse auf diesem Gebiet, und mein Schachspiel in der Ecke mit dem Aufbau einer beendeten Partie, die ich gewonnen habe", ich blinzelte verstohlen, „verrät meine Liebe zum Schachspiel."

Das knappe Lächeln des Gentleman wurde etwas breiter. „Ihr habt mir bei meinem eigenen Spiel Paroli geboten, Heiligkeit."

„Nicht ganz. Sie sagten, ich schreibe unaufhörlich. Haben Sie das aufgrund meiner Enzykliken erschlossen?"

Holmes schüttelte den Kopf. „Der Tintenfleck und die Delle an Eurer Zeigefingerspitze verraten einen Menschen, der kaum den Federhalter aus der Hand legt."

Ich betrachtete meinen tintenverschmierten Finger. „Wunderbar. Und die Schlaflosigkeit?"

„Die Schlaflosigkeit kann man von Eurem Gesicht ablesen. Ihr seht nicht gut ausgeruht aus. Aber wenn man Euch auch nicht ansähe, so kann man es an den Kerzen und Federkielen ablesen."

„Kerzen und Federkiele?"

Er schob den Kerzenhalter, der auf dem Schreibtisch stand, vorwärts. „Diese Kerze wurde in den Morgenstunden unmittelbar vor der Dämmerung eingewechselt, denn sie ist kaum abgebrannt. Außerdem befindet sich eine Ansammlung von Wachs an ihrem unteren Teil, was zeigt, dass der Kerzenständer nicht abgeschabt worden ist, bevor eine neue Kerze eingesetzt wurde – etwas, das ein Diener tun würde. Daraus folgt, dass kein Diener die Kerze ausgewechselt hat, sondern Ihr, weil sie zu dieser Zeit schliefen. Ihr wart den größten Teil der Nacht wach und habt gearbeitet. Tatsächlich, wie ich nun sehe – die meisten dieser beschriebenen Blätter sind von anderer Hand als der von Seiner Exzellenz, der den Federhalter benutzte, den er mitgenommen hat. Der Federkiel hier ist ziemlich mit Tinte bedeckt, die noch immer feucht ist; daher denke ich, dass er in der Nacht benutzt wurde."

„Hervorragend", sagte ich. „Ich arbeite oft die Nacht durch. Sie haben eine gesegnete Gabe, Signore."

„Danke, Heiligkeit." Der Engländer kräuselte die Lippen.

„Gibt es noch etwas?"

„Ja." Er lehnte sich mit den Ellbogen auf meinen Schreibtisch. „Ich muss Euch eine Bitte vortragen. Sie hat nichts mit dem Fall zu tun, aber wenn ich Euch nicht jetzt bitte, werde ich mich nicht mehr daran erinnern, sobald mein Geist voll mit dem Problem beschäftigt ist, das vor mir liegt."

„Bitte. Wir haben bisher eigentlich wenig über das gesprochen, was mit dem Fall zusammenhängt."

Er machte eine wegwerfende Handbewegung. „All das ist notwendig bei einem neuen Klienten", sagte er. „Dies jedoch ist was anderes."

„Dann sagen Sie mir bitte, worum es sich handelt."

Er seufzte und schien unsicher, wie er beginnen und was er sagen sollte. „Mein lieber Freund, Dr. Watson…"

„Ah, ja, Ihr Biograf."

„Ihr kennt ihn?"

„Als mir Ihr Kommen angekündigt wurde, las ich *Eine Studie in Scharlachrot* auf die Empfehlung eines meiner Leute hin."

Holmes stöhnte auf und fuhr sich mit der Hand über den Kopf.

„Ist der Bericht denn nicht wahr, Signore?"

„Oh, doch. Aber er ist in einer so sensationslüsternen Weise geschrieben. Ich hätte einen wissenschaftlichen Bericht über den Fall vorgezogen."

„Nun." Ich lächelte in mich hinein. „Ich stimme gern zu, dass es etwas melodramatisch war. Aber ein wissenschaftlicher Bericht hätte Ihnen sicherlich nie die öffentliche Bewunderung gewonnen. Und er schreibt aus Liebe zu Ihnen. Sicherlich können Sie dies wenigstens anerkennen."

Er blinzelte nachdenklich über die Meinung, die ich geäußert hatte. „Ich nehme es an."

„Nichtsdestoweniger schweifen wir ab. Was wünscht der gute Doktor von mir?"

„Er fürchtet für das Leben einer Patientin und ihres Kindes. Sie ist die Frau eines guten Freundes von ihm, und sie und ihre Familie sind Mitglieder Eurer Herde. Er bittet, dass Ihr für sie beten mögt."

„Sie erwartet ein Kind?"

„Ja."

„Wie heißt sie?"

„Mrs. Genevieve Murray."

„Sie ist irischer Abstammung?"

„Ja."

„Ich würde mich sehr freuen, in meinen Gebeten ihrer zu gedenken und werde morgen die Messe für sie lesen. Wäre das ausreichend?"

„Mehr als ausreichend, Heiligkeit."

„Wenn ich fragen darf: Sie und Ihr Freund haben nicht selbst für sie gebetet?"

Er schüttelte den Kopf. „Wir sind keine Männer des Glaubens, Euer Heiligkeit."

Ich nickte betrübt, denn ich hatte dies erwartet. In diesen Tagen war Agnostizismus oder Atheismus häufig bei jenen zu finden, die sich wissenschaftlichen Studien hingaben. Wir hofften, in Unserem Pontifikat das Gegenteil zu ermutigen. „Vielleicht sollten Sie meinen oft genutzten Federkiel dort nehmen und ein Telegramm an Ihren Freund schreiben? Ich nehme an, Dr. Watson hat die Bitte ausgesprochen, weil er glaubt, dass die Frau an die Macht des Gebetes glaubt, und er hofft, dass ihr Glaube sie sicher durch die Gefahr tragen wird. Eine schriftliche Bestätigung meines Gebetes wird wohl seiner medizinischen Absicht am besten dienen, nicht?"

Holmes dachte nur einen kurzen Moment darüber nach, dann nahm er den Federkiel.

Ich zog am Glockenstrang neben dem Fenster, und Pio trat ein. „Signore Holmes hat ein Telegramm, das abgeschickt werden muss, Pio. Lassen Sie es bitte von einem Kammerherrn zu Bruder Giacomo hinüberbringen. Er hat sich als tüchtiger und verlässlicher Telegrafist erwiesen."

Pio nahm das Blatt Papier, das der Engländer ihm reichte.

„Und Pio", fügte ich hinzu. „Wenn Sie das erledigt haben, dann bringen Sie mir meinen *cappello* und den Gehstock."

„Ihr geht aus, Heiliger Vater?"

„Ich wünsche den Signore in die Museen zu begleiten. Es scheint ein wunderschöner Tag, und ich dachte, vielleicht könnten wir durch die Gärten gehen." Ich winkte ihm zu gehen, dann richtete ich meinen Blick wieder auf Holmes. „Es macht Ihnen doch nichts aus, ein paar Schritte zusätzlich zu gehen, oder Signore?"

Er zuckte die Schultern. „Eine kurze Verzögerung macht nun keinen Unterschied mehr. Der Tatort ist bereits durcheinander gebracht worden. Ich werde ohnehin die Ereignisse rekonstruieren müssen."

„Ich kann Ihnen nicht folgen."

„Es ist fast eine Woche vergangen, seitdem sich der Zwischenfall ereignet hat, der dazu geführt hat, dass die Kameen verschwunden sind. In dieser Zeit sind die normalen Arbeiten weitergelaufen und dann wurde das gesamte Areal, wo die Kameen verpackt worden sind, mehrfach durchsucht. Das hat jeden Hinweis zerstört, den ich vielleicht hätte finden können. Das macht den gesamten Untersuchungsprozess schwieriger, wenn nicht gar unmöglich. Auf jeden Fall wird ein bisschen Zeit zusätzlich, die wir für den Weg durch die Gärten benötigen, zu diesem Zeitpunkt keinen Unterschied machen."

„Hm." Ich runzelte die Stirn. „Wenn ich das gewusst hätte, hätte ich nicht darauf bestanden, dass eine Suche durchgeführt wird, sondern hätte das Areal unter Bewachung gestellt."

„Ihr habt angemessen gehandelt, Heiligkeit. Was, wenn sie gefunden worden wären? Dann hätte ich gar nicht hierher zu kommen brauchen."

Pio kehrte mit meinem weißen, breitrandigen *cappello* und dem geschnitzten Redwood Gehstock zurück. Ich setzte den Hut auf über mein *zucchetto* und sah mich im Raum um. „Wo habe ich nur meine Lesebrille hingelegt?"

Pio hielt sie mir entgegen.

„Ah, *grazie*." Ich steckte sie in meine rechte Tasche. „Können wir gehen, Signore?"

Er folgte mir aus dem Büro in den Salon und setzte dabei den eigenen Hut auf. Der Kurier, der draußen wartete, sprang von der Polsterbank neben dem Fenster auf, als er uns sah. „Signore Vicini", sagte ich zu ihm. „gehen Sie voraus und sagen Sie Signore Tildano, dass wir auf dem Weg zu ihm sind. Ich möchte nicht, dass sie überrascht sind, wenn wir hereinkommen..."

„Wartet, Heiligkeit", sagte Holmes.

„Wie?"

„Es ist besser, sie sind überrascht. Wenn es sich um einen Fall von Diebstahl durch einen Angestellten handelt, dann ist es am besten, wenn man den Dieb unvorbereitet überrascht. Er könnte dadurch einen Fehler machen, den ich bemerken werde."

„Hervorragendes Argument." Ich wandte mich wieder an den ängstlichen Kurier. „Sind Sie verheiratet, Signore Vicini?"

„Ja, Heiligkeit. Ich habe auch zwei Kinder."

„Ich nehme an, dass Sie von ihm alle Informationen haben, die Sie brauchen?", fragte ich Holmes.

„Im Umfang von drei Tagen."

„Dann gehen Sie nach Hause zu Ihrer Familie, mein Sohn. Und versichern Sie sie meiner besten Wünsche. Wenn ich Sie brauchen sollte, werde ich Sie rufen lassen."

„*Grazie*, Heiligkeit." Der Kurier verbeugte sich und entfernte sich hastig.

Eskortiert von vier päpstlichen Wachen mit ihren Pickelhauben im preußischen Stil – zwei Hellebardiere und zwei Offiziere mit Degen und Pistole – schritt ich zusammen mit dem Engländer zwei Treppenfluchten hinunter, durch den Apostolischen Palast, am Damasushof vorbei und zur Sixtinischen Kapelle durch verschiedene private Durchgänge. Als ich ihn führte, zwangen mich seine längeren, jugendlichen Schritte mich ein wenig schneller zu bewegen, als ich gewöhnt war, aber es machte mir nichts aus. Es tut mir gut, dachte ich mir, die Beine zu bewegen. Die Kapelle hat einen Ausgang an der Rückseite, der auf die Piazza del Forno und die päpstlichen Gärten hinausführt, also führte ich ihn zwanglos in die Kapelle, ohne zu bedenken, dass er sie wahrscheinlich nie zuvor gesehen hatte. Er wurde langsamer und hielt schließlich inne, schaute sich um, dann zur Decke empor. Seine Augen weiteten sich vor ehrfürchtiger Scheu.

„Ich hatte absolut keine Ahnung davon", sagte er.

Ich lächelte. „Genau das habe ich gesagt, als ich es zum ersten Mal sah."

„Man könnte Stunden damit verbringen, all das genau anzuschauen."

„Manche haben es getan." Ich sah gleich ihm zur Decke hinauf.

„Als ich 15 war, kam meine Familie auf ihrer ausgedehnten Europatour auch durch Rom. Ich hatte mir damals sehr gewünscht, diesen Raum zu sehen, doch die Reisepläne der Familie ließen es nicht zu. Während meines Erwachsenenlebens habe ich es abgelehnt, meinen Geist mit überflüssigen Dingen anzufüllen anstatt mit dem, was für mein Studiengebiet notwendig war, und doch wollte ich noch immer dieses hier einmal sehen." Seine Augen hingen am Letzten Gericht, und er trat näher, um dessen sich ausbreitende Majestät zu betrachten. „Die Haut dort..." Mit seinem Gehstock deutete er auf eine bärtige Gestalt in der Mitte des Gemäldes, die die Haut eines Mannes hielt, den man geschunden hatte. „Es wird angenommen, dass dies Michelangelo selbst sei?"

„Ja. Ich befürchte, Unser Vorgänger, Julius II., war ein wenig hart mit ihm. Zweifellos fühlte sich Buonarroti wie in der Hölle, als er hier arbeitete. Obwohl, wie der engelgleiche Doktor schrieb, ‚Die Prüfung für den Künstler liegt nicht im Willen, mit dem er ans Werk geht, sondern in der Vortrefflichkeit seines Werkes, das er schafft.'"

„Engelgleicher Doktor?" Er warf mir einen verwirrten Blick zu.

„Thomas von Aquin", sagte ich.

Er knurrte.

„Ein Philosoph. Ihr Freund deutet in seinem Bericht an, dass Sie von Philosophie nichts verstehen."

„Mein Freund unterschätzt die Grenzen meiner Kenntnisse einigermaßen. Ich habe den Aquinaten vor Jahren in der Schule gelesen."

„Aber Sie haben es aus ihrem Geist gestrichen, wie Sie es mit Dr. Watsons Beschreibung des Sonnensystems getan haben."

„Es hat keinen Einfluss auf das, was ich tue", sagte er einfach, mit hochgezogener Braue.

„Es hat keinen Einfluss...?" Ich stieß mit der Spitze meines Gehstocks auf den Marmorboden, und das Klopfen hallte von den mit farbenprächtigen Fresken versehenen Wänden der Kapelle wider. „Junger Mann, Thomas von Aquin ist einer der größten Väter des logischen Denkens, zusammen mit Aristoteles und Plato. Seine Denkmethode hat geholfen die Basis der modernen Wissenschaft zu formen. Es ist schockierend, dass Sie dies nicht begriffen haben."

Holmes' Augenbrauen furchten sich. Er schien von meinen Worten verwirrt. Philosophie passte nicht in seine Weltsicht, und doch – sie war ein wesentlicher Bestandteil.

„Ich nehme an", sagte ich, „dass Sie eher Agnostiker sind als Atheist, habe ich Recht?"

„Ich würde niemals abstreiten, dass Gott existiert. Ich behaupte lediglich, dass seine Existenz nicht bewiesen werden kann."

„Da stimme ich nicht zu, natürlich. Er kann aus der Natur durch den menschlichen Verstand erwiesen werden."

Er wirkte nicht überzeugt.

„Sagen Sie", ich zeigte auf die große Gestalt in der Mitte des Gemäldes. „Was halten Sie von ihm?"

„Christus? Da habe ich keine Meinung."

„Gar keine? Ich würde doch denken, dass er ein faszinierendes Problem für Sie darstellt, das Sie entwirren könnten."

„Wie denn?"

Ich zuckte die Schultern. „Nun, jemand, der beansprucht, der Sohn Gottes zu sein, kann nur ein Verrückter oder ein Lügner sein, oder? Und wenn er eines von beiden ist, könnte er nicht ein ‚großer moralischer Lehrer' sein, wie manche von ihm behaupten. Sie selbst, Signore, haben gesagt: ‚Wenn man das Unmögliche eliminiert hat, muss, was immer übrigbleibt...' Wie war noch mal der Rest?"

„... wie unwahrscheinlich es auch zu sein scheint, die Wahrheit sein."

„Ja, ja. Wäre es nicht unmöglich für jemanden, der verrückt oder ein Lügner ist, ein so großer Lehrer von Moral zu sein, dass er die Werte der Gesellschaft formte, so wie er es getan hat? Es rührt an das Innerste dessen, was wir sind, selbst an das Innerste von Ihnen, der nicht glaubt. Es ist also klar: Wenn er aus diesen Gründen kein großer Lehrer von Moral sein kann, dann muss, was immer übrigbleibt, wie unwahrscheinlich es auch zu sein scheint, die Wahrheit sein, und er war…"

„…wer er zu sein behauptete." Holmes wandte seinen Blick wieder dem Gemälde zu und war einen ganzen Moment lang still, bevor er wieder sprach. „Heiligkeit, Ihr seid ein außergewöhnlich kluger Mann. Eure Argumentation ist meisterhaft ausgeführt, aber sie gründet auf einer falschen Voraussetzung."

„Welche ist?", lächelte ich.

„Wahnsinn oder mangelnde Wahrhaftigkeit bedeuten nicht, dass man nicht großen Einfluss auf die Gesellschaft haben kann."

„Mein Sohn, Sie setzen ‚Lehrer von Moral' mit ‚einflussreicher Person' gleich. Beide sind nicht das gleiche, noch ist die Moral das Ergebnis von Einfluss. Moral ist eine Wahrheit, die Anerkennung findet, wenn sie klar präsentiert wird. Ein Lügner, nun, wie würden wir wissen, was bei ihm wahr ist, sei es nun die Moral oder anderes? Und ein verrückter Mann, auch wenn er einflussreich sein mag, könnte niemals angemessen oder zumindest logisch zwingende moralische Wahrheiten formulieren, um eine angemessene Anerkennung zu erlangen. Wie auch eine kaputte Uhr zumindest zwei Mal am Tag die richtige Uhrzeit anzeigen mag, aber würden Sie nach dieser Uhr Ihre Taschenuhr stellen?"

Holmes' Lippen verzogen sich zu einem halben Lächeln. „Es macht Euch Spaß, nicht wahr?"

„Und wie. Ich könnte mit Ihnen den ganzen Tag meinen Geist messen, aber ich fürchte, ich könnte verlieren."

„Ich bin da nicht so sicher", entgegnete er. „Wie ich zuvor schon sagte: Ihr seid sehr klug."

Ich schüttelte den Kopf. „Signore Holmes, wenn ich wirklich klug wäre, hätte ich bereits diese verhexten Kameen. Doch so wie es ist, sind sie noch immer verschwunden, und ich habe nicht die geringste Ahnung, wie ich sie finden soll. Solche Probleme zu lösen, ist Ihre Spezialität, nicht meine." Ich tippte mir mit dem Finger gegen die Schläfe. „Ich habe lediglich Ihren wunderbaren Verstand beschwatzt, aus seinen selbst auferlegten Grenzen des Wissens herauszutreten, in der Hoffnung, Sie würden erkennen, dass andere Denkschulen jene beeinflussen und formen, die Sie beobachten. Diese Dinge sind nicht gleichgültig, Signore." Ich öffnete meine Arme weit zu den Gemälden, die uns umgaben. „Sie sind nicht gleichgültig, weil sie die Menschheit beeinflussen und sie zu dem machen, was sie ist. Alles, worum ich Sie bitte, ist, dass Sie sich nicht auf sich selbst beschränken. Natürlich"; fuhr ich fort, „habe ich Ihnen ein wenig Verantwortung auferlegt, indem ich Sie diese Übung durchmachen ließ. Denn, wie der geliebte Jünger Johannes schrieb: ‚Wer bekennt, dass Jesus der Sohn Gottes ist, in dem bleibt Gott und der bleibt in Gott.' Vielleicht sollten Sie ein bisschen Ihrer Musestunden damit verbringen, *dieses* Rätsel zu wälzen, anstatt sich irgendeinem Narkotikum hinzugeben, dass Sie sich sonst zu genehmigen pflegen." Ich lächelte gutmütig und neigte meinen Kopf zu der Tür an der Rückseite der Kapelle. „Gehen wir zu den Museen."

„Ich hätte Watson niemals diese verdammte Geschichte veröffentlichen lassen dürfen", murmelte Holmes, als er mir zum hinteren Durchgang folgte.

„Schimpfen Sie bitte nicht über Ihren Freund oder sein Werk." Ich hielt inne, während der Hauptmann der Garde vor uns die Tür nach draußen öffnete. „Watsons Schriften werden Ihnen schließlich eine große Hilfe sein, denn sie werden Ihre Bekanntheit fördern und damit Ihr Geschäft." Als ich auf die Piazza hinaustrat, hörte ich das Geräusch eines kleinen Wasserspiels, dessen Echo von den Gebäuden zurückgeworfen wurde. Es war tatsächlich sonnig und angenehm hier draußen. In die Helle des Tages blinzelnd, führte ich Holmes über das sonnengebleichte Ziegelsteinpflaster.

„Bis jetzt war mir nicht klar, wie gut Watsons Geschichte gegen mich verwendet werden kann", sagte Holmes.

„Gegen Sie?“ Ich hielt neben dem Wasserspiel an, um zu ihm aufzusehen. Sprühwasser kitzelte meinen Nacken. „Signore, habe ich Sie beleidigt?“

„Nein, Heiligkeit.“ Auf typisch englische Art war er höflich, doch seine Lippen waren fest zusammengepresst.

„Im Gegenteil. Ich sehe, dass ich Sie beleidigt habe. Ich bitte Sie, vergeben Sie einem alten Mann, mein Sohn. Ich bin ein Lehrer, und wenn ich einem brillanten Geist begegne, dann fordere ich ihn vielleicht zu hart heraus. Wirklich, ich hatte keine Beleidigung beabsichtigt. Ich habe festgestellt, dass ich Sie sehr gut leiden kann.“

Er seufzte und seine Miene wurde weicher. „Ihr habt mich herausgefordert, Heiligkeit. Ich nehme an, ich sollte dankbar sein für die geistige Anregung.“

„Doch ich fürchte, ich habe Sie am Ende etwas zu tief verletzt, und dafür möchte ich mich entschuldigen.“

Wir setzten uns wieder in Bewegung. Unser Weg führte uns in einen loggiaartigen Durchgang durch ein Gebäude auf der anderen Seite der Piazza, der auf den Gartenpfad an den Museen hinausführte.

„Dennoch habt Ihr Recht“, fuhr Holmes fort, während wir gingen. „Ich sollte nicht Watson die Schuld zuschieben. Er ist ein guter Freund und mir eine große Hilfe. Ich hatte gehofft, er würde mich bei diesem Fall begleiten.“

„Und ich hätte ihn gern kennen gelernt“, sagte ich lebhaft. „Wissen Sie was? Auch wenn ich ein armseliger Ersatz für Ihren Freund bin, wäre ich doch glücklich, bei diesem Fall Ihr ‚Watson’ sein zu dürfen. Ich kann Ihr stiller Zuhörer sein oder jemand, dessen Meinung Sie einholen.“ Ich legte meine Hand auf meine Brust. „Ich verspreche, meine theologischen und philosophischen Belehrungen einzuschränken – wenn man einem Papst vergeben kann, dass er dies gelegentlich tut?“

„Niemand wäre besser geeignet zu belehren, Heiligkeit.“ Ein

aufrichtiges Lächeln zeigte sich auf Holmes' Gesicht. „Doch ich fühle mich geehrt durch Eure Unterstützung."

„Hervorragend! Ich..." Ich hielt inne, denn ich fühlte einen scharfen krampfartigen Schmerz in meiner Brust. Ich schnappte nach Luft und spürte, wie der Schmerz dadurch stärker wurde. Dies war, leider, ein regelmäßig eintretendes Ereignis, und ich hätte es besser wissen müssen, denn es trat immer dann ein, wenn ich mich überanstrengte, nachdem ich zuvor eine Zeitlang untätig gewesen bin, so wie es an diesem Morgen gewesen war.

„Was ist los, Euer Heiligkeit?"

„Angina." Meine Finger umfassten krampfhaft mein Brustkreuz.

„Gardisten!", rief Holmes die Soldaten heran. „Helft mir, ihn dort auf die Bank zu bringen."

Starke Arme zu beiden Seiten führten mich zu einem Sitz aus grauem Stein im Garten, der dem Brunnen des Sakramentes gegenüber stand. Ich betete still ein *Ave*, denn ich wusste, bis ich geendet hatte, würde der Schmerz nachlassen. Als ich meine Augen wieder öffnete, bemerkte ich, dass ich es hörbar gemurmelt hatte.

Ich sah auf und sah die besorgten Gesichter junger Männer, die mich umgaben, und der Schmerz begann zu schwinden, lockerte seinen Griff um mein Herz.

„Soll ich Euren Arzt rufen, Heiliger Vater?", fragte der Hauptmann der Garde, der sich vor mir niedergekauert hatte. Er sprach Französisch zu mir, wie einige der Schweizergarde taten, denn oft war ihr Französisch besser als ihr Italienisch. Seine hellblauen Augen waren voller Sorge.

„Nein. Geben Sie mir nur etwas Zeit, um hier auszuruhen", antwortete ich in der von ihm gewählten Sprache.

„Ich bin zu schnell gegangen", sagte Holmes, der sich neben uns gesetzt hatte. Sein Gesicht war von Besorgnis gezeichnet.

„Sie sind zu schnell gegangen?", fragte ich. „Nein, ich bin zu schnell gegangen. Wer hat denn wen geführt? Ich bin 78, kein junger Spunt mehr wie Sie, mit Beinen, die mit einem Schritt den Tiber überspannen können. Wenn ich auf jugendliche Energie treffe, dann vergesse ich, dass ich diese Gabe nicht mehr habe. Ich hätte es besser wissen sollen. Geben Sie mir einen weiteren Augenblick, und dann werden wir den Weg fortsetzen. Ich will Euch nicht länger hier zurückhalten." Ich sah zu den Wachen auf. „Hauptmann, es geht mir wieder gut. Sie und Ihre Männer können gehen." Ich schnippte mit den Fingern nach ihnen. „... zur Wache."

Als sie sich ein kurzes Stück entfernten, um abzuwarten, wann ich entscheiden würde, weiterzugehen, sagte Holmes: „Ihr habt Französisch gesprochen."

„Wie?"

Er rieb seine Augen. „Ah... ich erinnere mich nun. Ihr wart päpstlicher Nuntius in Belgien. Hätte ich gleich daran gedacht, dann hätte ich Eure Ohren nicht mit meinem Italienisch gequält."

„Mein Sohn, Ihr Italienisch ist sehr gut." Ich lächelte. „Sie sollten es weiterhin sprechen, um sich zu üben, und wenn es nötig ist, dann sprechen Sie ruhig Französisch mit mir."

Er schenkte mir ein leichtes Lächeln. „Ihr seid sehr liebenswürdig, Euer Heiligkeit. Aber was ist das?"

„Was ist was?" Als ich dorthin schaute, wohin er seinen Blick gerichtet hielt – auf meinen rechten Arm und mein Knie –, sah ich drei kleine Honigbienen, die abwechselnd herumschwirrten und sich niederließen. Sie schienen Nektar zu suchen.

„*Apis lellifera ligusticae*", sagte er. „Italienische Honigbienen, sehr hell in der Farbe – fast weiß. Es muss ein Bienenstock in der Nähe sein. Aber was einzigartig ist, ist, dass sie auf Euch gelandet sind." Er sah zu meinem Gesicht auf. „Habt Ihr etwas Süßes zum Frühstück gegessen, Heiligkeit?"

Ich schüttelte den Kopf. „Ich hatte nur Kaffee und ein *cornetto* heute Morgen."

„Hattet Ihr Zucker im Kaffee? Marmelade auf dem *cornetto*?“

„Nein. Was ist denn los?“

„Es ist einfach seltsam, dass sie sich in dieser Weise auf Eurem Finger zusammen niederlassen. Es sieht so aus, als würden sie nach Nektar suchen. Ich würde meinen, dass Ihr etwas an Euch habt, das sie anzieht.“

Ich brummte. „Wie seltsam.“

„So ist es.“

Eine Biene erhob sich wieder in die Lüfte und ließ sich auf meinem blaugrünen smaragdenen Fischerring nieder, und wohin sie führte, folgten ihr die übrigen und krabbelten über meinen Finger, rund um den Edelstein herum.

„Vielleicht verwirrt sie die Farbe des Edelsteins“, meinte Holmes.

Ich kicherte und segnete sie sacht mit meiner linken Hand. „Fliegt nur weiter, kleine Boten, ich habe verstanden.“ Die Bienen flogen auseinander.

„Was verstanden?“

„Die selige Rita von Cascia“, erklärte ich. „Ah, Rita, Wir werden dich heilig sprechen*, wenn du Uns treu bist.“

„Ich kann Euch nicht folgen.“

„Bienen sind ihr Zeichen, Signore. Seit drei Tagen habe ich sie um ihre Fürsprache bei diesem Problem mit den Kameen gebeten, denn sie ist die Patronin für aussichtslose Fälle, und drei Bienen sind gekommen, um mir mitzuteilen, dass sie mich erhört hat. Ich glaube, sie wird Ihnen bei diesem Fall helfen.“ Als ich seinen skeptischen Blick sah, klopfte ich ihm auf die Schulter, dann nutzte ich sie als Stütze, um aufzustehen. „Kommen Sie, mein Sohn.“ Ich setzte mich wieder den Weg entlang in Bewegung, in langsamerer Geschwindigkeit als zuvor.

* Leo XIII. hat sie im Jahr 1900 heilig gesprochen

Der Weg führte an der Seite der Museen entlang. An der gesamten Außenmauer entlang waren die Gärtner am Werk gewesen und hatten vom Mehltau befallene Sträucher ausgerissen, die mit der Zeit so hoch gewachsen waren, dass sie die Fenster des ersten Stocks, wo sich die Museumsräume befanden, verdunkelt hatten. Frische Erde war auf dem Ziegelpfad verstreut und offene Löcher, wo die Büsche gestanden hatten, säumten den mit Ziegeln bedeckten Fußpfad. Als wir die Büsche erreichten, die noch nicht entfernt worden waren, blieb Holmes stehen und hob seinen Stock.

„Dort ist der Bienenstock. Kein Wunder, dass sie mit ihrer Arbeit inne gehalten haben."

Deutlich genug sichtbar schmiegte sich der Birnenstock zwischen die Wand und den alten Strauch, umgeben von schwirrenden, summenden Geschöpfen.

„Ja, das ist eine heikle Situation, nicht?" Ich zeigte auf eine einzelne Tür, direkt hinter dem Strauch. „Jeder, der durch diese Tür herauskommt, wird eine Überraschung erleben."

„Wenn Eure Gärtner klug sind, werden sie den Bienenstock erhalten und pflegen, sodass der päpstliche Haushalt frischen Honig hat."

„Ich glaube, wir haben bereits einen Imker vor Ort."

„Dann sollte er damit fertig werden. Einen Bienenstock ohne Erfahrung fortbewegen kann eine gefährliche Sache sein."

Wir gingen weiter, und ein paar hundert Schritte weiter war ein anderer Eingang, der zu den Büros im Erdgeschoss, unter dem Saal Sixtus' V. und der Apostolischen Bibliothek, führte. Der Hauptmann der Garde an der Spitze unserer Gruppe öffnete die Tür für uns, und ich trat in den Gang. Doch ich blieb in der Vierung stehen und überlegte einen Moment, welchen Weg wir nun nehmen sollten.

„Das Büro des Kurators ist dort?", fragte ich den Offizier, wobei ich uns voraus deutete.

„Ja, Heiligkeit. Ich werde Euch den Weg zeigen."

Ich schaute zu meinem neuen Freund auf, mit einem einfältigen Gesichtsausdruck: „Ich bin nicht mehr hier gewesen, seit ich Kardinal war."

Der Offizier führte uns den Gang hinunter in einen großen Arbeitsraum, worin die Museumsangestellten, angetan mit weißen Schürzen und Handschuhen, verschiedene Kunstgegenstände auf Arbeitstischen reinigten. Die Hellebardiere nahmen auf jeder Seite der Tür Aufstellung. Als sie ihre Hellebarden in Habtachtstellung auf den Boden stießen, hoben sich alle Köpfe im Raum, um zu uns her zu sehen. Auf den Gesichtern waren Schreck, Schock und Bestürzung deutlich abzulesen, als alle Anwesenden auf die Knie gingen.

„Erlauben Sie Ihrem Freund, weiterhin seine Geschichten zu schreiben, Signore", sagte ich *sotto voce* zu Holmes, „und man wird sich auf diese Weise vor Ihnen auf die Knie werfen."

„Da sei Gott vor", murmelte Holmes.

Genau in diesem Augenblick kam Tildano aus einem Büro auf der Seite des Raumes herein. Überrascht ging er vor mir auf die Knie und küsste meinen Ring. „Heiligkeit, wir wussten nicht, dass Ihr kommen würdet…"

„Ich weiß", sagte ich und bedeutete ihm sich zu erheben. „Dieser Herr", ich zeigte auf den Engländer, „ist Signore Sherlock Holmes. Ihre Majestät, Königin Victoria, hat ihn geschickt, um uns dabei zu helfen, die Kameen wiederzufinden."

„Signore Holmes, es ist mir ein Vergnügen." Tildano schüttelte ihm die Hand.

„Sie haben ihm zu gehorchen, wie Sie mir in diesem Fall gehorchen würden, mit Ausnahme natürlich des Ringkusses und des Kniefalls." Ich schaute mit hochgezogener Augenbraue zu Holmes hinüber. „Es sei denn, Sie wünschen es, Signore?"

„Ich denke, diese Formalität können wir uns sparen, Heiligkeit."

„*Va bene*. Ich will nun zurücktreten und Ihnen das Feld überlassen."

Holmes nickte. „Wenn Sie so freundlich wären, Signore Tildano, würde ich gern sehen, wo Sie die Kameen für den Versand nach England verpackt haben."

Tildano führte uns durch eine Tür auf der Rückseite des Raumes in einen großen Lagerbereich. Ein langer Arbeitstisch aus grauem Marmor säumte die Ecke und Wand zu unserer Linken, und Holzregale mit stabilen Lagerkisten und Drahtkörben zum Herausziehen bedeckten mehrere hundert Fuß des Raumes. Ein Karteikartenschrank mit vier Reihen von Schubladen säumte die gegenüber liegende Wand bis zu einem Schreibtisch aus dunklem Hartholz. Gaslampen beleuchteten den Raum, obwohl ein großes Fenster über dem Schreibtisch der Morgensonne erlaubte, ihre Strahlen über den Boden auszubreiten.

Tildano wies mit der Hand auf den Arbeitstisch, wo sich eine Ansammlung derselben Art Schatullen häufte, in denen sich die Kameen befunden hatten, wenn auch in unterschiedlicher Breite und Länge.

„Dort arbeite ich mit Gegenständen, die fürs Lager bestimmt sind oder von dort kommen", erklärte er. „Ich habe die Schatulle hier abgelegt, während ich die Kameen innen befestigt und den Brief des Heiligen Vaters beigelegt habe."

Holmes legte Hut und Stock auf den Arbeitstisch und inspizierte seine Oberfläche mit großem Interesse. „Wo genau haben Sie das Kästchen niedergesetzt?"

„Hier." Tildano legte seine Hände auf das Kopfende des Arbeitstisches, direkt vor die anderen Schatullen.

Der Detektiv nahm eines der Kästchen von dem Haufen und legte es vor Tildano. „So wie jetzt?"

„Ja."

„Und Sie öffneten es auf diese Weise?" Holmes hakte die Schließe auf und öffnete die Schatulle vor dem Kurator.

„Ja."

„Waren andere Leute dabei, als Sie das taten?"

„Nein – nun, nicht direkt. Ich habe mehrere Assistenten und sie haben zwischen den Regalen gearbeitet."

„Entschuldigen Sie mich einen Moment." Holmes schritt hinter das nächstgelegene Regal und kehrte dann zurück. „Sehr gut. Nun, Sie sagten, Sie haben die Kameen innen befestigt?"

„Ja, mit Nadeln wie diesen..." Tildano ging zu einem Metalltablett, das auf dem Arbeitstisch nahe bei den Regalen stand, und nahm eine kleine u-förmige Nadel heraus. „Ich benutzte diese, um die Kameen an ihrem Platz zu halten, indem ich sie in das Tuch steckte, mit dem die Schatulle ausgeschlagen ist."

„Ich verstehe. Dann haben Sie den Brief Seiner Heiligkeit beigelegt und die Schatulle verschlossen."

„Genau. Und ich hängte ein kleines Vorhängeschloss wie dieses durch die Schließe."

„Wurden Sie in der Zeit zwischen dem Schließen der Schatulle und dem Einhängen des Vorhängeschlosses in irgendeiner Weise abgelenkt?"

„Nun – nein – warten Sie! Ja. Ich habe dieses Arbeitstablett zu Boden geworfen."

„Sie haben es zu Boden geworfen?"

„Ja. Es muss sich in meinem Ärmel verfangen haben, als ich das Vorhängeschloss nahm, denn es ist direkt in diesem Augenblick zu Boden geglitten. Es war ein ziemliches Durcheinander. Meine Assistenten hörten es alle und kamen herbei, um zu helfen. Während sie mit Aufsammeln beschäftigt waren, befestigte ich das Vorhängeschloss an der Schließe und schloss es."

Plötzlich nahm Holmes das Tablett auf, auf das Tildano gezeigt hatte, und schubste es auf dem Arbeitstisch um. Alle Gegenstände auf dem Tablett flogen davon, verstreuten sich, einige fielen zu Boden.

„Was um alles in der Welt...", begann Tildano.

„Warten Sie“, sagte ich, meine Hand hoch haltend. „Lassen Sie ihn tun, was er will.“

Holmes ging zum Fenster und hielt des Tablett ins Licht. Dann nahm er ein Vergrößerungsglas aus seiner Tasche, um dessen Ecken zu untersuchen. „Heiligkeit, wollt Ihr Euch das einmal anschauen?“

Ich trat an Holmes’ Seite und blinzelte durch das Vergrößerungsglas.

„Genau hier“, sagte er und zeigte auf die Ecke. „Sehen Sie das kleine Loch?“

Ich nahm meine Lesebrille aus meiner Tasche, hielt sie vor die Augen und sah noch einmal durch das Vergrößerungsglas. „Ja, ich sehe es. Da ist eine Schlinge aus Nähseide daran befestigt.“

„So ist es. Graue Nähseide. Die Farbe, die perfekt zu den Bodenplatten, der Platte des Arbeitstisches und dem Tablett passt. Glückwunsch, Heiligkeit. Das ist kein Fall von verlegten Kameen, sondern ein richtiger Diebstahl – und ein klug ausgetüftelter obendrein.“

Holmes wandte sich wieder an Tildano, dessen Gesicht bleich war vor Entsetzen. „Wer immer das getan hat, er hat es schon einige Zeit geplant. Sie wussten nicht unbedingt, was sie stehlen würden, sie warteten einfach auf den perfekt passenden Gegenstand. Und die Kameen waren ein zu verlockendes Ziel, um sie sich entgehen zu lassen, zumal sie quer durch den ganzen Kontinent transportiert werden sollten. Ihr Verschwinden könnte überall geschehen sein. Man würde keinen Diebstahl am Ausgangspunkt vermuten.“

Er stellte das Tablett zurück auf den Arbeitstisch und wies mit seinem Vergrößerungsglas auf die Schatullen. „Ich sehe, dass all diese mit Inventarnummern versehen sind, und ich nehme an, dass die Nummern mit ihrem Platz auf dem Regal im Lagerraum korrespondieren?“

„Ja, Signore“, antwortete Tildano.

„Die Schatulle, die Vicini nach London brachte, war ebenfalls nummeriert. Scotland Yard hat darauf bestanden, sie als Beweisstück zu behalten.“ Er steckte sein Vergrößerungsglas zurück in die Tasche und zog ein kleines schwarzes Notizbuch heraus, das er auf einer Seite in der Mitte öffnete. „3471.“

„Zu allen Nummern gibt es eine Referenz in den Katalogschubladen.“

Holmes ging zum Katalog, öffnete eine Schublade und überflog die Karteikarten, bis er die Nummer fand, die er suchte. „3471 ist gelistet als eine kleine ägyptische Figur von Ra.“

„Die haben wir vor zwei Wochen in die ägyptische Abteilung ausgelagert.“

„Der Dieb hat die Schatullen vertauscht.“ Der Detektiv schob die Schublade zu.

„Wie ist das möglich? Ich habe doch genau hier gestanden.“

„Wie Sie sagten: Sie wurden von dem Tablett abgelenkt. Er war sehr schnell.“

„Sie wollen doch wohl nicht damit sagen, dass es einer meiner Assistenten war.“

Holmes legte den Finger auf die Lippen, dann fragte er mit leiser Stimme: „Es war niemand sonst hier, korrekt?“

„Der Kurier kam aus dem Nebenraum herein, um zu helfen“, entgegnete Tildano mit ebenso leiser Stimme, „als er das Scheppern hörte.“

Holmes schüttelte den Kopf. „Es war nicht Vicini. Wie viele Assistenten haben Sie?“

„Vier.“

„Sie sind jetzt nicht alle anwesend?“

„Es gab nichts Dringendes. Als drei von ihnen fragten, ob sie rauchen gehen dürften, habe ich es also erlaubt. Ich erlaube das Rauchen in diesem Raum und dem Arbeitsraum nicht, weil Rauch die Kunstwerke schädigen kann. Nebenan ist ein Raum zum Rauchen. Ich bin allerdings nicht sicher, dass sie dorthin gegangen sind."

„Und der andere?"

„Der raucht nicht. Er sagte, er wolle bei den Regalen arbeiten, doch ich habe ihn nicht gehört. Wahrscheinlich ist er noch immer dort."

„Wann sind sie gegangen?"

„10.45 Uhr, Signore. Warten Sie – Vernet ist früher gegangen, eher um 10.30 Uhr..."

„Vernet?" Holmes Augen wurden zu Schlitzen.

„Ja, aus Paris. Ein Verwandter des französischen Künstlers..."

„Emile Jean-Horace Vernet?"

„Sie kennen ihn, Signore?"

„Er war mein Großonkel, allerdings habe ich ihn nie kennen gelernt." Ich konnte erkennen, dass die Entdeckung eines möglichen Verwandten den Engländer nicht unbedingt in Aufregung versetzte. Er sah auf seine Taschenuhr. „Es ist jetzt 11 Uhr. Eine lange Zeit um eine Zigarette zu rauchen oder auch zwei. Sind alle durch den Arbeitsraum hinausgegangen?"

„Vernet ja. Bei den anderen beiden bin ich nicht sicher. Es gibt einen weiteren Ausgang im hinteren Teil dieses Raumes, der auf den Belvederehof führt."

„Waren alle ihre Assistenten hier an dem Tag, an dem Sie dem Kurier das gaben, was Sie für die Schatulle mit den Kameen hielten?"

„Ja. Aber hätte ich nicht bemerkt, wenn jemand eine Schatulle vom Arbeitstisch nimmt und damit weggeht?"

„Er ist nicht damit weggegangen. Er hat sie zu den anderen Schatullen gelegt." Holmes zeigte auf den Haufen von Kästchen an der Wand.

„Heiliger Gott", flüsterte Tildano.

„Wie ich sagte: clever. Er ließ Sie glauben, Sie hätten das Tablett umgeworfen, als er es tatsächlich an einem Nähfaden hängen hatte, den er durch die Regale dort geleitet hat. Durch die Regale hindurch hat er Sie beobachtet und gewartet, bis Sie die Schatulle geschlossen hatten und nach einem Vorhängeschloss griffen. Dann zog er an dem Faden und das ganze Tablett fiel vom Arbeitstisch. Er hastete um die Regale herum, um zu helfen, riss dabei den Faden ab, und, als jedermanns Aufmerksamkeit abgelenkt war, legte er einfach Ihre Schatulle zu den restlichen und eine leere an deren Stelle. Nun sagen Sie mir“, fuhr Holmes fort, „ist da ein Unterschied zwischen dem Haufen Schatullen hier und dem anderen dort?“ Er zeigte auf einen zweiten Haufen neben dem ersten.

„Jene sind mit Artefakten versehen. Sie gehen zurück ins Magazin.“

„Wie ich vermutet habe.“ Ein leichtes Lächeln erschien auf seinem Gesicht, und seine kalten Augen wurden zu Schlitzen. „Er hat Geduld, dieser Bursche. Haben Sie irgendeine Kladde, worin Sie verzeichnen, wann Artefakte ins Magazin gebracht werden?“

„Ja. Gleich hier.“ Tildano ging zum Schreibtisch und zog ein Journal aus der mittleren Schublade. „Die Nummern der Magazinkästchen sind unter dem Datum verzeichnet, an dem sie eingelagert werden. Auf diese Weise wissen wir immer, was wir an einem bestimmten Tag getan haben. Wenn Sie wissen wollen, welche Artefakte es waren, können Sie natürlich im Katalog nachschauen.“

Holmes schlug die Seite mit dem fraglichen Datum auf. „22. Mai.“ Er ging mit dem Buch zum Katalog und begann die Karteireiter und -karten durchzusehen und die Nummern gegenzulesen.

„Hier ist es. Römische Kameen, Nummer 3943.“ Er zog die Karte aus dem Kasten und klemmte das Journal unter den Arm. „Wollen wir nachsehen?“

„Sie glauben wirklich, dass sie hier sind?“, fragte Tildano, indem er auf die Regale des Magazins zeigte.

„Ich denke, er hat sie selbst dorthin getan, zusammen mit den Sachen, die für das Magazin bestimmt waren. Wo sonst wäre es ihm möglich, sie unbehelligt aus der Schatulle zu nehmen? Er konnte es nicht auf dem Arbeitstisch machen. Da war es besser, sie in die Abgeschiedenheit der dunklen Magazinregale zu bringen, wohin nur wenige Leute gehen, wo man nicht auffällt, und wo er seine Spuren verwischen kann während der Suche." Er ging zu den Regalen, und wir folgten ihm.

„Aber wird er sie nicht bereits geholt haben?", fragte ich.

„Das wissen wir erst, wenn wir nachgesehen haben, Heiligkeit. Wie ich schon gesagt habe: Er ist geduldig. Er musste damit rechnen, dass die Kameen gesucht werden, und er wird warten, bis die Suche abgeblasen ist."

„Aber es ist ein so offensichtliches Versteck", warf Tildano ein.

„Etwas gut sichtbar zu verstecken, ist nicht ungewöhnlich. Viele Diebe benutzen solche Tricks, um den Verdacht abzulenken. Ah, hier ist die Abteilung." Er führte uns den Gang zwischen den Regalen hinunter zu dem Nummernschild, das er suchte, und zog ein Kästchen vom Regal. Er legte es in die Hand des Kurators, während er die Schließe öffnete. Drinnen war eine Ansammlung von Münzen.

Holmes schloss das Kästchen. „Er tauschte die Schildchen und stellte das richtige Kästchen woanders hin. Schlau, aber nicht schlau genug. Da gehe ich jede Wette ein." Er nahm das Journal hervor, das er unter dem Arm getragen hatte, während Tildano das Kästchen auf das Regal zurückstellte. „Er hat Ihr System gegen Sie genutzt, Signore Tildano. Aber er musste innerhalb dieses Systems arbeiten, um keine Aufmerksamkeit zu erregen. Prüfen wir also die anderen Nummern, die an jenem gleichen Tag eingelagert wurden. Die nächste auf der Liste ist 3962. Das ist in der nächsten Abteilung."

Er führte uns um die Regale herum. Und da hielten wir alle

überrascht inne. Die Leiche eines Mannes lag auf dem Boden, Gesicht nach unten, eine Blutlache um den Kopf.

„Pegrini!", schrie Tildano auf. Er stürzte zu der Leiche hin. „Er wurde erschlagen."

„Nun", sagte Holmes. „Ich schätze, jetzt wissen wir, wo die Kameen versteckt waren." Er kniete neben dem Mann nieder und befühlte seinen Nacken. „Noch ziemlich warm. Das ist erst vor kurzem passiert."

„Herr, hab Erbarmen", flüsterte ich. Ich bekreuzigte mich und betete für seine Seelenruhe.

„Ich sagte, wenn wir ihn überraschen, könnte der Dieb einen Fehler machen. Ich glaube, dies ist er."

„Das ist mehr als ein Fehler, Signore", sagte ich. „Das ist eine Gräueltat!"

„Da stimme ich zu, Euer Heiligkeit", sagte Holmes. Er holte noch einmal sein Vergrößerungsglas aus der Tasche und nahm die Wunde am Hinterkopf des Mannes in Augenschein. „Was der Mensch dem Menschen in seiner Gier antut, ist schockierend." Holmes Gesicht blickte von der Leiche auf, und er schnupperte.

„Was ist, Signore?", fragte ich.

„Er raucht nicht", murmelte Holmes zu niemand Bestimmtem. Er widmete sich wieder der Untersuchung der Leiche.

Ich wandte mich an den Hauptmann der Garde, der uns ins Magazin gefolgt war. „Gehen Sie und holen Sie einen Priester, rasch. Sagen Sie ihm, ich wünsche, dass er das Öl für die Letzte Ölung mitbringe. Und rufen Sie die anderen Gardisten herbei."

„Ihr wollt jemandem, der schon tot ist, die Sterbesakramente spenden, Heiligkeit?", fragte Holmes aufblickend.

„Mit dem Sakrament der Letzten Ölung kann der Leib eines Christen auch nach dem Tod noch gesalbt werden, bis der Verfall einsetzt, denn wir wissen nur, dass zu jenem Zeitpunkt die Seele den Körper verlassen hat. Da die Totenstarre noch nicht eingesetzt hat, kann er gesalbt werden."

„Interessant“, sagte Holmes. „Das war mir nicht bekannt.“ Er tippte mit dem Vergrößerungsglas gegen seine Schläfe. „Das ist eine Information, die ich in meiner geistigen Dachkammer behalten werde.“ Er wandte seine Aufmerksamkeit wieder dem Toten zu. „Das ist der Assistent, der heute Morgen nicht hinausging?“

„Ja“, bestätigte Tildano.

„Und doch scheint er einen kleinen Freund gefunden zu haben.“ Er schob die linke Hand des jungen Mannes ein Stück nach links. „Eine Eurer ‚Botinnen‘, Heiligkeit.“ Neben seinem Daumen lag eine tote gelb-weiße Honigbiene.

„Er war in den Gärten?“

„Nein, ich glaube, unser Mörder und Dieb war dort und störte unsere summenden Mitgeschöpfe auf. Die tote Biene muss sich in seiner Kleidung verfangen haben.“

„Hätten wir ihn nicht draußen im Garten sehen müssen?“

„Wir waren doch abgelenkt, nicht wahr?“

Ich stieß einen tiefen Seufzer aus. Mein Anginaanfall hatte unsere Aufmerksamkeit von dem Briganten abgelenkt.

Mit dem Vergrößerungsglas kroch Holmes an der Leiche entlang und nahm den Boden genau in Augenschein, während er seinen Weg um die Füße des Mannes herum nahm. An einem Punkt hielt er inne, klaubte etwas auf, das ich nicht sehen konnte, und analysierte es unter der Linse. Er steckte, was immer es war, in einen kleinen weißen Umschlag, den er aus seiner inneren Brusttasche gezogen hatte. Dann wandte er seine Aufmerksamkeit den Schuhen des Mannes zu.

„Was veranlasst einen Menschen einen anderen kaltblütig zu ermorden?“, murmelte ich. „Das hat mich schon immer fassungslos gemacht.“

„In diesem Fall war es Verzweiflung. Es war wohlüberlegt, aber er hat nicht viel Zeit gehabt zu planen, denn unser Mörder war nicht sorgfältig.“ Holmes drehte sich auf den Knien zu den

Regalen hin, die in Augenhöhe mit seinem Vergrößerungsglas waren, das er auf die Magazinkästchen gerichtet hielt. Nachdem er die Kante von einem untersucht hatte, betastete er es mit dem Finger.

„Das ist die Mordwaffe. Da ist Blut an der Ecke. Er hat Signore Pegrini damit von hinten getroffen und ihm den Schädel eingeschlagen."

Holmes stand auf, steckte den Umschlag in seine rechte Tasche und öffnete das Journal, das er unter dem Arm trug, um noch einmal die Nummern zu überprüfen. Dann nahm er ein Kästchen vom Regal an seinem Ellbogen. Er öffnete es und reichte es Tildano. Auf dem Samt, womit es ausgekleidet war, lag Unser Brief an Viktoria und sonst nichts. Holmes hob ihn auf und hielt ihn hoch.

„Ich würde gern Ihre Assistenten kennen lernen, Signore Tildano", sagte Holmes, wobei er den Brief in die leere Schatulle zurückfallen ließ.

„Natürlich, Signore. Aber ich finde allein schon die Möglichkeit, dass sie schuldig sein könnten, beunruhigend. Sie alle kamen hierher mit ausgezeichneten Referenzen."

„Davon bin ich überzeugt. Welcher von ihnen war am längsten hier beschäftigt?"

„Pegrini." Tildano nickte zu dem unglücklichen Opfer hin. „Er war drei Jahre hier."

„Und der nächst längste?"

„Signore Fiore und Signore Rossini sind fast zur gleichen Zeit eingestellt worden, vor etwa sechs Monaten. Das sind die beiden, die zusammen hinausgegangen sind."

„Und als Letzter kam Vernet?"

Tildano nickte. „Signore Vernet kam vor zwei Monaten vom Louvre zu uns."

In diesem Augenblick kehrte der Hauptmann mit dem Priester zurück, der ein Versehköfferchen trug mit dem Heiligen Öl, worum ich gebeten hatte. Es war ein Priester, den ich kannte, Bernard O'Reilly. Er war Protonotar, ein frommer, intelligenter Mann, dem ich im Jahr zuvor die Erlaubnis gegeben hatte, unter Benutzung meiner persönlichen Tagebücher meine Biografie in englischer Sprache zu verfassen. O'Reilly war ein langsam kahl werdender Mann fortgeschrittenen Alters mit Brille, dessen Gesicht erblasste und einen grimmigen Ausdruck annahm, als er das Grauen vor ihm auf dem Boden sah.

Ich begrüßte ihn, um seine Aufmerksamkeit von der grausigen Szene abzulenken. „Ich danke Ihnen, dass Sie gekommen sind, Hochwürden O'Reilly. Es ist schön, Sie zu sehen."

„Danke, Heiliger Vater." Er reichte mir das Versehköfferchen, dann beugte er nervös schwankend das Knie, um meinen Ring zu küssen. „Ich wünschte, es wäre unter angenehmeren Umständen. Ich war gerade auf dem Weg, einige Arbeiten in der Apostolischen Bibliothek zu erledigen, als mir Eure Wachen von dieser Tragödie berichteten." Sein Italienisch war gefärbt von den schmeichelnden Vokalen eines amerikanischen und einem Hauch eines irischen Akzents, ein Zug, den ich immer entzückend fand.

„Signore Holmes, haben Sie etwas dagegen…" Ich zeigte auf den jungen Mann am Boden.

„Nicht im geringsten. Während Ihr Euch darum kümmert, würde ich gern den Belvederehof aufsuchen, wenn ich darf?"

„Sicher, Signore", sagte Tildano. „Es ist direkt dort hinaus." Tildano zeigte ihm den Weg durch die Regalreihen und kehrte einen Augenblick später zurück.

Ich legte meinen *cappello* und den Stock zusammen mit O'Reilleys Koffer auf eine Arbeitsplatte. Aus dem Koffer nahm ich die violette Stola, die ich küsste und um meinen Hals legte. Als ich die kleine Phiole mit dem *Oleum Infirmorum* ergriff, sagte ich: „Assistieren Sie mir bitte, Hochwürden." O'Reilly fasste meinen Arm, um mir zu helfen, mich auf den Boden neben der Leiche niederzuknien und beugte sich zusammen mit Tildano neben mir nieder, um mir zu helfen, den jungen Mann auf den Rücken zu drehen. Das Opfer war ein gutaussehender junger Mann mit einem unschuldigen runden Gesicht. Dass ein so junger Mensch ein so grausames Ende gefunden hatte, bekümmerte mich um so mehr.

Als ich die kleine Phiole mit dem Öl öffnete, kitzelte ein seltsam vertrauter, dem Weihrauch ähnlicher Geruch meine Nase – ein Geruch, der sicherlich nicht vom Öl kam, das aus Oliven gemacht wird. Ich schob den Gedanken beiseite, im Glauben, es sei nur einer dieser merkwürdigen Gerüche, die ein altes Gebäude häufig so an sich hat. Nachdem ich das Öl mit den Fingerkuppen berührt hatte, fuhr ich mit meiner Aufgabe fort.

„Durch diese heilige Salbung", sagte ich leise in Latein, wobei ich die längere Version des Ritus der Letzten Ölung gebrauchte – denn das hatte der junge Mann verdient, „und Seine mildreiche Barmherzigkeit verzeihe dir der Herr, was du gesündigt hast durch Sehen." Ich schloss die offenen starren grünen Augen des Mannes und bezeichnete die Lider mit Öl. Dann wiederholte ich diese Worte für das Hören, während ich seine Ohren, für das Riechen, während ich seine Nasenflügel, für das Schmecken und Reden, während ich seine Lippen, für das Tasten, während ich seine Hände, und für das Gehen, während ich seine Füße salbte. Mein Herz wurde schwerer bei jedem Sinnesorgan des Mannes, das ich salbte, denn es machte mir etwas Schreckliches klar.

Sein Tod war meine Schuld.

Ich hatte das alles über ihn gebracht, indem ich Victoria ein kühnes Geschenk anbot. War es das wert? Victorias misstrauischer Blick aus der fernen Vergangenheit vermischte sich in meinem Geist mit dem tränenverschleierten von John Henry Newman und dem glasigen des toten jungen Mannes.

Den Schleier in meinen eigenen Augen hinwegblinzelnd,

zeichnete ich mit dem Daumen ein Kreuz auf die Stirn des jungen Mannes und flüsterte: „Wir erteilen dir Unseren Apostolischen Segen und gewähren dir einen vollkommenen Ablass und Nachlass aller Sündenstrafen. Und Wir segnen dich.“ Ich machte das Kreuzzeichen über ihn. *„In nomine Patris, et Filii, et Spiritus Sancti. Amen.“*

Ich spürte eine Bewegung zu meiner Rechten, und als ich meinen Kopf wandte, sah ich, dass Holmes zurückgekehrt war und sich neben mir niedergekauert hatte. Er starrte auf meine Hand. Als ich meinen Blick senkte, sah ich, dass ich das Blut des jungen Mannes an den Fingerkuppen hatte.

„Wir müssen ihm Gerechtigkeit widerfahren lassen“, sagte ich.

Ich meinte meine eigene Person mit dem majestätischen „Wir“, doch er bezog meine Aussage auf uns beide zusammen. „Und das werden wir“, antwortete er. Er zog ein Taschentuch aus der inneren Brusttasche und bot es mir an.

„Signore, wenn ich es benutze, um meine Hände abzuwischen, wird Heiliges Öl daran kommen, und es muss verbrannt werden.“

„Ist schon in Ordnung, Heiligkeit. Ich habe noch weitere.“

„Grazie.“ Ich nahm das angebotene Taschentuch, um meine Finger abzuwischen, und er half mir aufzustehen. Ich steckte das Taschentuch in meine Tasche, nahm die Stola ab und verstaute sie und das Öl wieder in O'Reillys Koffer. *„Grazie*, Hochwürden O'Reilly, dafür, dass Sie so rasch gekommen sind“, sagte ich.

„Ich bin glücklich, dass ich Euch zu Diensten sein konnte, Heiliger Vater.“

Über die Schulter meines priesterlichen Mitbruders hinweg bemerkte ich drei junge Männer bei dem Hauptmann der Garde und dessen Kameraden, die um die Regale herum zu uns her spähten – Tildanos Assistenten, zweifellos. Die drei schienen von der Szene schockiert.

Ich war davon jedoch nicht überzeugt.

„Signori“, grüßte ich sie streng. „Wie schön, dass Sie sich zu uns gesellen.“

Als sie bemerkten, dass sie meine Aufmerksamkeit erregt hatten, gingen sie auf die Knie. Ich entschied, sie in dieser Haltung zu belassen, während ich O'Reillys Koffer schloss, ihm diesen überreichte und mich meinem englischen Freund zuwandte. „Ich glaube, Sie haben einige Angelegenheiten mit diesen Herren zu klären, Signore?“

„Ja. Signore Tildano, dürfen wir Ihr Büro benutzen?“

„Sicher, Signore.“

„Gibt es noch etwas, das Sie an Signore Pegrini untersuchen müssen?“, fragte ich Holmes, indem ich auf das Opfer zeigte.

„Ich habe alles gesehen, was zu sehen war, Heiligkeit.“

„*Va bene*.“ Ich nahm *cappello* und Gehstock vom Arbeitstisch. „Signore Tildano, Sie sollten die Leichenhalle des Krankenhauses benachrichtigen, sodass dieser junge Mann angemessen versorgt wird.“

„Ja, Heiliger Vater“, sagte Tildano.

„Hauptmann“, ich wandte mich an die Wachen. „Bitte führen Sie diese jungen Männer in das Büro des Kurators.“ Ich dirigierte sie mit der Spitze meines Gehstocks fort.

Holmes setzte sich in Bewegung, um den Soldaten zu folgen, doch ich hielt ihn mit einer leichten Berührung am Arm zurück. „Wünschen Sie meine Gegenwart bei der Befragung, Signore? Ich möchte kein Hindernis sein.“

„Heiligkeit, Eure einschüchternde Haltung wäre ein Segen bei dieser Befragung.“

„Ich glaube, das mit dem Einschüchtern kann ich ganz gut.“

„Hervorragend. Bitte, nach Euch.“ Er hielt die Hand ausgestreckt, um mir anzuzeigen, dass ich vorangehen möge.

„Nein, nach Ihnen, Signore. Ich muss doch entsprechend königlich den Raum betreten, nicht?“

„Ja, dass müsst Ihr.“ Er schritt mir voran, wieder durch die Regalreihen hindurch, und nahm seinen Hut und seinen Gehstock vom Arbeitstisch auf, während wir zu Tildanos Büro gingen.

Ich betrat den Raum, nachdem die Wachen draußen neben der Tür Aufstellung genommen hatten. Die jungen Männer liefen ziellos im Büro herum. Holmes, der mir vorausgegangen war, hatte Hut und Stock auf Tildanos Schreibtisch abgelegt, und lehnte nun seine hagere Gestalt in lässiger Pose dagegen. Ich stieß meinen Gehstock hart gegen den Holzboden, um die Aufmerksamkeit der Assistenten auf mich zu lenken. Alle drei jungen Männer beeilten sich, in einer Reihe auf die Knie zu fallen. An ihnen vorbeischreitend, die Hand auf dem Rücken, betrachtete ich sie wie ein General, der seine Truppen inspiziert. „Signori“, sagte ich, neben Holmes innehaltend. „Wie Sie ohne Zweifel bemerkt haben, hat sich an diesem Morgen ein besonderer Vorfall ereignet.“

„Aber, Heiligkeit, wir waren gar nicht hier“, platzte ein junger Mann mit Schnurbart am Ende der Reihe heraus.

„Haben Wir Ihnen Erlaubnis gegeben zu sprechen, junger Mann?“

„N – nein.“

„Wie ist Ihr Name?“

„Rossini, Heiliger Vater.“

„Signore Rossini, Sie werden schweigen, bis Wir Sie auffordern zu sprechen.“

„Ja, Heiliger Vater.“ Er blickte zu Boden.

„Dieser Herr ist Sherlock Holmes. Er wird Ihnen Fragen stellen. Sie werden diese wahrheitsgemäß beantworten und ihm den angemessenen Respekt erweisen. Verstanden?“

Sie alle nickten. Der junge Mann am anderen Ende der Reihe, ein schmächtiger junger Bursche mit einer spitzen Nase und blauen Augen, sah jedoch beunruhigt aus. „Sherlock Holmes“, murmelte er.

„Ist das ein Problem, junger Mann?“, fragte ich.

Sein Gesicht erblasste vor Überraschung, da ich ihn ansprach. „Nein, Heiliger Vater,“ antwortete er mit deutlichem französischen Akzent. „Es ist nur so, dass ich gehört habe, dass Monsieur Holmes und ich wohl irgendwie einen gemeinsamen Verwandten haben.“

„Horace Vernet“, sagte Holmes.

Der junge Mann nickte. „Er war mein Urgroßvater. Allerdings habe ich den Eindruck, dass Sie ihm ähnlicher sehen als ich.“

„Wie lautet Ihr voller Name?“

„Jean Phillipe Vernet-Delrouche. Horace Vernets Tochter Louise war meine Großmutter.“

„Und Sie benutzen ihren Nachnamen? Weshalb?“

Der junge Mann schaute etwas einfältig drein. „Er ist leichter zu schreiben und auszusprechen, besonders für solche Arbeitskollegen, die kein Französisch sprechen.“

Das machte Eindruck auf mich. Dass andere Schwierigkeiten mit dem Französischen haben, kümmert für gewöhnlich keinen Franzosen. Der junge Mann hatte offenbar eine sensible Natur.

„Ich habe gehört, Sie seien vom Louvre hierher gekommen“, sagte Holmes.

„Ja, Monsieur.“

„War Ihre Stellung dort nicht zufriedenstellend?“

„Sie war mehr als zufriedenstellend, Monsieur.“

„Warum sind Sie dann hierher gekommen?“

Der junge Mann zögerte und warf einen verlegenen Blick auf seine beiden Kollegen, die ihn neugierig ansahen.

„Das möchte ich lieber nicht sagen“, antwortete er mit leiser Stimme.

„Ich fürchte, Sie haben keine Wahl“, sagte Holmes. „Seine Heiligkeit hat deutlich gemacht, dass Sie meine Fragen zu beantworten haben, oder nicht?“

„Ja, natürlich.“ Er seufzte ergeben. „Ich kam nach Rom, weil ich glaubte, ich könnte zum Priestertum berufen sein. Ich dachte, wenn ich in Rom selbst bin, könnte ich die Antwort auf diese Frage, ganz gleich wie sie ausfällt, leichter finden.“

Holmes zog die Augenbrauen hoch. Diese Antwort hatte er eindeutig nicht erwartet. „Und das wollten Sie herausfinden, indem Sie sich mit Kunstobjekten und Antiquitäten beschäftigen?“

„Nun, ich…“

„Na, lassen wir das. Das bringt uns nicht weiter. Wohin sind Sie heute Morgen gegangen?“

„Ich bin hinausgegangen, um eine Zigarette zu rauchen.“

„Es dauert nur drei bis vier Minuten, eine Zigarette zu rauchen. Sie waren aber fast 45 Minuten fort.“

„Ich…“ Er sah verlegen zu mir und senkte dann den Blick zu Boden.

„Warum zögern Sie, Monsieur?“, drängte Holmes. „Sicher hat Seine Heiligkeit im Beichtstuhl schon Schlimmeres gehört.“

„Ich habe mich mit einer Frau getroffen.“ Er sprach schnell und sah zu mir herüber, um meine Reaktion abzuschätzen. Ich sagte nichts, sondern klopfte mit dem Zeigefinger auf den Knauf meines Gehstocks in Erwartung einer Erklärung.

„Und wie steht es mit dem Priestertum?“, fragte Holmes.

„Das ist es ja gerade. Ich machte ihre Bekanntschaft bei meiner Ankunft in Rom, doch obwohl sie eine angenehme junge Dame ist, wurde mir klar, dass ich diese Bekanntschaft nicht fortsetzen könnte, wenn ich wirklich eine Entscheidung über meine Zukunft treffen möchte. Wir haben uns immer an den Quattri Cancelli am anderen Ende der Museen im Beisein ihrer Anstandsdame getroffen. Also habe ich mich für heute Morgen mit ihr verabredet, um mit ihr zu brechen.“

„Und haben Sie es getan?“

„Ja.“

Holmes nahm ein Blatt Papier aus dem Schreibtisch und winkte dem jungen Mann aufzustehen. „Schreiben Sie ihren Namen und ihre Adresse auf dieses Papier."

„Aber…"

Holmes klopfte ungeduldig auf das Papier.

Vernet trat an den Schreibtisch, tauchte den Federhalter ins Tintenfass und kritzelte die Informationen für Holmes nieder.

Holmes nahm dem jungen Mann das Papier ab, faltete es zusammen und steckte es in die Brusttasche. „Hervorragend. Nun, darf ich Sie bemühen, mir eine Ihrer Zigaretten zu geben? Ich habe meine letzte vor der Ankunft hier in Rom geraucht und hatte den ganzen Morgen hindurch keinen Tabak."

„Oh – äh – sicher." Vernet zog sein Zigarettenetui aus der Brusttasche und bot den Inhalt Holmes an.

„Danke", sagte der Engländer. Er nahm eine Zigarette und klopfte sie gegen seine Handfläche. „Heiligkeit, es macht Euch doch nichts aus, wenn ich …?"

„Keineswegs, Signore."

Er schnupperte an der Zigarette. „Irre ich mich oder ist das ein Gauloises-Tabak?"

Vernet nickte. „Ist es."

„Ein Tabak mit eher intensivem Aroma. Ich habe ihn immer gemocht. Ich nehme an, Sie haben einen vernünftigen Tabakhändler in der Nähe gefunden?" Holmes nahm eine kleine Streichholzschachtel aus seiner linken Tasche und zündete die Zigarette an.

„Rossini und Fiore haben mir einen empfohlen, als ich hier anfing", sagte Vernet. „Bianchini Rivéndita…"

„Im Borgo Pio", beendete ich für ihn.

Holmes wandte sich zu mir um. Ihr kennt ihn, Heiligkeit?"

„Das ist das Geschäft, wo Monsignore Macchi meinen Schnupftabak ordert. Ich pflegte ihn dort selbst zu kaufen, als ich noch Kardinal war."

„Ich sehe, der Laden hat die höchste Empfehlung. Ich werde ihn schnellstens aufsuchen. Ich habe eine besondere Vorliebe für Nelkentabak."

„Ich selbst mag ihn nicht, Monsieur", sagte Vernet. „Doch sie haben dort eine gute Auswahl an Nelkentabak. Ich glaube, dass es Monsieur Fiores Wahl ist."

Bei der Erwähnung seines Namens, Fiore, hob der dritte Assistent, der während der ganzen Befragung geschwiegen hatte, den Blick. Er war ein kräftig gebauter Mann Ende zwanzig oder Anfang dreißig mit einer gelbbraunen süditalienischen Gesichtsfarbe und einer Hakennase. Seine schwarzen Augen betrachteten den Franzosen mit einem auffällig strengen Blick.

„Wirklich?", fragte Holmes. „Stimmt das, Signore Fiore?"

Fiores Stirnrunzeln verwandelte sich in ein höfliches Lächeln. „Ja, Signore."

„Ausgezeichnet. Ich freue mich schon darauf, die Produkte des Ladens auszuprobieren." Er winkte den Assistenten ungeduldig. „Und damit beende ich die Befragung. Ich danke Ihnen für Ihr Kommen, Signori."

Die drei Assistenten sahen einander verwirrt an, dann blickten sie zu mir. Ich scheuchte sie mit den Fingern, und die beiden, die auf dem Boden knieten, standen auf, um mit ihrem französischen Kollegen hinauszugehen.

Da rief Holmes aus: „Oh, Signore Fiore."

Der junge Mann wandte sich um.

„Gegen den Bienenstich an Ihrer rechten Hand empfehle ich eine Paste von kohlensaurem Natrium mit ein wenig Wasser. Das wird den Juckreiz lindern."

Fiores dunkle Augen weiteten sich. „Danke, Signore", sagte er und ging.

Holmes ging zur Tür und schloss sie hinter ihm, dann wirbelte er zu mir herum, mit einem Glitzern in seinen stählernen Augen.

„Fiore ist unser Mann, nicht wahr?“, fragte ich.

„Nicht er allein, Heiligkeit“, sagte er, mit dem Zeigefinger durch die Luft wedelnd, als er zu mir schritt. „Er und sein Freund Rossini zusammen. Sie gingen gemeinsam hinaus, sie kamen gemeinsam zurück. Und es ist von Vorteil bei einer solchen Sache einen Helfer zu haben, denn einer kann den anderen decken Das hat mit Sicherheit ihr Ablenkungsmanöver für den Diebstahl perfekter gemacht.“

„Aber was hat es mit Vernet und dem Tabak auf sich?“

„Als ich neben Pegrinis Leiche niedergekniet bin, roch ich eine Nelkenzigarette. Der Geruch von Nelkentabak ist besonders eigentümlich und hängt oft noch dann in der Luft, wenn der Raucher längst gegangen ist, selbst wenn die Zigarette gar nicht an diesem Ort geraucht worden ist. Daher musste jemand erst kürzlich in der Nähe eine geraucht haben – und wir wissen, dass Pegrini nicht rauchte.“

„Da Sie es gerade erwähnen, ich habe selbst einen seltsamen Geruch wahrgenommen, doch ich wusste nicht, was es war.“

„Deshalb bin ich ja hier, Heiligkeit“, antwortete Holmes. „Auch habe ich neben der Leiche Körnchen von feinem rotem Kies gefunden. Und dies in einem Gelände mit nur wenigen Fußgängern, das so aussieht, als sei es erst kürzlich gesäubert worden. Indem ich Pegrinis Schuhe untersuchte, kam ich zu der Erkenntnis, dass der Kies nicht von ihm stammte, denn diese Sorte Steinchen tritt sich gern in oder um die Sohle ein. Aber dort war nichts. Deshalb ging ich nach draußen in den Belvederehof und fand heraus, dass er frisch mit genau diesem Kies bestreut worden ist. Ebenso entdeckte ich, dass sich jenseits des Hofes der Zugang zu einer kleinen Halle befindet. Von dort gelangt man durch das Gebäude auf einen Gartenpfad auf der anderen Seite.“

„Die Tür bei dem Bienenstock.“

„Genau. Dort habe ich diese hier gefunden.“ Aus seiner linken Jackentasche zog er einen kleinen weißen Umschlag hervor, aus dem er zwei Zigarettenstummel auf seine Handfläche fallen ließ. „Nelkenzigaretten. Sein Kumpan hat ebenfalls eine geraucht, ohne Zweifel hat sie ihm sein Freund angeboten. Ich habe sie eigentlich schon auf unserem Weg hierher gesehen, doch da habe ich mir noch nichts dabei gedacht, bis ich die Gewürznelke bei Pegrinis Leiche gerochen habe. Natürlich war der Geruch von Gewürznelke schon hier, als wir den Raum betraten. Und wie wir inzwischen wissen“, er hielt in seiner Rechten die Zigarette hoch, die er selbst fast aufgeraucht hatte, „raucht Vernet keine Nelkenzigaretten. Dies und seine Bereitschaft, ein Alibi zu nennen, obwohl ihn dies in große Verlegenheit brachte, schließt ihn vom Verdacht aus.“

„Außerdem“, fuhr er fort, während er die Zigarettenstummel wieder in seiner Tasche verschwinden ließ, „als diese Herren knieten – das ist einer der Gründe, weshalb ich Eure Gegenwart gewünscht habe, Heiligkeit, wie nützlich diese Körperhaltung sein kann! –, sah ich, dass Rossini und Fiore den Kies aus dem Belvederehof in den Sohlen ihrer Schuhe stecken hatten. Er war noch nicht tief eingedrungen, was bedeutete, dass sie erst kürzlich darauf getreten sein mussten. Außerdem war Gartenerde an ihren Schuhen, eine zusätzliche Bestätigung, wo sie gewesen sind.“

Ich schüttelte den Kopf und lächelte. „Sie sind beeindruckend, junger Mann.“

„Danke, Heiligkeit.“

„Und doch wissen wir eines noch nicht“, sagte ich. „Nämlich wo die Kameen jetzt sind. Ich nehme an, sie haben sie wieder versteckt, während sie draußen waren, denn sie mussten doch damit rechnen, bei ihrer Rückkehr eventuell durchsucht zu werden.“

„Ihr kennt die Gedankenwelt der Verbrecher gut, Euer Heiligkeit.“

„Meine erste Stelle als Priester brachte es mit sich, dass ich mich mit der Gesetzlosigkeit in Benevent auseinander setzen musste. Ich wurde recht gut vertraut mit den Gewohnheiten von Dieben und Mördern."

„Dann wisst Ihr auch, dass Diebe oft andere Diebe bestehlen."

„Ja. Es gibt ‚keine Ehre unter Dieben', wie das Sprichwort sagt. Diebstahl ist eine Todsünde, und eine solche Sünde zieht die andere nach sich."

„Aber wie verhält es sich, wenn ein anständiger Mann einen Dieb bestiehlt, um die Sachen dem rechtmäßigen Eigentümer zurückzuerstatten?" Holmes nahm einen letzten Zug aus der Zigarette und drückte den Stummel im Aschenbecher auf Tildanos Schreibtisch aus. Erwartungsvoll sah er mich an, während er den Rauch ausstieß.

„Das ist natürlich eine völlig andere Sache. Diese Person wäre gerechtfertigt durch die Rückgabe des gestohlenen Eigentums."

„Ah, das gibt mir den Seelenfrieden wieder. Ich dachte schon, Ihr würdet mir eine Buße auferlegen."

„Signore?"

Ein breites Lächeln erschien auf Holmes' schmalem Gesicht. Er griff in seine rechte Tasche, holte sein zusätzliches, sauberes Taschentuch heraus und faltete es vor meinen Augen auseinander. Da, auf dem reinen weißen Linnen, lagen die kostbaren Kameen.

„Signore!", rief ich aus und ergriff überrascht seinen Arm. „Wo auf Erden…"

„Wohl eher in der Erde, Heiligkeit. Ich habe sie genau da gefunden, wo ich sie erwartet hatte, als ich die Nelkenzigaretten entdeckt habe."

„Wo?"

„In dem Loch, das der entfernte Strauch direkt neben dem

Bienenstock hinterlassen hat. Sie waren, in ein anderes Taschentuch gewickelt, unter Gartenerde verborgen. Unsere Gauner glaubten, die Bienen würden jeden fernhalten, bis sie sie wieder holen würden. Doch indem sie Erde über dem Bündel festtraten, versetzten sie unsere Insektenfreunde in Aufregung, mit der Folge, dass Fiore gestochen wurde."

„Wunderbar. Ich werde diese Männer festsetzen lassen."

„Noch nicht, Heiligkeit."

„Nicht? Weshalb nicht?"

„Es ist notwendig, dass sie zurückkehren, um ihr unrecht erworbenes Gut zu holen. Wir müssen sie auf frischer Tat erwischen. Das würde unsere Anklage gegen sie auf feste Füße stellen."

Er hatte Recht – obwohl wir Gerichte hatten im Vatikan, hatten wir doch keine Gefängnisse und waren in diesem Punkt von Italien abhängig, dessen feindselige Regierung wir für die Kosten der Einkerkerung entschädigten. Trotz diesem Tribut kam es häufig vor, dass sie nicht sonderlich entgegenkommend war, wenn der Schuldige nicht eine wirkliche Gefahr für ihre eigenen Bürger darstellte.

„Natürlich werden die Diebe merken, dass die Kameen nicht mehr dort sind, wo sie sie gelassen haben", sagte ich.

„Nicht sofort. Sie werden ein Päckchen von gleichem Gewicht finden, das sie aus dem Boden ziehen müssen. Das gibt uns ausreichend Zeit, um Zeuge ihres Tuns zu werden. Ich habe die Kameen in ihrem Bündel gegen etwas anderes ausgetauscht, das, wenn ich so sagen darf, dem Besitzer ebenso kostbar ist."

„Und das wäre?"

Holmes zog eine Bronzemünze aus seiner Uhrtasche und legte sie mir in die Hand. Es war eine Münze, die im vorangegangenen Jahr zu meinem Jubiläum herausgekommen war. Sie trug auf der einen Seite mein eigenes Profil und mein Wappen auf der anderen Seite.

„Wir sind Eurem alten Gärtner Antonio draußen begegnet. Er

hatte eine Handvoll von diesen Münzen in seiner Tasche. Er sammelt sie offenbar, doch war er bereit, sich zugunsten unserer kleinen List von ihnen zu trennen. Sein zehnjähriger Enkel erklärte sich unterdessen bereit, den Ort von einem Versteck aus zu beobachten und uns Bescheid zu geben, wenn er unsere Diebe zurückkehren sieht."

Kichernd spielte ich mit der Münze auf meiner flachen Hand. „Ich muss gestehen, ich dachte, davon würde ich erst bei meinem Begräbnis hören."

„Was meint Ihr, Heiligkeit?"

„Dass Wir der Stellvertreter Christi in der Erde sind statt auf Erden."

Holmes lachte. „Heiligkeit, Ihr seid ein Spaßvogel."

In dem Moment ertönte ein heftiges Klopfen an der Tür. Holmes faltete rasch das Taschentuch über den Kameen zusammen und schob es in seine Tasche zurück, während er den Raum durchquerte, um die Tür zu öffnen.

Der Hauptmann der Garde stand auf der Türschwelle. „Heiliger Vater, da ist ein Junge hier, der…"

Ein völlig aufgelöster Junge schob sich an ihm vorbei. „Mein Großvater, Signore", rief er aus. „Sie haben meinen Großvater!"

„Was? Wo?", fragte Holmes.

„In seiner Werkzeughütte hinter der Palazzina des Heiligen Vaters. Sie haben ihn dorthin geschafft, weil sie nur die Münzen gefunden haben, nicht aber das, was sie vergraben haben. Sie haben gesagt, er habe ihre Sachen gestohlen…"

„Hauptmann", sagte ich zu dem Gardisten. „Nehmen Sie zwei Mann und begeben Sie sich sofort dorthin. Signore Holmes, gehen Sie mit ihm. Ich werde gleich nachkommen. Junger Mann", wandte ich mich an den Jungen, dessen große braune Augen sich weiteten, als ich ihn ansprach. „Du bleibst hier."

Holmes ergriff Hut und Stock und eilte mir mit den Wachen voraus. Ich folgte ihnen mit einem verbleibenden Hellebardier in einer Geschwindigkeit, die meine Konstitution nicht in Aufruhr brachte. Nachdem wir den Hauptzugang hinter uns gelassen hatten, verlor ich die anderen bald aus den Augen, als sie die Casina Pius' V. auf der Westseite der Museen passierten. Ich folgte demselben Pfad, umschritt die Südseite des Adlerbrunnens mit der Leoninischen Mauer zu meiner Linken und spähte um eine Biegung in dieser Befestigung aus dem 9. Jahrhundert, um nach der hölzernen Gartenhütte zu sehen, die daran anschließt. Als ich diesen Ort erreichte, begannen die Glocken von St. Peter den Mittags-Angelus zu läuten. Doch das Gebet musste bis später warten, denn der alarmierende Anblick, der sich vor meinem Versteck meinen Augen darbot, nahm meine Aufmerksamkeit gefangen.

Fiores linker Arm hielt die Kehle des alten Gärtners umklammert, und mit der Rechten hielt er eine Handfeuerwaffe gegen den Kopf des Mannes. Meine Wachen hatten ihn zusammen mit Holmes eingekreist, dessen Gehstock zu seinen Füßen lag – fallen gelassen, wie ich annahm, auf Befehl des Bewaffneten. Holmes' Rücken stand mir am nächsten. Eine Gestalt, die ich für Fiores Kumpan Rossini hielt, lag zusammengekrümmt auf dem Boden neben der Mauer. Ein Hellebardier stand über ihm, seine Stangenwaffe wie einen mittelalterlichen Kampfstab in Händen – offensichtlich hatte ihn der Gardist mit einem Hieb gegen den Bauch zu Boden gestreckt.

„Er hat eine Pistole“, sagte mein Hellebardier mit Bezug auf Fiore. Sein breiter Körper schob sich als Schild vor meinen.

„Ja. Und da ist etwas Wichtiges, das du jetzt tun musst, mein Sohn.“

Er wandte sich mit großen Augen mir zu. Ich flüsterte ihm genaue Instruktionen zu. Doch er schüttelte protestierend den Kopf. „Ich darf Euch nicht verlassen, Heiliger Vater.“

„Du musst. Tu, was ich dir sage und vertraue auf Gott. Sei bereit. Du wirst wissen, wann du zu handeln hast. Geh jetzt.“

Der Gardist runzelte unsicher die Stirn, doch er musste gehorchen. Als er am Brunnen vorbei zurückrannte, bekreuzigte ich mich und betete zu St. Michael um Schutz. Dann lehnte ich meinen Gehstock gegen die Mauer, trat aus meinem Versteck hervor und stellte mich rechts neben den Engländer.

„Heiligkeit", murmelte Holmes. „Ihr solltet nicht hier sein."

„Ich weiß, Signore", antwortete ich und wünschte mehr als alles andere, ich könnte tun, was er mir riet. „Bitte, könnten Sie mir die Kameen geben?"

„Was?" Er äugte aus den Augenwinkeln zu mir herüber.

„Ich brauche sie."

Holmes bewegte langsam die rechte Hand, um in seine Manteltasche zu greifen.

„Signore Holmes!", rief Fiore aus. „Lassen Sie die Hände von den Taschen oder ich drücke ab."

„Er möchte Ihnen nur geben, was Sie haben wollen, junger Mann", sagte ich. „Das ist alles."

„Er hat die Kameen?"

„Ja."

Fiore drückte die Pistole stärker gegen die Schläfe seiner Geisel. „Machen Sie schnell", befahl er mit zusammengebissenen Zähnen.

Der alte Gärtner stöhnte auf.

„Bitte, mein Sohn. Tun Sie ihm nichts. Sie haben bereits einen unschuldigen Mann getötet. Vermehren Sie nicht Ihre schweren Beleidigungen Unseres Herrn, indem Sie einen weiteren Mord begehen."

„Ich will die Kameen und ich will frei gehen können."

„Und das werden Sie", versprach ich. Holmes hielt mir sein Taschentuch hin. Die Finger meiner linken Hand zitterten, als ich es entgegennahm. Ich streckte meine Rechte aus und faltete den Stoff auf meiner Handfläche auseinander. „Sehen Sie?" Ich hielt die Kameen so, dass Fiore sie sehen konnte. „Sie sind alle hier. Ich bitte Sie, lassen Sie den Mann gehen. Ich werde diese in Ihre Hand legen, und Sie dürfen gehen."

Fiores schwarze Augen musterten alle Umstehenden, während er mein Angebot überdachte. „Warum sollte ich Ihnen glauben?", fragte er mich.

„Ich bin der Nachfolger Petri, und gebe Ihnen mein feierliches Ehrenwort. Ein Leben ist genug, junger Mann. Bitte. Nehmen Sie die Kameen und gehen Sie."

Fiore stieß den alten Mann brutal zur Seite und richtete die Waffe auf meine Brust. Seine freie linke Hand hielt er nun ausgestreckt und wartete auf die Kameen.

„Halt!", rief ich, die Handfläche gegen die Soldaten erhoben, denn ich konnte sehen, dass sie sich auf ihn stürzen oder schießen wollten, je nachdem, welche Waffe sie bei sich trugen. „Halt. Tut ihm nichts."

„Heiliger Vater…", protestierte der Hauptmann.

„Ich will nicht, dass ein weiterer Mensch sein Leben verliert, nicht einmal er. Haltet Frieden."

Mit einem tiefen Atemzug schritt ich vorwärts, die Kameen fest in der Faust. Mein Herz schlug heftig in meiner Brust. Ich legte das kleine Bündel entschlossen in die ausgestreckte Hand des Diebes, den Lauf seiner Pistole nur einen Zentimeter von meinem Brustkreuz entfernt. „Gehen Sie jetzt." Ich wies über seine Schulter.

Er sah sich noch einmal nach meinen Wachen um, die mein Wort zurückhielt, dann wandte er sich um und rannte los. Plötzlich sprang der Hellebardier, den ich durch meine Palazzina auf die andere Seite der Hütte geschickt hatte, aus seinem Versteck, schwang seine Hellebarde von vorne nach hinten, um sich an den Fußgelenken des jungen Mannes einzuhaken. Fiore fiel flach aufs Gesicht und seine Waffe flog ins Gras. Dann schwang der Hellebardier seine Pike hoch und wieder runter und in einer fließenden Bewegung trieb er die obere Spitze knapp oberhalb

Ich legte das kleine Bündel entschlossen in die ausgestreckte Hand des Diebes

der Schulter in den Stoff von Fiores Mantel. Dann drehte er den Griff der Waffe. Die Schneide des Beils ruhte nun auf Fiores Nacken, und er war am Boden festgeheftet. Blut sickerte durch den Stoff seines Jackets. Offenbar hatte die Spitze der Pike seine linke Schulter geritzt.

Neben mir sagte Holmes: „Sie verstehen es tatsächlich, mit diesen Dingern umzugehen. Ich frage mich, ob die Leibgardisten genauso geschickt sind.“

„Bitte, Signore, sagen Sie jetzt nicht, Sie hätten gedacht, die Hellebarden seien nur zur Zierde da."

Als ich nach links schaute, bemerkte ich, dass der verängstigte Gärtner noch immer auf den Knien im Gras lag. Ich ging zu ihm und streckte ihm meine Hand entgegen. „Ist alles in Ordnung?"

Er fasste meine Hand und küsste sie mit zitternden Lippen. „Heiliger Vater, Ihr habt mich gerettet. Wie soll ich Euch das vergelten?"

Ich fasste ihn am Ellbogen und half ihm aufzustehen. Er schien fast mein Alter zu haben, doch ich stellte fest, dass die Falten in seinem Gesicht wohl eher von der Sonne kamen als von so zahlreichen Jahren. „Pflege die Gärten so schön, wie du es immer getan hast", sagte ich. „Wir werden in der nächsten Woche für den Sommer in Unsere Palazzina umziehen und freuen uns schon darauf, sie zu genießen."

„Mit Freuden, Heiliger Vater."

Dann richtete ich meine Aufmerksamkeit auf den festgenommenen Mann, der ein paar Schritte entfernt, noch immer an den Boden geheftet, fauchte und grollte.

„Sie haben gelogen. Sie haben mir Ihr feierliches Ehrenwort als Papst gegeben!", stieß er wütend hervor. „Sie sagten, ich dürfte fortgehen."

„Und das taten Sie auch, mein Sohn", sagte ich. „Etwa acht Schritte weit. Aber ich konnte natürlich nicht mehr als das zulassen."

Holmes hob das Leinenbündel auf, das Fiore hatte fallen lassen, und legte es in meine Hand. „Ich hätte niemals erwartet, dass Ihr so etwas tun würdet, Heiligkeit."

„Ich ebenso wenig." Mit einem tiefen Seufzer steckte ich die Kameen zusammen mit meiner Brille in die Tasche, dann wandte ich mich an alle Anwesenden. „Da der Signore jetzt keinen Schaden mehr anrichten kann und die Glocken vor ein paar Augenblicken geläutet haben, werden wir den Angelus beten und Gott danken."

Indem ich das Kreuzzeichen machte, betete ich den Anwesenden vor. Und von Holmes, der an meiner Seite stand, hörte ich unerwartet einige in Englisch gemurmelte Antworten. Als ich mit dem Kreuzzeichen endete, sah ich, wie er das Gleiche tat.

„Wenn schon in Rom…", zuckte er die Schultern.

„Heiliger Vater!" Es war Rossini, der das Bewusstsein wiedererlangt hatte, während ihm der Gardist die Hände fesselte. „Heiliger Vater, bitte, ich möchte ein Geständnis ablegen."

„Der zweite Dieb bereut", murmelte Holmes in Gedanken versunken. „Wie biblisch."

Ich lächelte. Mein Herz wurde gerührt von Rossinis reuevoller Miene. Die Soldaten, die damit fertig waren, ihn zu fesseln, packten ihn fester, als ich zu ihm hintrat, doch ich bedeutete ihnen mit einem Kopfschütteln, ihn zu lassen.

„Was möchtest du bekennen, mein Sohn?", fragte ich und legte ihm die Hand auf die Schulter.

„Alles, Heiliger Vater. Ich werde Euch erzählen, was immer Ihr wissen wollt, über mich, über ihn." Seine Lippen kräuselten sich zu einem angewiderten Ausdruck, als er mit dem Kopf zu Fiore hinüberdeutete.

„Das zu hören, sollte interessant sein", sagte Holmes und verschränkte die Arme.

„Hören Sie immer Bekenntnisse, Signore?", fragte ich.

„Ich hatte meinen guten Anteil", antwortete er. „Auch wenn ich zugeben muss, dass ich dabei keine Absolution erteilt habe."

„Ich bin froh, das zu hören." Ich wandte mich wieder Rossini zu. „Möchtest du öffentlich oder privat deine Beichte ablegen?"

„Heiligkeit, ich würde es von den Bergen hinunterrufen!"

„Gut denn", sagte ich und schwang meinen Arm in einer weiten Geste. „Da wir auf einem römischen Hügel stehen, fang bitte an zu rufen."

„Wenn du redest, Rossini, wirst du sterben, ebenso wie deine Familie", knurrte Fiore, als ihn die Gardisten fesselten.

„Ich und meine Familie sind ohnehin so gut wie tot, denn wenn ich im Gefängnis bin, werden sie sicherlich verhungern." Rossini sah mit Augen voller Verzweiflung zu mir auf. „Heiliger Vater, dieser Mann ist…"

„… Enrico Falcone. Der berüchtigte Kunsträuber."

Rossini starrte Holmes an. „Ja. Woher wissen Sie das?"

„Ich war nicht völlig sicher, bis ich seine Waffe sah. Es ist ein Mauser 1878 7.6 mm Zick-Zack-Revolver, ein einzigartiges Modell, das Falcone bei seinen verschiedenen Raubmorden in London benutzte. Ich vermutete schon, dass er es war, als ich auf die Nelkenzigarette stieß." Holmes wandte sich an Fiore. „Sie haben mich im Garten erkannt, nicht wahr? Deshalb haben Sie sich beeilt, die Kameen an sich zu nehmen, und dabei Pegrini ermordet."

Fiore, oder besser Falcone, schnaubte nur verächtlich.

„Scotland Yard wäre glücklich, die Hand auf Sie zu legen, sollte Seine Heiligkeit geneigt sein, Sie auszuliefern." Holmes' Augen blitzten befriedigt. „Ich habe Scotland Yard geholfen, seinen Kunstraubring in England vollständig auszuheben, aber ich muss gestehen, dass er unserem Netz entgangen ist. Ich bekam nie sein Gesicht zu sehen, so schlau war er. Er ist hervorragend, was Verkleidungen anbelangt, und ein exzellenter Fälscher – seine Kopien selbst sind Kunstwerke. Er versteht sich außerdem darauf, Dokumente zu fälschen, was seine Referenzen erklärt. Ich würde Signore Tildano eine akribische Bestandsaufnahme machen lassen, denn so manches Kunstwerk der Museen wird wohl fehlen oder durch eine Fälschung ersetzt worden sein."

„Ich kenne das meiste dessen, was er genommen hat", bot

Rossini bereitwillig seine Hilfe an. „Ich werde Ihnen gern alles sagen."

„Wie kommt es, dass Sie sich mit ihm zusammengetan haben?", fragte Holmes. „Sie scheinen nicht der größte Bewunderer Ihres Freundes zu sein."

„Er ist nicht mein Freund." Rossini starrte den anderen Dieb finster an. „Ich gebe zu, als ich noch sehr jung war, half ich ihm bei seinen frühen tollen Streichen. Doch als er Italien verließ, beendete ich meine Ausbildung und nahm eine Frau. Ich wollte mit seiner Welt nichts mehr zu tun haben. Aber als er zurückkehrte, spürte er mich auf und zwang mich, mich um eine der beiden ausgeschriebenen Stellen in den Vatikanischen Museen zu bewerben. Er wollte meinen makellosen Ruf für weitere Diebereien nutzen. Er drohte, mir Frau und Kind zu töten, denn er suchte verzweifelt nach Helfern, da seine Bande in London aufgeflogen war." Rossini schüttelte den Kopf. „Pegrini hatte es nicht verdient zu sterben. Ich sah, wie Falcone ihm den Schädel einschlug. Und das werde ich gerne bezeugen. Aber weil ich Falcone bei den Diebstählen geholfen habe, werde ich meine Strafe verbüßen."

„Ein hervorragendes Bekenntnis, meinen Sie nicht auch, Signore Holmes?", fragte ich meinen Freund mit hochgezogener Augenbraue.

„Ich finde es mehr als zufriedenstellend, Heiligkeit."

„Mein Sohn, du wirst in der Wachtstube bleiben, bis wir dich vor Gericht stellen können. Das wird nicht lange dauern. Wir glauben, Unser Gerichtshof kann Milde walten lassen aufgrund deiner Offenheit."

„Werdet Ihr mir keine Absolution geben, Heiliger Vater?", fragte Rossini.

„Ah, so willst du sie wirklich?"

„Ja."

„*Va bene*." Ich gab ihm die Lossprechung und meinen Segen.

„Als Buße magst du heute den Rosenkranz beten, aber du musst auch deine Strafe verbüßen. Hast du einen Rosenkranz?"

„Nein, Heiliger Vater."

„Wir werden dir einen bringen lassen. Und Wir werden Signore Tildano nach deiner Familie fragen, um zu sehen, wie Wir ihr helfen können."

„Danke, Heiliger Vater."

„Und nun zu Ihnen." Ich wandte mich an den anderen Dieb. „Haben Sie kein Bedauern für das, was Sie getan haben?"

„Mir tut nur Leid, dass ich Sie nicht erschossen habe."

Ich nickte. „Ich verstehe."

Er hob das Kinn und starrte mich finster an, bohrte seine wütenden Augen in meine. „Was könnten Sie schon verstehen?"

„Mehr als Sie denken", sagte ich. „Sie sind frustriert. Egal, was Sie sich nehmen, es ist niemals genug. Sie stehlen noch mehr und töten sogar dafür. Aber nichts stellt Sie wirklich zufrieden. Und ich bin jetzt ein weiteres ärgerliches Hindernis auf Ihrem Weg zum Glück."

Falcone zog eine Grimasse. Er wandte den Blick zu Boden.

„Doch ich bin froh, dass Sie mich nicht erschossen haben", fuhr ich fort, „denn ich glaube, Unsere Wachen hätten Sie dafür getötet. So wie es ist, haben Sie jetzt noch Zeit – Zeit, darüber nachzudenken, was Sie eigentlich erstrebt haben. Wir werden mit der britischen Botschaft und Scotland Yard Kontakt aufnehmen wegen Ihrer Auslieferung an England, auch wenn ich befürchte, dass dies für Sie den Galgen bedeutet."

„Ohne Zweifel", sagte Holmes.

„Wenn auch der Gerechtigkeit Genüge getan werden muss, so werden Wir doch um Ihr Leben bitten. Wir werden Kardinal Manning bitten sicherzustellen, dass für Sie jederzeit ein Priester erreichbar ist."

Als die Gardisten die beiden fortführten, wandte ich mich an Holmes, der in der Nähe wartete, eine Hand auf den Gehstock gestützt, die andere auf dem Rücken. Seine Augen folgten mir mit einem nachdenklichen Blick, als ich meinen eigenen Gehstock wieder an mich nahm.

„Sind Sie hungrig, Signore? Es ist Zeit fürs Mittagessen“, fragte ich ihn.

„Mittagessen klingt ausgezeichnet“, gab er zu.

Gemeinsam machten wir uns durch den Garten, der jetzt in Blüte stand, auf den Weg zum Palast. Ein einzelner Hellebardier – derselbe, der den Schuldigen zu Boden gebracht hatte –, schritt uns über die mit Skulpturen versehenen grünen Pfade voran.

„Eigentlich könnte ich jetzt wirklich eine Pfeife vertragen, sagte Holmes. „Ich habe nicht gelogen, als ich sagte, ich hätte auf der Fahrt hierher meinen ganzen Tabak aufgebraucht. Bei meinem eiligen Aufbruch habe ich offenbar meinen Reservetabaksbeutel vergessen.“

„Ich habe eine angemessene Auswahl an Tabaksorten in meinen Appartements, Signore. Ich rauche zwar nicht selbst, habe aber häufig Gäste, die es tun. Sie werden alles bekommen, was Sie wünschen.“

Holmes schien erleichtert. „Ihr seid sehr großzügig, Heiligkeit.“

„Ich bin ein Diener der Diener Gottes, mein Sohn“, sagte ich, den Kopf neigend. „Obwohl ich nicht sicher bin, ob ich Nelkentabak habe.“

„Das ist schon in Ordnung, Heiligkeit“, sagte er mit breitem Grinsen. „Ich persönlich finde, es ist das scheußlichste Zeug auf Erden.“

Ich lachte. „Signore, Sie erstaunen mich.“

„Und Ihr, Heiligkeit, habt mit Sicherheit mich erstaunt.“

„Nun, ja.“ Ich lächelte. „Manchmal setze ich mich selbst in Erstaunen.“

ITE, MISSA EST

Nachdem Signore Holmes ein köstliches Mahl mit mir geteilt hatte, versorgte ihn Pio mit verschiedenen Tabaksorten. Dann ging Holmes, seinen französischen Verwandten aufzusuchen, um ihn um eine persönliche Führung durch die Museen zu bitten, während ich Siesta hielt, die ich sehr notwendig brauchte. Nachdem ich erwacht war, traf ich mit Mitgliedern der Kurie zusammen, verfasste einen neuen Begleitbrief für die Kameen an Viktoria und schrieb einen Kondolenzbrief an die Familie des ermordeten Museumsangestellten. Auf meine Einladung hin dinierte Holmes an diesem Abend mit mir und genoss ein kurzes Konzert im Empfangssaal, als Sänger der *Opera della Scala* eine Auswahl aus ihrem Frühjahrsrepertoire darboten. Dann zog er sich nach seinem anstrengenden Tag zurück. Ich ging selbst früh zu Bett, doch da ich, wie gewöhnlich, nicht schlafen konnte, brachte ich einen guten Teil der Nacht damit zu, an meiner Enzyklika zu arbeiten, bis ich schließlich in den frühen Morgenstunden mit dem Federhalter in der Hand einnickte. Um 6.30 Uhr wurde ich von Pio am Schreibtisch geweckt, um mich für die Messe vorzubereiten.

Als ich mich gewaschen und für die Messe angekleidet hatte, war es 7.30 Uhr. Es war der Festtag der hl. Maria Magdalena, und ich brachte das heilige Opfer für Signora Murray und ihr Kind dar, wie ich versprochen hatte, mit einem zusätzlichen Dankgebet für Holmes' Unterstützung und Gebeten für alle an diesem Fall Beteiligten, die Verbrecher eingeschlossen, denn sie waren es, die am meisten Barmherzigkeit brauchten. Mehrere Mitglieder des päpstlichen Haushalts waren anwesend, ebenso eine Anzahl Schweizergardisten. Nach der Verlesung des Evangeliums schaute ich auf, bevor ich meine Predigt begann, und

Ite, missa est = lat.: Geht, ihr seid entlassen; Entlassungsformel der kath. Messe sah den Engländer in der hintersten Bank der Kapelle sitzen. Seine Augen waren geschlossen, und ich hoffte, dass er nicht schlief, bedachte man, dass es noch früher Morgen war. Dann erinnerte ich mich daran, wie er mit geschlossenen Augen und einem träumerischen Gesichtsausdruck am Abend zuvor im Konzert gesessen hatte, und entschied, dass er möglicherweise einfach nur zuhörte. So fuhr ich mit der Messe fort, mit der gleichen Freude wie jeden Tag, und nahm weiter keine Notiz von ihm während der Liturgie.

Nachdem ich die Gewänder in der Sakristei abgelegt hatte, kehrte ich in die Kapelle zurück, um das Stundengebet zu verrichten und den Rosenkranz zu beten, und verbrachte noch längere Zeit in Betrachtung versunken in der Gegenwart des Herrn. Das war meine glücklichste Zeit am Tag (von der Zelebration der Messe abgesehen), und für gewöhnlich vergesse ich die Zeit dabei. Erst als Monsignore Macchi mich am Arm berührte, bemerkte ich, dass fast eine Stunde vergangen war.

Als ich ging, fand ich Holmes im Salon neben der Kapelle, eine Bruyèrepfeife rauchend, mehrere Zeitungen um sich ausgebreitet. Ein neuer Tabaksbeutel lag in seinem Schoß.

„Signore, es tut mir sehr Leid. Haben Sie die ganze Zeit auf mich gewartet?“, fragte ich.

Er sah von seiner Lektüre auf. „Ihr braucht Euch nicht zu entschuldigen, Heiligkeit. Ihr habt nur getan, was Eures Amtes ist.“

„Aber Sie wollen sich auf den Weg machen, und ich habe Sie zurückgehalten.“

Er zuckte nur die Schultern und sah auf seine Taschenuhr. „Mein Zug geht erst in zwei Stunden.“

„Suchten Sie nach etwas Bestimmtem?“ Ich zeigte auf die Zeitungen.

Er seufzte verärgert und begann die Blätter zusammenzulegen. „Als ich gestern ausging, war keine vernünftige Zeitung zu finden, in der ich wichtige Nachrichten aus England hätte lesen können. Es scheint, ich muss warten, bis ich am Bahnhof bin."

„Ich sehe, dass Sie wenigstens Tabak bekommen haben."

„Ja. Ich habe den Laden aufgesucht, den Ihr und mein Vetter empfohlen habt. Ich habe eine der Tabaksorten gewählt, womit mich Ihr Kammerherr gestern erfreut hat. Sie schmeckt mir gut."

„Möchten Sie Frühstück?"

„Ich habe schon befürchtet, Ihr würdet nie fragen."

Wir nahmen gemeinsam Café latte und Cornetti im Frühstücksraum neben der Kapelle, dann begleitete er mich zu meinem Büro, wo der junge, ernste Staatssekretär, Kardinal Rampolla, auf uns wartete.

„Ah, Euer Eminenz, haben Sie lange gewartet?"

„Keineswegs, Heiliger Vater", antwortete er.

„Sie erinnern sich an Signore Holmes vom Konzert gestern Abend?"

„So ist es."

„Die Kameen?" Ich zeigte auf das vertraute schwarze Kästchen auf meinem Schreibtisch.

Rampolla nickte. „Der Museumskurator war hier. Er befestigte sie in der Schatulle, sodass sie transportiert werden können."

„Konnte er nicht warten?"

„Er hat sich entschuldigt, Heiliger Vater. Er sagte, er müsse die Familie des Ermordeten aufsuchen."

„Ah, ja. Hat er Unseren Brief an sie mitgenommen?"

„Ja, Heiligkeit."

„*Va bene*. Dann stellen wir mal sicher, dass sie wirklich drin sind." Ich klappte die Schließe auf und öffnete das Kästchen, um den Inhalt zu inspizieren. Die sieben Kameen lagen wieder ordentlich auf dem Samt, mit speziellen Nadeln an ihren Platz geheftet. Ich drehte die Schatulle so, dass Rampolla und Holmes beide den Inhalt sehen konnten.

„Sie sind wirklich drin, nicht?“

„Ja, Heiligkeit“, sagten sie gemeinsam.

„Ich wollte nur sicher sein, dass ich nicht halluziniere.“ Ich nahm Unseren neuen Brief an Viktoria vom Schreibtisch und legte ihn ins Kästchen, dann schloss ich es und versah es mit dem Vorhängeschloss. Ich reichte Holmes den Schlüssel und er steckte ihn in seine Uhrtasche.

„Nun“, sagte ich, „bevor Sie dieses Kästchen nehmen und zu Ihrer geliebten Königin und Heimat zurückkehren, gibt es da noch die Sache mit Ihrer Belohnung.“

„Die britische Regierung wird mich belohnen, Heiligkeit.“

„Sagen Sie ihnen, sie sollen ihr Geld behalten. Dies war als Geschenk von Uns gedacht, also werden Wir uns auch um die Folgekosten kümmern. Wären 5000 Pfund ausreichend?“

„Fünf –“ Holmes’ Augen weiteten sich. „Das ist viel zu großzügig, Heiligkeit.“

„Es ist mein eigenes Geld. Als Sohn eines Grafen hat man solche Möglichkeiten. Und das Geld fiele sowieso an die Kirche. Wir haben bereits das vatikanische Observatorium renoviert, also könnte man diese Zahlung an Sie als weitere Gabe zugunsten der Wissenschaft betrachten. Wir werden einen Scheck Unserer Bank in England ausstellen lassen. Wohin soll er geschickt werden?“

„Capital and Counties Bank, Filiale Oxfort Street, ist meine Bank – aber Sie müssen wissen, es war keine so komplizierte Angelegenheit.“

„Für Sie.“ Ich sah ihn mit hochgezogener Augenbraue an.

„Nun, ja, aber…“

„Es sind Ihre speziellen Talente und Ihre Bereitschaft, drei Tage zu reisen, um an einem einzigen Morgen diesen Fall zu lösen, wofür Wir Sie belohnen. Doch ich versichere Ihnen, dieser Fall war komplexer, als es den Anschein hatte.“

„Wie das?“

„Sie haben sicher begriffen, dass es nicht einfach nur um ein verschwundenes Kunstobjekt ging."

Holmes' durchdringender Blick fiel auf mein Schachspiel, und sein Gesicht nahm einen kühlen Ausdruck an. „Natürlich, ich hätte es wissen müssen."

„Was wissen müssen?"

„Schach. Es ist ein Hinweis auf einen ränkevollen Kopf."

Rampolla fuhr empört auf. „Ränkevoll? Sie beleidigen Seine Heiligkeit!"

„Frieden, Eminenz." Ich hielt meinem bischöflichen Mitbruder die Hand entgegen, dann sagte ich zu Holmes: „Bei Unserer Rolle als Pontifex müssen Wir oft politisch handeln. Ich wurde als Diplomat ausgebildet, und ich verstehe mich darauf. Auch bin ich ein Taktiker, ja. Ich habe dieses Talent gestern im Garten bei Signore Falcone genutzt, und ich nutze es jetzt bei Viktoria. Aber wenn ich Ränke schmiede, Signore, tu ich das nicht für mich selbst oder meinen persönlichen Ruhm." Ich legte meine Hand auf das Kästchen mit den Kameen. „Diese Kameen haben nichts mit mir zu tun oder mit meinem Vorteil, sondern sie werden den Kindern Gottes in Ihrem Land zum Vorteil gereichen. Diese Kameen stehen für eine Kathedrale."

„Eine Kathedrale?", wiederholte Holmes, während sich seine Augen verengten.

„Ja, eine Kathedrale. In Westminster."

„Aber es gibt keine Kathedrale in ..." Er verstummte, Verstehen dämmerte in seinen Augen. „Ihr wollt eine bauen."

Ich nickte. „Wir haben ein Grundstück gekauft, das einstmals zu einem Gefängnis gehörte. Wissen Sie, wo ich meine?"

„Totill Fields Gefängnis. Ja, ich kenne es."

„Obwohl das Grundstück uns gehört, können wir nicht darauf bauen wegen des Widerstandes, den wir von Seiten der Mitglieder Ihres Parlamentes erfahren. Wir haben gehofft, eine engere Freundschaft mit Viktoria würde uns den Weg zum Ziel ebnen. England ist Katholiken gegenüber inzwischen günstiger gestimmt, Signore. Es ist uns erlaubt, nun öffentlich die Messe zu feiern, Priester und sogar Bischöfe zu haben. Unsere Kirchen werden nicht länger regelmäßig von Wandalen entweiht. Aber einen Bischofssitz zu haben, einen Ort, auf den alle englischen Katholiken schauen können nach Leitung und Führung, einen Ort, den sie als geistliche Heimat betrachten können – Sie werden sicherlich begreifen, was dies für sie bedeuten würde."

„Glaubt Ihr wirklich, diese Kameen werden Viktoria geneigt machen, Euren Wünschen entgegenzukommen?", fragte Holmes.

„Es ist den Versuch wert."

Holmes runzelte die Stirn. „Es erscheint mir so trivial."

„Politik, wie Detektivarbeit, beschäftigt sich oft mit Trivialem, nicht?"

„Ja, nun, das ist wahr. Aber Ihr geht ein ziemliches Risiko ein, indem Ihr mir diese Dinge erzählt. Woher wisst Ihr, ob ich nicht alles Ihrer Majestät enthüllen werde?"

„Als Sie hier angekommen sind und wir uns das erste Mal sprachen, fragten Sie mich, ob ich Aufrichtigkeit schätze. Ich glaube, Sie haben diese Frage nicht gestellt, weil Sie wissen wollten, ob ich sie schätze, sondern weil Sie sie schätzen. Also bin ich aufrichtig zu Ihnen und erzähle Ihnen alles. Sie sind ein aufrechter Mann. Sie sind ein durchtriebener Bursche…", ich hielt den Zeigefinger hoch und grinste, „… und selbst ein schlauer Taktiker. Aber Sie sind edel. Und aus diesem Grunde habe ich Vertrauen zu Ihnen."

„Ich fühle mich geehrt von Euren Worten, Heiligkeit. Und ich muss gestehen…" Er lugte zu mir herüber. „Ihr seid wirklich nicht, was ich erwartet habe."

„Wirklich? Was hatten Sie denn erwartet?"

„Ich zaudere es auszusprechen."

„Oh, ich glaube, ich weiß es. Sie haben einen verwöhnten,

selbstgerechten Kirchenfürsten erwartet, der seinen verschwundenen Tand sucht."

Holmes verzog den Mund. „Nun..."

„Das beschreibt eher Seine Eminenz als mich." Ich lächelte.

„Heiliger Vater!", protestierte Rampolla.

„Er ist ein richtiger Graf, während ich nur der Sohn eines Grafen bin. Ich ziehe ihn gern damit auf." Ich winkte meinem bischöflichen Mitbruder verstohlen zu und klopfte ihm auf die Schulter. Rampolla fuhr sich mit der Hand über das Gesicht, aber ich sah, dass er lächelte.

„Wie dem auch sei, Seine Eminenz ist hier, weil er als Staatssekretär als Zeuge anwesend sein muss für das persönliche Geschenk, das Wir Ihnen machen wollen."

„Und was für ein Geschenk mag das sein?" Holmes Blick haftete an dem quadratischen, mit schwarzem Samt überzogenen Kästchen, das Rampolla vom Schreibtisch hinter sich genommen hatte, und seine Augen verengten sich zu Schlitzen. „Das kann doch sicher nicht sein, was sein Aussehen vermuten lässt. Es sieht sehr ... offiziell aus, fürchte ich."

„Und wäre das Grund zur Sorge, Signore?"

„Ich bitte um Vergebung, Heiligkeit. Ich habe nicht die Absicht, Eure offensichtliche Großzügigkeit zu beleidigen. Aber ich habe wenig Interesse an offiziellen Ehren, die mir durch meinen Beruf angetragen werden. Wäre es anders, hätte ich längst aufgegeben, Scotland Yard zu unterstützen." Er lächelte.

„Was Wir Ihnen zu überreichen gedenken, Signore, ist, zugegeben, eine offizielle Ehrung. Aber es kommt aus einem persönlichen Gefühl der Dankbarkeit für Ihre Hilfe heraus. Es ist ein Band daran befestigt, aber keine Leine. Es verpflichtet Sie nicht zu einem Treueschwur für Uns oder Unseren Glauben. Was Wir geben, ist ein Geschenk aus Unserem Herzen an Ihres, in Würdigung und Anerkennung einer Eigenschaft, die Wir in

Ihnen in dem Moment erkannt haben, als Sie vor uns traten – Ihre edle Haltung."

Ich nahm das Kästchen von Rampolla entgegen und trat näher an Holmes heran. „Sie haben von Schach gesprochen, so will ich zugeben, dass dieses Streben nach einer englischen Kathedrale damit begann, dass Wir anlässlich ihres Thronjubiläums einen Bischof als Gesandten zu Viktoria schickten. Dann, gewissermaßen als Schachfigur*, schickten Wir einen Kurier mit den Kameen, nur um sie von einem diebischen Turm** gestohlen zu bekommen. Unser nächster Zug ist, einen Ritter*** zu senden." Ich öffnete das Kästchen und enthüllte einen achtspitzigen blau emaillierten Stern, eingelegt mit Flammen aus 18-karätigem Gold zwischen den Strahlen des Sterns. In der Mitte des Sterns, verziert mit Perlmutt, war in Gold „Pius IX" zu lesen, umgeben von den Worten „*Virtuti et Merito*". Das breite Band der Auszeichnung war aus dunkelblauer Seide mit roter Einfassung.

„Wenn es auch Katholiken gegeben wird, so ist es doch die höchste Auszeichnung, die Wir auch Nicht-Katholiken verleihen können. Der Ritterorden von Pius wurde von Pius V. gegründet, und Unser Vorgänger, Pius IX., hat ihn wiederbelebt. Er ist dafür gedacht, jene auszuzeichnen, die dem Papst, dem Papsttum und den Kindern Gottes einen großen persönlichen Dienst erwiesen haben. Sie haben all das getan, mein Sohn, und Sie verdienen es sicher. Jedoch fürchten Wir negative Folgen für Sie, wenn die Nachricht bekannt wird, dass Sie päpstlicher Ritter sind. Die britische Regierung betrachtet es vielleicht nicht in einem günstigen Licht. Aus diesem Grund werden Wir Sie als *cavaliere in*

* Nicht übersetzbares Wortspiel mit der Doppeldeutigkeit der englischen Begriffe. Das im englischen Originaltext gebrauchte Wort *pawn* bedeutet zugleich beim Schach „Bauer"

** Neben „Turm" beim Schach bedeutet das im englischen Original verwendete Wort *rook* „Gauner"

*** *knight* bedeutet beim Schach „Springer"

pectore behalten, als Ritter in Unserem Herzen – im Geheimen. Nur Rampolla und ich werden es wissen, und auch wenn Ihr Name im Buch des Ordens verzeichnet wird, so wird er doch niemals jemandem offenbart, es sei denn Wir wissen, dass dies Ihre Zustimmung findet."

Holmes schien noch immer zurückhaltend. „Ich…"

„Bitte, lehnen Sie nicht ab, Signore. Sie würden mir das Herz brechen. Ich weiß keine andere Möglichkeit, Sie zu meiner vollen Zufriedenheit zu ehren."

Er seufzte. „Dann werde ich annehmen, Euer Heiligkeit."

„*Grazie*, mein Sohn. Nun brauchen Wir Ihren vollen Namen."

„William Sherlock Scott Holmes."

Während Rampolla ihn auf ein Blatt Papier kritzelte, murmelte ich Gedanken verloren: „So viele Konsonanten – wie kann man das nur aussprechen?"

„Viel leichter als Gioacchino Vincenzo Raffaele Luigi Pecci", erwiderte Holmes, wobei er sorgfältig jede Silbe meines Geburtsnamens mit dramatischem Flair aussprach.

„Ha! *Touché*. Das ist einer der Gründe, weshalb Wir den kurzen Namen Leo für Unser Pontifikat gewählt haben."

Als Seine Eminenz fertig geschrieben hatte, reichte ich das Kästchen wieder an ihn zurück, öffnete es und nahm die Auszeichnung heraus. „Würden Sie bitte niederknien, mein Sohn?"

Holmes hob die Augenbrauen.

„Wir bitten Sie nur deshalb darum, damit Wir Ihnen einen richtigen Apostolischen Segen erteilen können. Das ist alles."

Er kniete nieder und wirkte ausgesprochen unbehaglich, als ich vor ihn trat. Ich legte Band und Medaille um seinen Kragen und sagte: „Wir, Leo XIII., vom Stuhl Petri, verleihen Ihnen, William Sherlock Scott Holmes, den Titel eines Ritters vom Orden Pius' IX. und erteilen Ihnen den Apostolischen Segen." Ich legte meine rechte Hand auf seinen Kopf. „Der Herr segne dich und behüte dich! Er lasse Sein Angesicht leuchten über dir und sei dir gnädig! Der Herr wende dir sein Angesicht zu und verschaffe dir Heil! Es segne dich der allmächtige Gott." Ich machte das Kreuzzeichen. „*In nomine Patris, et Filii, et Spiritus Sancti. Amen*. Erheben Sie sich, Sir Sherlock Holmes vom Ordo Pianus."

Er stand auf und sagte mit heiserer Stimme: „Danke, Euer Heiligkeit."

Ich blinzelte ihm zu. „Sie werden das Schmuckstück ablegen wollen, bevor Sie den Zug besteigen. Es könnte sonst einiges Aufsehen erregen."

Holmes nahm die Auszeichnung ab und legte sie ins Kästchen zurück, das er dann in seine rechte Jackentasche gleiten ließ.

„Eines noch, Signore." Ich legte meine Hand auf seine Schulter. „Da Sie *in pectore* sind, habe ich noch ein Versprechen an Sie. Sollten Sie einmal Unterstützung brauchen, wenn Sie in Schwierigkeiten sind und Hilfe brauchen, wenn Sie irgendetwas brauchen, brauchen Sie Uns nur ein Telegramm oder einen Brief zu senden, unterschrieben mit *cavaliere in pectore*, und Wir werden tun, was Wir können, um Ihnen zu helfen. Dies ist ein Versprechen von Uns und allen Unseren Nachfolgern."

„Danke, Heiligkeit. Ich werde es im Gedächtnis behalten."

Dann gab ich ihm das Kästchen mit den Kameen. „Nun gehen Sie zu Ihrer Majestät mit Unseren guten Wünschen. Alles Gute. Wir werden ein Telegramm an Kardinal Manning senden und Sie ankündigen, sodass er Sie begleiten kann, wenn Sie sie aufsuchen. Ich hoffe, ich werde Sie wiedersehen, mein Sohn."

„Und ich Euch, Heiliger Vater."

Da ich wusste, dass die Engländer die kontinentale Form des Abschieds nicht mochten, die darin besteht, sich auf beide Wangen zu küssen, ergriff ich mit Wärme seine Hand, und er ging. Ich fand es bemerkenswert, wie sehr ich ihn in einer solch kurzen Zeitspanne ins Herz geschlossen hatte. Trotz seiner wissenschaftlichen, intellektuellen Zurückhaltung war sein Herz allzu rein. Besonders jetzt, da ich eine erregende Entdeckung gemacht hatte.

Er hatte mich Heiliger Vater genannt.

Ich lächelte. Eine neue Freude erhellte mein Herz. Denn ich spürte, es bestand große Hoffnung für England, wenn solche Menschen dort geboren wurden.

Vollständig in Unser Tagebuch eingefügt am 10. Juli des Jahres 1888, dem 11. Unseres Pontifikates

: Leo P. P. XIII :

FINALE

Sherlock Holmes legte Leos Tagebuch auf den Tisch neben seinem Lehnstuhl und schaute zu Diakon Brown und mir herüber. Er war mitten in unserer Teezeit zurückgekehrt, und ich hatte bereitwillig die Geschichte von Seiner Heiligkeit mit ihm geteilt.

„Nun?“, fragte ich.

„Nun was, Watson?“

„Ist es wahr?“

Er runzelte die Stirn. „Hältst du Seine Heiligkeit für einen Lügner? Natürlich ist es wahr.“

„Du bist ein päpstlicher Ritter und hast mir nichts davon erzählt?“

Holmes stand auf und ging lebhaft durch den Raum zum persischen Pantoffel mit dem Tabak, der am Kamin hing, wo er seine Meerschaumpfeife stopfte. „Es war etwas Persönliches zwischen Seiner Heiligkeit und mir", sagte er. „Er gab mir die Ritterwürde, um mich zu ehren, und ich empfing sie aus Respekt für ihn. Sie hat sonst keinerlei Wert."

„Sicherlich doch", protestierte ich.

„Deswegen habe ich dir nichts erzählt." Als er meinen gekränkten Gesichtsausdruck sah, fügte er hinzu: „Natürlich bin ich froh, dass du es jetzt weißt. Seine Heiligkeit weiß, dass ich dir vertraue, und er hat Recht. Ich hätte es dir schon vor langer Zeit sagen sollen. Ich wollte nur einfach nicht, dass du mehr daraus machst, als es mir bedeutet." Er richtete seinen Blick auf Diakon Brown. „Aber ich bin sicher, er hat nicht vorausgesehen, dass Sie die Geschichte ebenfalls lesen würden. Ihnen ist natürlich klar, dass Sie niemandem davon erzählen dürfen."

„Da Sie *in pectore* sind, Mr. Holmes, könnte ich diese Geschichte nur unter Strafe der Exkommunikation enthüllen."

„Nun, das ist Ansporn zu schweigen, würde ich sagen."

„Sie sagten, Sie empfingen sie aus Respekt für ihn", sagte Brown. „Bedeutet das, dass es jemanden gibt, von dem Sie eine solche Ehre zurückweisen würden."

„Ohne Frage." Holmes runzelte die Stirn. „Aber dieser Mann…" Er zeigte auf das Foto von Leo auf dem Kaminsims. „Dieser Mann ist anders. Edel und königlich, ja … schließlich ist er von Adel. Aber er hat einen scharfen Verstand, verbunden mit einer wirklich frommen Seele. Er war tadellos bei allem, was er sagte und tat, und ich konnte nicht anders, als ihn respektieren. Das sagte ich sogar zu Ihrer Majestät, als Kardinal Manning und ich ihr die Kameen überbrachten."

Ich setzte mich im Sessel auf. „Wirklich? Wie hat sie reagiert?"

„Nun, sie war von den Kameen sehr beeindruckt. Da es ihr Lieblingsschmuck ist, war sie von ihnen eingenommen, denke ich, und bewegt, dass er etwas, das sie persönlich so liebte, ausgewählt hatte als Geschenk für ihr Volk. Daher fragte sie mich nach meinem Eindruck von Seiner Heiligkeit. Ich erzählte ihr, dass der Mann persönlich einem berüchtigten Mörder entgegentreten sei, um einen Mann zu retten, der wegen dieser Kameen in Todesgefahr war, und dass er ein wirklich guter Mensch sei. Ich sagte auch, dass sie, sollte er sie in Zukunft um irgendetwas bitten, in Erinnerung behalten solle, dass er einer von jener Sorte ist, die nur aus Liebe spricht und handelt. Nichts mehr."

„Sie haben für seine Sache eine Lanze gebrochen", sagte Brown. „Sie sind ein Risiko eingegangen, Mr. Holmes."

„Das habe ich getan, und der Premierminister war außer sich. Mein Bruder war damit auch nicht glücklich, aber ich sagte zu ihm, dass ich über die Geschichte nur die Wahrheit gesagt habe."

„Mycroft weiß nichts von der Ritterwürde?"

Holmes schüttelte den Kopf. „Es ist wahrscheinlich das Beste, er weiß es nicht, bedenkt man, mit wem er so regelmäßig verkehrt."

„Und nun ist hier in Westminster der Grundstein gelegt worden", sagte Brown.

„Ja", lächelte Holmes.

„Danke, Mr. Holmes", sagte Diakon Brown. Seine Augenlider flatterten hinter den Brillengläsern. Er schien bewegt.

„Danke vielmals."

„Gern geschehen."

„Verzeihung, Holmes", sagte ich. „Aber … könnten wir ihn sehen?"

„Ihn sehen?"

„Den Orden, den du mit deiner Ritterwürde erhalten hast."

„Wenn's denn sein muss." Holmes ging zu seinem Schreibtisch und zog die Schublade auf, in der er die Erinnerungsstücke an seine Fälle aufbewahrte. Aus dem hintersten Winkel der Schublade holte er ein nun staubiges schwarzsamtenes Kästchen hervor. Er legte es in meine Hände, und Brown und ich bewunderten beide das wundervolle Schmuckstück darin.

„Es hat sich als nützlich erwiesen“, bemerkte Holmes. „Die Ritterwürde selbst, nicht der Orden.“

„Tatsächlich?“

„Als ich mich nach Moriartys Tod verbergen musste, ging ich, wie du dich erinnerst, zuerst nach Florenz. Von dort aus schickte ich eine Drahtnachricht an Mycroft, aber ebenso eine an Kardinal Rampolla, denn ich dachte mir, Hilfe aus dem Vatikan könnte mich vielleicht schneller erreichen. Es an Rampolla zu senden, war die bessere Entscheidung, als es direkt an den Papst zu schicken, denn das hätte im Hotel Aufsehen erregt. Ich unterschrieb das Telegramm, wie Seine Heiligkeit geraten hatte. Es ist natürlich niemals bekannt geworden, Watson, dass der norwegische Forschungsreisende Sigerson seine Reisen mit vatikanischen Identitätspapieren unternahm.

„Du machst Witze.“

„Oh, nein. Am Morgen, nachdem ich mein Telegramm an den Vatikan geschickt hatte, tauchte ein Kurier in meinem Hotel auf, mit einem Paket von Sachen, die mir unschätzbar wertvoll waren. Geld, natürlich – mehrere hunderttausend Lire – Identitätspapiere auf den von mir gewünschten Namen und ein Empfehlungsschreiben vom Papst selbst, das mir Aufnahme in jede kirchliche Einrichtung der christlichen Welt garantierte. Ich habe einen guten Teil Zeit in Klöstern verbracht und fand es jedes Mal eine friedvolle Erfahrung. Außerdem war in dem Paket eine Medaille des hl. Michael, die wohl der Heilige Vater für alle Fälle beigelegt hatte. Ich habe sie an meiner Uhrkette befestigt, zusammen mit Mrs. Nortons Sovereign.“ Er grinste. „Auf jeden Fall reiste ich um die ganze Welt mit vatikanischen Identitätspapieren. Keiner hat es gemerkt. Aber eines will ich dir gestehen…“ Er hielt inne und fuhr dann nachdenklich fort: „Ich habe zwei volle Jahre in Tibet verbracht, Watson. Bin mit dem obersten Lama zusammengetroffen, wenn du dich erinnerst. Ich bin auch nach Mekka gereist. Aber in all der Zeit, auch wenn es sehr erleuchtend und lohnend für mich war, würde ich sagen, dass ich niemals wirklich solch tiefe Heiligkeit erfahren habe wie an einem Tag in Gegenwart dieses Mannes." Er klopfte mit dem Pfeifenstiel auf das Foto. „Ich behalte seine Fotografie hier, um mich daran zu erinnern, dass Menschen wie er tatsächlich über diese Erde gehen. Das gibt mir Hoffnung."

„Ich muss dir zustimmen, Holmes. Nachdem ich ihn selbst getroffen hatte, habe ich das Gleiche gefühlt. Deshalb habe ich um die Geschichte gebeten. Aber wie es scheint, wird sie wohl in meine alte Dokumententruhe in Charing Cross kommen, zusammen mit all den anderen Berichten sensibler Natur."

„Diese Truhe ist wahrscheinlich inzwischen ziemlich vollgestopft", meinte Holmes.

„Ja - nun. Ich habe schon daran gedacht, mir eine größere zu besorgen."

„Ich glaube, dass wäre weise, alter Freund", sagte Holmes, wobei er mit einem amüsierten Glitzern in den Augen seine Pfeife entzündete. „Unermesslich weise."

Der zweite koptische Patriarch

„Sie wissen, dass ich mit dem Fall der beiden koptischen Patriarchen beschäftigt bin, der sich heute entscheiden sollte.

Sherlock Holmes
Der pensionierte Farbenhändler

Es war ein warmer Julitag des Jahres 1898, als unten die Türglocke läutete und mich aus einem nachmittäglichen Nickerchen riss, zu dem ich mich, der Hitze wegen, auf die Couch in unserem Wohnzimmer gelegt hatte. Kein Klient hatte in der vorangegangenen Woche Holmes' Besprechungsraum mit seiner Anwesenheit beehrt, mit Ausnahme eines siebenjährigen Jungens, der Holmes um Hilfe bei der Suche nach seinem entlaufenen Kätzchen gebeten hatte (ein Fall, den Holmes wohlwollend für den weinenden kleinen Burschen löste, ohne auch nur unsere Wohnung zu verlassen). Ich hegte die Hoffnung, dass der Stillstand im Geschäft sein Ende gefunden haben möge.

Holmes streckte sich träge und setzte sich aufrecht. „Ich hoffe, die Glocke verspricht einen Fall von Interesse, Watson. Es war nur wenig Bedeutsames in der Morgenzeitung." Er schob die Frühausgabe der Times, die er über seinen Knien ausgebreitet hatte, zur Seite. Unser junger Diener brachte eine Karte herein.

„Hm. M. Duroc. Kein Beruf. Führe ihn herein, Billy."

Der Junge öffnete die Tür für einen dunkelhäutigen Mann

von etwa 40 Jahren, der einen elegant geschnittenen grauen Anzug trug. Sein breites, feines Gesicht, das stolz einen Bart im Stil eines Bohemien zur Schau trug, wurde von einer sorgenvollen Miene verdüstert. Seine am meisten ins Augen fallende Eigenschaft war seine beeindruckende Körpergröße, die ich auf mehr als sechs Fuß schätzte. Unter seinen Arm war eine zusammengefaltete Zeitung geklemmt, und er trug einen schweren Gehstock in der rechten Hand, dessen Knauf mit einem blauen Edelstein ausgelegt war.

„Danke, dass Sie mich empfangen, meine Herren." Der Mann sprach mit einer sanften, tiefen Stimme und einem starken französischen Akzent. „Ich hoffe, ich habe Sie nicht bei etwas unterbrochen."

„Ganz und gar nicht, Monsieur", sagte ich. „Wir sind dankbar für Gesellschaft. Möchten Sie sich nicht setzen, bitte?"

Sobald der Gentleman nahe dem Kamin Platz genommen hatte, erhob sich Holmes von seinem Sessel und ging durch den Raum zu seinem Schreibtisch. Als er sich wieder zu uns umdrehte, hatte er seinen Revolver auf unseren Besucher gerichtet.

„Holmes!", schrie ich auf.

„Blockiere die Tür, Watson. Nein, Monsieur, bleiben Sie genau dort, wo Sie sind. Haben Sie gedacht, ich würde Ihre Stimme nicht erkennen, sobald Sie den Mund aufmachen? Auch wenn Sie bei unserem letzten Zusammentreffen in Verkleidung waren, Ihre Körpergröße und Ihre Stimme sind nicht zu verkennen."

Ich starrte erschrocken auf unseren Besucher, der, genau wie Holmes befohlen hatte, völlig reglos in seinem Sessel blieb.

„Wer ist das?", fragte ich.

„Sagt dir der Name Flambeau etwas, Watson?"

„Nicht der berüchtigte…", begann ich.

„Dieb", vollendete unser Gast für mich. „Bin ich. Allerdings habe ich mich vor sechs Monaten aus diesem Geschäft zurückgezogen."

„Zurückgezogen?“, schnaubte Holmes. „Ich schätze, Sie konnten sich mit einem guten Polster zurückziehen, bedenkt man die zahllosen Kostbarkeiten, die Sie gestohlen haben. Sie sind einer der gerissensten Diebe, die es je gegeben hat. Dass Sie mir entwischten, als ich das letzte Mal mit Ihnen zu tun hatte, beweist das. Das Einzige, das zu Ihren Gunsten spricht, ist: Sie sind kein Mörder. Ist Ihnen klar, dass ich Sie auf der Stelle Scotland Yard übergeben könnte, da Sie zu dieser Tür hereingekommen sind?“

Flambeau nickte. „Ich wusste, dass sehr wohl die Möglichkeit besteht, dass Sie herausfinden würden, wer ich bin…“

„So ist es.“

„Mr. Holmes, was immer ein Richter über mich verfügen würde, wäre wohlverdient. Doch der Mann, der gerade jetzt im Gefängnis sitzt, hat, im Gegensatz zu mir, dies nicht verdient. Ich bin gekommen, weil ich weiß, dass Sie der einzige Mensch sind, der ihn entlasten kann.“

„Sie haben dafür ein beträchtliches Risiko auf sich genommen.“

„Er hätte das Gleiche für mich getan. Da möchte ich nicht zurückstehen. Im Übrigen, nach dem, was ich in den Berichten des guten Doktors gelesen habe, sind Sie ein Mann von Ehre und Rechtlichkeit. Ich glaube, es war das Risiko wert.“

Nachdem er unseren Besucher einen weiteren Moment in Augenschein genommen hatte, kehrte Holmes zu seinem Sessel zurück und legte die Waffe in Griffweite auf den Tisch neben sich. „Ich nehme an, Duroc ist Ihr richtiger Name?“

„Ja.“ Flambeaus Haltung war steif, das einzige Anzeichen, dass er vielleicht doch ein bisschen nervöser war, als es zunächst den Anschein hatte. „Haben Sie die Nachmittagsausgabe der *Times* gelesen?“, fragte er.

„Unser Diener hat sie noch nicht heraufgebracht.“

„Dann erlauben Sie mir.“ Er reichte Holmes die Zeitung, die er unter dem Arm gehalten hatte. „Dieser Artikel hier ist es.“ Er zeigte auf die schmale rechte Spalte auf der ersten Seite.

„*Ägyptischer Angestellter in Paddington ermordet*" Holmes las den Artikel. „Inwieweit betrifft das Sie?"

„Eigentlich betrifft es meinen Freund. Er wurde wegen dieses Mordes festgenommen. Sie können alles in dem Artikel lesen. Und da Sie sicher denken, dass ich, bedenkt man meine frühere Beschäftigung, nur kriminelle Freunde haben kann, möchte ich Ihnen versichern, dass der in Frage stehende Gentleman keiner ist. Er ist vielmehr ein guter und vortrefflicher katholischer Priester, der auf seine Weise ein wenig ein Detektiv geworden ist. Ich glaube, Sie kennen ihn. Hochwürden J. Paul Brown?"

„Hochwürden Brown?", wiederholte ich. „Ist er ein schmächtiger junger Mann mit Brille und einem Cherubsgesicht?"

„Das ist er."

Holmes brummte. „Dr. Watson und ich sind ihm vor ein paar Jahren kurz vor seiner Weihe begegnet. Damals bekundete er Enthusiasmus für meine Arbeit, aber ich wusste nicht, dass er die Absicht hatte, den gleichen Weg einzuschlagen."

„Um ehrlich zu sein, ich glaube nicht, dass der gute Hochwürden überhaupt irgendwelche derartigen Absichten hatte, obwohl er sich immer für das Thema begeistert hat. Kardinal Vaughn entdeckte seine Gabe, kleine Rätsel zu entwirren, während er noch im Seminar war, und entschied, dass er der Kirche am besten dienen würde als ‚Problemlöser', wenn Sie so wollen. Seine Eminenz schickt ihn, wenn es darum geht, Situationen zu klären und sie in Ordnung zu bringen. Er setzt ihn oft in Pfarreien ein, wo es Schwierigkeiten gibt, damit er sie wieder auf den richtigen Weg bringt. Daher fallen ihm auch Angelegenheiten krimineller Natur in den Schoß: Diebstähle, Morde und so. Auf diese Weise hat er auch mich erwischt – durch Zufall. Ich war schon fast mit einer unbezahlbaren Sammlung von seltenem Silber aus einem exklusiven Club heraus, doch er stellte mich und machte mir klar…" Flambeau zögerte, dann fuhr er mit ruhiger Stimme fort: „Sir, er erzählte mir alles, was ich jemals getan hatte und warum. Er verstand. Deshalb bin ich heute gekommen."

Holmes Augen zogen sich zusammen. „Er verstand? Was meinen Sie damit?"

„Er hat ein gewisses … Einfühlungsvermögen … für jene, die die dunkelsten Sünden begehen. Ich weiß, er würde sie nie selbst begehen, und doch würde er Ihnen sagen, dass er dazu in der Lage wäre. Das, fürchte ich, ist das Problem hier."

Holmes und ich sahen einander an, dann ging unser Blick zurück zu dem Dieb.

„Fahren Sie, bitte, fort, Monsieur."

„Hochwürden Brown und ich kannten das Opfer, Mr. Sharif Fouad. Er war Angestellter in einer Buchhandlung, die sich auf seltene Ausgaben spezialisiert hat. Brown war oft Kunde in dem Geschäft, obwohl er, nach meiner Erinnerung, nur wenige Bücher dort kaufte. Ich bin selbst ein paar Mal mit ihm in den Laden gegangen. Nachdem er sich ein paar Bände, die ihn interessierten, angeschaut hatte, verbrachte er gewöhnlich seine Zeit im Gespräch mit Fouad, dem Inhaber Mr. Rareburton oder Rareburtons Sohn Charles. Rareburton ist ein Mann mit guter Allgemeinbildung, ein standfester Anglikaner, und sowohl er als auch sein Sohn haben großes Interesse an Kirchendingen. Die freundschaftlichen Debatten mit Brown waren ganz nach ihrem Geschmack. Und Fouad brachte gern seine koptisch-orthodoxen Gedanken in die Argumentation ein. Offenbar hatte er einige Zeit in einem koptischen Kloster verbracht. Das sorgte für angeregte Gespräche. Wie ich mich entsinne, hat Mr. Rareburtons Frau oftmals darum gebeten, die Diskussionen zu beenden, denn sie gingen weit über die Öffnungszeiten hinaus und brachten ihre geplanten Essenszeiten durcheinander.

Jedenfalls, Fouad schrieb Hochwürden Brown an einem Tag in der vergangenen Woche. Ich war bei ihm, als Fouads Nachricht ankam, und er hat sie mir mitgeteilt. Fouad hatte die Neuigkeit vernommen, dass Seine Heiligkeit Papst Leo XIII. gebilligt habe, dass ein koptischer Bischof, ein Konvertit von der koptisch-orthodoxen Kirche, das Patriarchat der katholischen Kopten in Kairo übernehme, unter dem Namen Cyril II., um es dem Patriarchen der koptisch-orthodoxen Kirche gleichzutun, der den Namen Cyril V. angenommen hat. Dieser neue koptische Patriarch ist ein Mann, den Fouad offenbar aus seiner Jugendzeit kannte. In seinem Brief schrieb Fouad, dass es etwas Skandalöses im Leben von Cyril II. gebe, etwas, das er Hochwürden Brown unter vier Augen mitteilen wolle. Er sagte, er hoffe, Brown könne Kardinal Vaughn informieren, und dieser seinerseits den Papst…" Flambeau lachte bei dem Gedanken in sich hinein. „Dem armen Kerl war nicht klar, wie weit hergeholt diese Idee war. Doch Brown schien nicht entmutigt. Auf jeden Fall verabredete Brown mit dem Ägypter ein Treffen in der Buchhandlung, bevor sie öffnet. Fouad bat Brown allein zu kommen und weder dem Inhaber noch dessen Sohn etwas davon zu sagen. Als Hochwürden Brown dort ankam, fand er Fouad tot vor; ein sauberer Schlag gegen die Schläfe hatte ihn augenblicklich getötet."

„Unangenehm."

„Sehr. Als ich die Nachmittagszeitung sah, eilte ich zu Scotland Yard. Mir wurde erlaubt, in seiner Zelle mit ihm zu sprechen. Als ich ihn fragte, was geschehen sei, sagte er nur, dass er den Mann hatte treffen wollen und ihn tot aufgefunden habe. Mehr wollte er nicht sagen."

„Sie sind zu Scotland Yard gegangen?", fragte ich.

Flambeau blickte mit einem verschmitzten Lächeln zu mir herüber. „Natürlich. Die haben keine Ahnung, wie ich aussehe."

Holmes stieß ein zynisches Kichern aus. „Sie sind ein Mann mit Nerven."

„Die sollte ich haben, bei dem, was ich getan habe, nicht?"

„Ohne Zweifel. Gibt es noch mehr zu der Geschichte?"

Flambeaus dunkle Augenbrauen furchten sich. „Brown war nicht derjenige, der wegen des Mordes beim Yard angerufen hat. Das tat jemand anders, und der Yard weiß nicht, wer. Nur Brown war anwesend, als sie ankamen, und er weigerte sich, mit ihnen über den Vorfall zu sprechen. Er hat nur gesagt, dass er gekommen sei, um sich mit dem Opfer auf dessen Bitte hin zu treffen, und es so aufgefunden habe. Doch ich kenne Hochwürden Brown. Ich weiß, dass er noch etwas anderes gesehen hat. Unglücklicherweise hatte er den Brief des Opfers bei sich, mit der Bitte, ihn zu treffen. Und Sie wissen, wie Inspektor Lestrade vorgeht…"

Holmes wandte den Blick ab und seufzte.

„Sie haben Brown auf der Stelle verhaftet. Und da Hochwürden nichts von dem erzählen wird, was er herausgefunden hat, sieht sein Fall übel aus."

„Hat Lestrade etwas zum Motiv gesagt?"

Flambeau schüttelte den Kopf. „Er sagte, er würde schon herausfinden, was es war. Doch er deutete an, dass Fouad wahrscheinlich etwas Skandalöses über Browns Privatleben wüsste. Natürlich weiß ich, dass jegliche derartige Theorie völlig der Grundlage entbehrt."

„Und Sie sind sicher, dass Brown etwas herausfand, dass zum Mörder führen würde?"

„Bei Brown ist es unmöglich, dass er nichts gefunden hat. In der Beziehung ist er wie Sie. Er nimmt alles wahr, auch wenn er es nicht beabsichtigt."

„Dennoch hat er Ihnen nicht mehr erzählt."

„Korrekt."

Holmes saß eine Weile schweigend da, seine Brauen in Gedanken gefurcht. Plötzlich sprang er auf die Beine und steckte die Waffe in die Tasche seines Mantels. „Statten wir der Buchhandlung einen Besuch ab. Danach werden wir zu Scotland Yard gehen. Holen Sie Ihr Notizbuch, Watson."

Wir legten den Weg zu dem Geschäft in der Harrow Road, Paddington, das als *Curious Books* bekannt war, in einem Klapperkasten von Droschke zurück. Scotland Yard war bereits fort, doch der Laden wurde, bis der Inhaber von der Befragung zurückkehrte, von einem Constable bewacht.

Nach einer kurzen Diskussion mit dem Constable durften wir das kleine Gebäude aus braunem Ziegelstein betreten. Holmes zischte missbilligend beim Anblick, den der Tatort bot. „Ich vermute, eine Herde spanischer Stiere hätte den Ort weniger verwüstet", sagte er. „Dennoch kann ich erkennen, dass es einen Kampf gegeben hat. Schauen Sie, wie das Buchregal verschoben wurde – und die Schleifspuren dort auf dem Boden. Er schaute sich um und betrachtete die Spuren auf dem Boden rund um die Blutlache, wo die Leiche des Opfers gelegen hatte. Er schritt fast auf Zehenspitzen um die ganze Bescherung herum, dann hielt er inne und kauerte sich nieder.

„Welche Sorte Stiefel trägt Hochwürden, Flambeau?"

„Er hat kleine Füße", antwortete der Franzose. „Gewöhnlich trägt er kurze Stiefel mit runder Spitze."

„Dann hat er sich hier niedergekauert, um die Leiche zu untersuchen", sagte Holmes, indem er auf zwei verschmutzte Fußabdrücke zeigte, an denen Blut war. „Er trat aus Versehen ins Blut, als er den Raum betrat. Wahrscheinlich war es zu der Zeit dunkel hier drin. Da ist ein weiterer Fußabdruck, allerdings nur von der Fußspitze, von einem, wie es scheint, langen, schlanken Fuß. Ein Stiefel mit scharfer Spitze – eher schmal. Die Abdrücke scheinen aus dem Teil des Raumes gekommen zu sein, wo sich die Bücherkisten befinden. Zu Schade, das es kein vollständiger Fußabdruck ist. Und da sind Abriebspuren von den Absätzen eines anderen Stiefels hier."

Holmes richtete sich wieder auf, und noch einmal um die Lache geronnenen Blutes auf der Fliese schreitend, untersuchte er das Bücherregal dahinter.

„Interessant. Ein Buch fehlt.“

„Wie kommst du darauf, Holmes? Die Bücher sind alle durcheinander gefallen – wie du sagst: das Bücherregal wurde verschoben.“

Holmes wies auf eine große Lücke zwischen den Bänden. „Ja, aber diese Lücke hier, Watson – viele der Bücher sind kopfüber hineingefallen. Wollen wir sehen, ob ich Recht habe.“

Er ging am Bücherregal entlang und umrundete die Theke, wo er sich niederbeugte, um die Gegenstände zu durchstöbern, die meinem Blick verborgen waren.

„Ah! Großartig! Wie ich vermutet habe.“ Er richtete sich auf und ließ einen überaus großen staubigen Band auf die Theke fallen.

„Was ist das, Holmes?“

„Die Mordwaffe.“

„Was?“ Flambeau untersuchte das Buch. „Ich sehe … da ist Blut an der Ecke des Buchdeckels. Aber warum hat Scotland Yard es nicht gefunden?“

„Weil sie nicht gesucht haben. Sie haben sich nicht darum gekümmert. In der Zeitung stand, Lestrade glaube, Brown habe seinen Schirm benutzt, um das Opfer zu erschlagen. Doch wer immer das Buch benutzte, wusste, dass es zu kostbar ist, um es wegzuwerfen, selbst wenn er damit seine Spuren verwischt. Er versuchte, es abzuwischen, wie Sie sehen, hat diese Arbeit aber nicht beendet. Er hat es hastig unter der Theke versteckt, als unser Hochwürden Brown ihn durch seine Ankunft überraschte.“

„Du glaubst, Brown hat den Mörder gesehen?“, fragte ich.

„Alles ist möglich, Watson.“ Holmes lachte in sich hinein und klappte das Buch auf. „*Die Herrschaft des Oliver Cromwell* – gewichtiges Thema, kein Zweifel.“

„Was tun Sie hier drin?“

Wir schauten alle drei zur Tür. Ein Herr von etwa 55 Jahren, gekleidet in schwarzgrauen Tweed, hatte den Laden betreten, eine attraktive schwarzhaarige Dame mittleren Alters am Arm. Trotz ihres fast exotischen Teints wirkte sie bleich. Sie fingerte an etwas herum, das um ihren Hals hing und wie eine religiöse Medaille aus Silber aussah, als sie uns mit schwarzen, von Tränen rotgeränderten Augen anstarrte. Mir schien, sie war noch immer schockiert von der grässlichen Tat, die in ihrem Geschäft verübt worden war.

Währenddessen trat ein junger, schlanker Mann von 20 Jahren, der eine starke Ähnlichkeit mit dem älteren aufwies, an dessen andere Seite. Die dunklen Augen des jungen Mannes hingen an dem Buch auf der Theke.

„Das Cromwell-Buch…", murmelte er.

„Guten Tag", sagte Holmes. „Erlauben Sie mir, mich selbst vorzustellen. Ich bin Sherlock Holmes. Das ist mein Gehilfe, Dr. Watson, und Monsieur Duroc kennen Sie, glaube ich."

„Ja." Rareburton schoss einen kühlen Blick auf Flambeau und richtete seine Augen dann wieder auf Holmes. „Da Sie nicht von Scotland Yard sind, haben Sie hier nichts zu suchen."

„Ich denke doch. Ich wurde gebeten, mich des Falles anzunehmen."

„Von wem? Scotland Yard hat bereits eine Verhaftung vorgenommen."

„Ich bin hier im Namen des Beschuldigten. Monsieur Duroc hat mich engagiert."

Rareburton schnaubte. „Das habe ich mir schon gedacht. In dem Fall möchte ich Sie höflich bitte, die Räumlichkeiten zu verlassen."

„Gerald, bitte", mahnte seine Frau mit zitternder Stimme.

Ich bemerkte, dass sie mit einem leichten ausländischen Akzent sprach, der mir vertraut schien, obwohl ich mich nicht genau erinnern konnte, wo ich ihn schon mal gehört hatte.

„Musst du so abweisend sein?"

„Keine Sorge, Madame, wir wollten ohnehin gerade gehen",

sagte Holmes. Er klemmte sich das Buch unter den Ellbogen und wandte sich zur Tür. Doch Rareburton packte ihn am Arm. „Wohin wollen Sie mit diesem Buch? Das ist ein teurer Band."

„Es wurde benutzt, um Ihren Gehilfen zu ermorden. Ich bringe es zu Scotland Yard."

Rareburton schien von dieser Eröffnung nicht beeindruckt. „Und wer wird mich dafür entschädigen?"

„Das werden Sie mit Inspektor Lestrade besprechen müssen, nehme ich an. Ich vermute jedoch, Sie werden es in Ihren Büchern als Verlust verbuchen müssen, weil es höchstwahrscheinlich nicht zurückgegeben wird."

Holmes Blick richtete sich auf den jungen Mann. „Das muss Ihr Sohn sein, Charles."

Rareburton knurrte mit finsterem Blick: „Ja."

„Nett, Sie kennen zu lernen, junger Mann", sagte Holmes. „Sie haben da einen ziemlichen blauen Fleck im Nacken. Wie haben Sie sich denn den zugezogen?"

Der junge Mann berührte die Stelle an seinem Hals. „Beim Kricketspiel mit einigen Kameraden, Sir. Bowler war ein bisschen wild."

„Das dürfte schmerzhaft sein, würde ich sagen. Sie sind also an der Universität?"

„Ich bin an der Camford, mit einem Stipendium, wo ich Theologie studiere", sagte er. „Im Augenblick habe ich Ferien."

„Tatsächlich? Und dieses Cromwell-Buch ist für Sie von Interesse?"

Charles schüttelte den Kopf.

„Ich habe von Zeit zu Zeit hineingeschaut. Ich habe nur bemerkt, dass es fehlt, als wir nach dem Vorfall hierher kamen."

„Man sollte meinen", unterbrach Rareburton, „dass, wenn Sie so geübt sind, die Wahrheit über die Leute zu erschließen, Mr. Holmes, Sie bereits über meinen Sohn alles wissen, was Sie wissen müssen, ohne so viele Fragen zu stellen."

Holmes lächelte. „Ich habe tatsächlich bereits vieles erschlossen, Mr. Rareburton. Über ihn, Ihre Frau und Sie.“

„Oh?“ Rareburton verschränkte die Arme. „Zum Beispiel?“

„Zum Beispiel waren Sie einmal Offizier in Ihrer Majestät Armee. Sie dienten in Ägypten in den Streitkräften unter Gordon, doch waren Sie dort nicht länger als ein oder zwei Jahre. Sie verließen die Armee mit dem gleichen Dienstgrad, mit dem Sie eingetreten sind. Sie waren jedoch ein gebildeter Mann, und so haben Sie sich, in dem Versuch sich von dem enttäuschenden Abschied vom Militär zu erholen, entschlossen, ihren Lebensunterhalt als Antiquar zu verdienen. Soll ich fortfahren?“

„Mit wem haben Sie gesprochen?“, stieß Rareburton wütend hervor. „Sie haben in meiner Vergangenheit herumgeschnüffelt.“

„Keineswegs. Ich habe das alles von Ihrer Erscheinung abgelesen. Ihre Haltung ist die eines Soldaten und Sie tragen ein Taschentuch im Ärmel – zwei charakteristische Eigentümlichkeiten, die mein alter Freund Watson mit Ihnen gemein hat. Sie sind ein gebildeter Gentleman, also ein Offizier. Dass Sie nun Inhaber einer Buchhandlung sind und nicht in einer höheren Position, sagt mir, dass die Entlassung aus der Armee Sie nicht auf einen glanzvolleren Pfad geführt hat. Und Ihre Dienstzeit in Ägypten geht aus der einzigartigen Tättowierung auf der Unterseite Ihres rechten Handgelenks hervor, das eine ägyptischen Hieroglyphe zeigt.“

Rareburtons Gesicht entflammte plötzlich rot vor Wut. Er stieß Holmes den Zeigefinger ins Gesicht. „Raus!“

„Wie ich schon sagte: Wir waren gerade dabei zu gehen“, sagte Holmes mit einem Grinsen. „Meine Herren, wollen wir?“ Er ging uns voran auf die Straße.

„Er war ziemlich in Hitze“, bemerkte ich.

Holmes kicherte. „Du sagst es, Watson. Das alles ist interessant, natürlich.“

„Sind Sie schon zu irgendwelchen Erkenntnissen gekommen, Mr. Holmes?“, fragte Flambeau.

„Noch nicht, noch nicht. Ich brauche mehr Informationen.“ Er hielt eine Kutsche an, die uns zu Scotland Yard bringen sollte.

Nach einer halben Stunde Wartezeit erhielten wir einen Einlassschein, um den inhaftierten Priester zu besuchen, und Lestrade selbst begleitete uns drei zur Zelle.

„Er ist stumm wie eine Kirchenmaus “, sagte Lestrade, belustigt von seinem eigenen Versuch witzig zu sein. „Ich stellte ihm Fragen, und er blinzelte mich nur an. Verdammt frustrierend.“ Schlüsselklirrend öffnete er die Zelle.

„Danke, Lestrade“, sagte Holmes. „Dürfen wir allein mit ihm sprechen?“

Lestrade zuckte die Schultern. „Wenn Sie wollen.“ Er winkte uns hinein und schloss die Tür mit einem harten Klirren hinter uns.

Brown saß in der Ecke seiner Zelle unter einer Gaslampe und las ruhig in seinem Brevier. Als wir eintraten, stand er auf: „Mr. Holmes, Dr. Watson, welch eine angenehme Überraschung. Wie geht es Ihnen? Monsieur Duroc, Sie haben doch nicht etwa meinetwegen die beiden Herren herbeigerufen?“

„Ich musste einfach etwas tun, Hochwürden“, sagte Flambeau.

Brown seufzte und schüttelte den Kopf.

„Hochwürden Brown“, sagte Holmes. „Ihr Freund ist ein großes Risiko eingegangen, indem er zu mir kam. Er legt offensichtlich großen Wert auf seine Freundschaft zu Ihnen.“

„Ja, ja. Das tut er.“

„Dann dürfen Sie nicht verzweifeln…“, sagte ich.

„Verzweifeln?“ Browns graue Augen blinzelten mich durch die Brillengläser hindurch an. „Ich verzweifle nicht, Doktor. Ich bin genau dort, wo ich sein soll.“

„Erlauben Sie uns, das zu beurteilen“, sagte Holmes. „Ich möchte Ihnen gern ein paar Fragen stellen, wenn ich darf.“

„Ich werde beantworten, was ich beantworten kann, Mr. Holmes.“

„Großartig. Wie ich gehört habe, hat Mr. Fouad Ihnen geschrieben und Sie gebeten, ihn heute früh zu treffen, bevor die Buchhandlung öffnet.“

„Das ist richtig.“

„Und als Sie ankamen, fanden Sie ihn bereits tot vor.“

„Ja.“

„Gemäß dem Zeitungsbericht hatte er einen Schlag gegen die Schläfe erhalten. Ist das so?“

„Ich fürchte.“

„Solch ein Schlag mit einem spitzen, schweren Objekt würde ihn augenblicklich töten. Ich habe die Mordwaffe gefunden.“

„Oh, das haben Sie?“

Holmes hielt sie hoch. „Ja. Sie war unter der Theke verborgen. Ich nehme an, Sie haben darnach gesucht?“

„Die Dinge haben sich sehr rasch entwickelt…“

„Wie ich vermutet habe. Haben Sie am Tatort irgendetwas beobachtet, das für mich von Nutzen sein könnte?“ Holmes’ Augen leuchteten von einem intensiven Glitzern. „Sie wissen, was ich meine, nicht wahr?“

„Ich weiß, Mr. Holmes“, antwortete Brown. „Ich habe nichts gesehen, was ich erwähnen könnte.“

„Aber sicher sahen Sie was. Ihr Freund glaubt dies jedenfalls.“ Holmes senkte die Stimme. „Oder vielleicht sahen Sie … jemanden?“

Browns jugendliches, rundes Gesicht verlor jeden Ausdruck. Er blinzelte meinen Freund durch seine Brillengläser hindurch an und blieb stumm.

Holmes Augen zogen sich zusammen. „Sie haben den Mörder gesehen, nicht wahr?“

Browns Schultern sanken herab und seine Augenbrauen furchten sich.

Der Priester blieb noch immer stumm. Er zuckte nicht mit der Wimper. Er stand stockstill da, sein Gesicht so leer wie ein sauberes Blatt Papier.

Holmes nickte. „Danke. Die Situation ist mir jetzt völlig klar."

Browns Schultern sanken herab und seine Augenbrauen furchten sich.

„Nein, nein, nicht doch, Hochwürden. Sie können nichts für das, was ich selbst herausfinde, und wenn notwendig, werde ich in diesem Sinne für Sie bei Ihren Oberen Zeugnis ablegen. Jetzt werde ich dies von meiner Seite aus verfolgen.“ Er ging zur Tür, wo er sich noch einmal zu dem Geistlichen umwandte. „Ich werde Sie bald hier heraus haben. Da können Sie sicher sein.“

Auf dem Gang fragte ich: „Holmes, ich habe nicht verstanden, worum es zuletzt gegangen ist.“

„Ich ebenso wenig“, sagte Flambeau.

„Es ist nicht meine Sache, Sie aufzuklären. Hochwürden Brown behält es für sich. Und das werde auch ich tun, bis die Angelegenheit geklärt ist.“

Er ging den Weg voran zu Lestrades Büro, und der beamtete Detektiv sah mit einem Grinsen auf, als wir eintraten. „So, hat unsere Kirchenmaus Ihnen etwas gepiepst?“

„Ich habe nicht erwartet, dass er das tun würde, Lestrade. Dürfte ich den Leichnam sehen?“

„Übernehmen Sie den Fall?“

„Natürlich. Er ist unschuldig.“

Lestrade kicherte. „Mr. Holmes, Sie dürfen sich gerne umsehen. Der Leichnam des Ägypters ist im Leichenschauhaus. Sie kennen ja den Weg. Ich kann mir nur nicht vorstellen, wie Sie die Unschuld dieses Mannes beweisen wollen. Wir haben den Brief, der Brown an den Tatort einlädt zu der Zeit, wo der Mord begangen wurde. Wir haben seinen Schirm mit dem schweren gebogenen Griff, der den Burschen…“

„Nein, Fouad wurde hiermit erschlagen.“ Holmes ließ das riesige Buch auf den Schreibtisch fallen. Lestrade schrak bei dem Knall zusammen. „Es war hinter der Theke verborgen. Bitte beachten Sie das Blut auf dem Buchdeckel.“

Holmes ließ Lestrade mit herabgesunkenem Unterkiefer auf das Buch starrend zurück, als er sich zur Tür wandte und den Gang entlang voraus zum Leichenschauhaus ging.

Der Leichenbeschauer, der meinen Freund und mich kannte, erlaubte uns dreien in den kleinen inneren Untersuchungsraum einzutreten, wohin der Leichnam gebracht worden war. Holmes zog das weiße Tuch zurück, das die Leiche bedeckte, und enthüllte einen eher leicht gebauten Herrn mit schwarzem, gelocktem Haar und mandelfarbener Haut. Seine linke Schläfe war tatsächlich, wie die Zeitung berichtet hatte, eingeschlagen.

Holmes betrachtete ihn, dann zeigte er auf die Wangen des Mannes.

„Beachten Sie die Kratzer, meine Herren."

„Die sind frisch", sagte ich. „Jemand kratzte während des Handgemenges sein Gesicht."

„So scheint es. Hallo, was ist denn das?" Er hatte gerade den Arm des Mannes bewegt und hielt nun dessen rechtes Handgelenk hoch. An der Unterseite befand sich eine Tättowierung mit einem Motiv, das eine einfache Hieroglyphe zu sein schien.

„Interessant", sagte er. „Mr. Rareburton hat genau die gleiche Tättowierung an der Innenseite seines Handgelenks." Holmes nahm ein kleines Notizbuch aus der Tasche und zeichnete das Symbol mit einem Bleistiftstummel ab. Dann steckte er das Notizbuch wieder in seine Tasche und wischte sich die Hände. „Meine Herren, ich muss für einige Stunden allein meiner Wege gehen Würde es Ihnen beiden etwas ausmachen, zusammen etwas zu erledigen, dass diesen Fall voranbringt?"

Ich schaute zu Flambeau hinüber und er zu mir herüber. Er nickte kurz.

„Was sollen wir tun, Holmes?", fragte ich.

Holmes stützte sich auf den Tisch, ohne sich an der Leiche

neben ihm zu stören. „Ich möchte, dass du in die Buchhandlung zurückkehrst und Mr. Rareburton überredest, dich für eine Befragung in die Baker Street zu begleiten."

„Bedenkt man, wie wenig gastfreundlich der Kerl war, so bezweifle ich, dass er zustimmen wird."

Mein Freund klopfte mir auf die Schulter. „Ich habe Vertrauen zu dir, Watson. Nach so vielen Jahren an meiner Seite hege ich keinen Zweifel, dass es dir gelingen wird. Im Übrigen bist du ein Mann des Wortes und hast den schlauen Monsieur Duroc als Hilfe."

Ich seufzte. „Nun gut, Holmes. Mir wird schon was einfallen."

„Guter Mann. Dann machen wir uns auf den Weg. Ich werde euch beide in der Baker Street sehen."

Wie Holmes gebeten hatte, kehrten Flambeau und ich zur Buchhandlung zurück. Als wir das Geschäft betraten, stand Mr. Rareburton in der Schütze eines Kaufmanns auf einem Stuhl und ordnete die Bücher auf einem oberen Regal, das während des frühmorgentlichen Konfliktes umgeworfen worden war. Die Blutlache war bereits vom Boden aufgewischt und die Bücher auf den unteren Regalen aufgerichtet worden.

„Schon wieder da?" Rareburton funkelte uns beide an und stieg vom Stuhl. „Wo ist denn Ihr aufmerksamer Freund?"

„Er muss sich um eine andere Angelegenheit kümmern, Mr. Rareburton, doch er lässt fragen, ob Sie wohl so freundlich wären, uns zu begleiten, sodass er Ihnen ein paar Fragen zu diesem Fall stellen könnte."

Er verschränkte die Arme. „Ich dachte, er hätte bereits bei der ersten Begegnung mit mir alle seine Schlüsse gezogen."

In diesem Augenblick trat Mrs. Rareburton hinter den Bücherregalen hervor, gefolgt von ihrem Sohn. Die Frau hielt weitere Bücher auf ihren Armen, und ihr Körper zitterte, als ob sie friere. „Welche Fragen hat er denn?", fragte die Frau. Ihre Stimme bebte und ihre dunklen Augen funkelten vor Besorgnis. „Sicherlich ist alles, was er wissen muss, bei Scotland Yard zu finden."

An meiner Seite kicherte Flambeau: „Mr. Holmes und der Yard kommen selten zu den gleichen Ergebnissen, Madame."

„Sherlock Holmes bittet um dieses Gespräch, weil er meinen Vater beschuldigen möchte", sagte der junge Charles Rareburton.

„Nicht notwendigerweise, junger Mann", sagte ich. „Manchmal befragt Mr. Holmes jene, die am Rande mit dem Ereignis zu tun haben, um die Informationen zu erhalten, die er braucht, um den Schuldigen zu finden. Es besteht die Möglichkeit, dass Ihr Vater etwas weiß und es ihm gar nicht bewusst ist. Das ist schon in mehr Fällen vorgekommen, als ich zählen kann."

„Im Übrigen", fügte Flambeau hinzu, „war Ihr Vater ein guter Freund von Mr. Fouad."

„Das war ich", sagte Mr. Rareburton. „Er war fast wie ein Bruder für mich."

„Welches Motiv hätten Sie, ihn zu töten?"

„Keines."

„Dann haben Sie sicher nichts von einer Befragung durch Mr. Holmes zu befürchten."

Rareburton seufzte.

„Mr. Rareburton", drängte Flambeau. „Ich weiß, dass Sie den Mann, der in Wirklichkeit das Verbrechen begangen hat, bestraft sehen wollen. Wenn mein Freund unschuldig ist, verdient er dann zu hängen für etwas, das er nicht getan hat, während der Mann, der Ihren Freund getötet hat, entkommt?"

Rareburton dachte einen Moment darüber nach. Er nahm die staubige Schürze ab und legte sie auf die Theke. „Nun gut."

Seine Frau legte ihre Bücher auf den Tresen und folgte Rareburton, als er den Laden durchquerte, um zur Garderobe zu gelangen. „Gerald", protestierte sie mit schwacher Stimme. „Du wirst doch nicht wirklich gehen?"

„Wenn das heißt, dass sie uns von da an in Ruhe lassen, dann ist es das wert. Ich habe von diesem Amateurdetektiv nichts zu befürchten."

Er ergriff seine Jacke und seinen Hut. Als er das tat, warf ich einen Blick auf sein Handgelenk. Holmes hatte Recht – natürlich. Die Tättowierung war da, kaum sichtbar direkt unter der Manschette.

Wir bestiegen unsere wartende Kutsche, und als wir Baker Street erreichten, bat ich Mrs. Hudson, uns einen Tee zu machen, während wir auf das Erscheinen meines Freundes warteten.

Während unserer Mahlzeit blieb Rareburton meist stumm. Seine scharfen blauen Augen schweiften über die interessanten Objekte an der Wand und auf den Regalen, während er an seinem Getränk nippte.

Schließlich fragte er: „Wer sind diese Leute?" Er zeigte auf die Porträtsammlung, die unsere Wände schmückte.

„Mit Ausnahme von General Gordon, der Ihnen bekannt sein wird, und Hochwürden Henry Ward Beecher dort auf meinem Regal sind es verschiedene berüchtigte Verbrecher."

Rareburton grunzte. „Sie finden sie alle interessant, nehme ich an?"

„Ich? Ganz und gar nicht. Das sind die Bilder von Holmes. General Gordon und Hochwürden Beecher sind mir."

„Verstehe." Er richtete seinen Blick wieder auf mich. „Sie waren beim Militär. Ihr Freund deutete so etwas an."

„Ich diente als Militärarzt in Afghanistan."

„Wirklich? Wo?"

„Maiwand."

Rareburtons Augen weiteten sich vor Überraschung. „Dann können Sie sich glücklich schätzen, hier zu sitzen."

„Das habe ich selbst schon oft gesagt."

Er seufzte und lehnte sich in seinen Sessel zurück. Dann sagte er: „Ihr Freund hatte Recht, wissen Sie. Ich wurde aus der

Armee entlassen – aus Gründen, auf die ich nicht stolz bin. Um die Wahrheit zu sagen, wenn die Dinge sich nicht geändert hätten, wäre es durchaus möglich gewesen, dass ich als eines der Porträts hier geendet hätte."

„Wir alle haben schon Dinge getan, die wir bereuen", sagte Flambeau mit leiser Stimme. Ich warf dem Dieb einen Blick zu. Seine Augen waren zu Boden gerichtet.

„So ist es", sagte ich.

Da ging die Tür zum Wohnzimmer auf, und Holmes trat ein, gefolgt von Inspektor Lestrade und Hochwürden Brown in Handschellen.

„Großartige Arbeit, meine Herren." Holmes lächelte. „Mr. Rareburton, es ist schön, Sie wiederzusehen."

Rareburton erwiderte die joviale Begrüßung nicht. „Was macht denn Brown hier?"

„Mr. Holmes hat mich überredet, ihn mitzubringen", grummelte Lestrade. „Wollte ihn dabei haben, wenn er wieder einmal eine seiner erstaunlichen Offenbarungen von sich gibt."

Holmes kircherte. „Ah, nun, Lestrade, Sie sind ein Ehrenmann. Sagen Sie mir ehrlich, wollen Sie nicht, dass die Gerechtigkeit siegt? Ich weiß, dass Sie es wollen."

„Na, dann wollen wir mal", sagte Lestrade mit müder Stimme.

Der Detektiv vom Yard geleitete Hochwürden Brown zu einem Sessel in einer Ecke, und der Priester setzte sich still. Seine gefesselten Hände ruhten in seinem Schoß.

„Sicher. Lassen Sie mich zunächst damit beginnen, Mr. Rareburton zu sagen, wie dankbar ich bin, dass er gekommen ist. Ihre Anwesenheit wird die schuldige Partei in diesem Fall hervorbringen."

„Das hoffe ich. Auch wenn Sie der Meinung sind, dass ich als Buchhändler keine besonders hervorragende Stellung in der Gesellschaft einnehme, so ist mir meine Zeit doch kostbar."

„Ohne Zweifel, ohne Zweifel“, stimmte Holmes freundlich zu. „Ich möchte Sie deshalb bitten, uns etwas über die Bruderschaft von *Sa* zu erzählen.“

Rareburton versteifte sich. Seine Kiefer schlossen sich fest zusammen.

„Wie ich schon vermutet habe“, sagte Holmes, „werden Sie nichts sagen. Sie sind durch Eid gebunden, darüber zu schweigen. Ich habe natürlich keinen solchen Eid geleistet, daher werde ich gern dem Rest meiner Gäste erklären, was die Bruderschaft ist.“

Er holte die Zeichnung, die er von der Hieroglyphe gemacht hatte, aus seinem Notizbuch hervor und hielt sie jedem hin. „Diese ägyptische Hieroglyphe ist *Sa*“, erklärte Holmes. „Es bedeutet ‚Schutz‘. Es ist an sich kein böses Zeichen, eigentlich genau das Gegenteil. Doch es scheint, dass eine Geheimgesellschaft namens ‚Die Bruderschaft von *Sa*‘ es als ihr Identitätsmerkmal angenommen hat. Die Mitglieder dieser Gruppe lassen sich diese Hieroglyphe auf die Innenseite ihres rechten Handgelenks tättowieren. Sowohl Mr. Rareburton als auch sein Freund, Mr. Fouad, hatten diese Tättowierung.

Die Bruderschaft ist eine Bande, man könnte sagen eine Art ägyptische Mafia, die Schutzgeld von Geschäftsleuten in Kairo und Alexandria erpresst. An das Modell der Freimaurer angelehnt, leisten sie Eide und so. Ich habe erst vor einer Stunde von ihnen erfahren, als ich im Britischen Museum Erkundigungen nach dem Symbol einzog. Als unser Militär Alexandrien und Kairo besetzte, rekrutierte die Bruderschaft britische Soldaten, damit sie ihr halfen, die Ortsansässigen des Geldes wegen zu terrorisieren. Da die Bruderschaft durch ihre Bemühungen ziemlich reich geworden war, lockte die Gier eine kleine Zahl britischer Soldaten in ihre Reihen, genug, um die Drohungen der Bruderschaft noch wirkungsvoller zu machen.“

Holmes wandte sich seinem Gast zu. „Als Ihre Beteiligung an diesen Aktivitäten entdeckt wurde, Mr. Rareburton, teilte man

Ihnen mit, dass Ihre Dienste in Ihrer Majestät Armee nicht länger benötigt werden. Habe ich Recht?“

„Ich sehe da keinen Zusammenhang mit Mr. Fouads Tod“, antwortete Rareburton.

„Sie begegneten Fouad, als Sie in Ägypten waren.“

„Selbstverständlich.“

„Warum ist er nach England gekommen?“

„Suche nach einem besseren Leben – so was sagte er jedenfalls. Er wollte nicht mehr für die Bruderschaft arbeiten. Sie operieren nur in Ägypten, und er dachte, England sei ebenso gut wie jeder andere Ort, um ein neues Leben zu beginnen. Er kannte etliche Soldaten aus der Bruderschaft…“

„Und doch hat er Sie ausgesucht.“

„Er war für mich, was man einen Freund nennen konnte, und er wusste, dass ich die Bande nicht mochte, weil sie mein Leben beinahe zerstört hat.“

„Kein Zweifel. Doch da war mehr als Freundschaft, nicht?“

Plötzlich wurde die Tür aufgerissen, und Charles Rareburton stolperte keuchend herein.

„Charles!“ Rareburton fuhr aus seinem Sessel auf. „Was zum Teufel tust du hier?“

Charles hob seine rechte Hand, sodass man sie sehen konnte. Er hielt einen Revolver darin.

„Lassen Sie meinen Vater gehen“, rief er und richtete die Waffe auf Holmes. „Er ist unschuldig.“

„Zunächst einmal, junger Mann“, schnappte Holmes ungeduldig, „keiner hält Ihren Vater hier gegen seinen Willen. Zweitens: Ich weiß bereits, dass er unschuldig ist.“

„Ist er?“, fragten Lestrade, Flambeau und ich wie aus einem Mund.

„Dann, warum, zum Teufel, haben Sie ihn hergeholt?“, fuhr Lestrade fort. „Warum haben Sie darauf bestanden, dass wir herkommen? Was für ein Spiel ist das, Holmes?“

„Es ist kein Spiel, Lestrade", antwortete Holmes. „Die Vergangenheit von Mr. Rareburton ist entscheidend für den Fall. Und außerdem fülle ich so die Zeit aus, während wir auf das Erscheinen des wahren Mörders warten."

Alle Augen im Raum richteten sich auf den jungen Charles, der auf den Revolver niedersah, den er in der Hand hielt. Er erbleichte und ließ die Waffe sinken.

„Charles", flüsterte Rareburton.

„Nein, nein", sagte Holmes. „Er ist es nicht."

„Nicht?", fragten mehrere Stimmen zugleich.

„Nein. Obwohl ich meine eigene Theorie habe, weshalb Mr. Fouad den jungen Mann angriff und ihn fast erwürgte." Holmes verschränkte die Arme. „Kricketunfall, hm?"

„Würgte ihn?", wiederholte Rareburton. „Er hat dich angegriffen, Charles?", fragte er seinen Sohn.

„Die Flecken an seinem Hals, natürlich"; sagte Holmes. „Und das getrocknete Blut unter seinen Fingernägeln von den Kratzern, die er auf Mr. Fouad Gesicht gemacht hat. Charles hat seine Hände seit dem Zwischenfall mehrmals gewaschen, aber da sind noch immer Spuren, wenn Sie nur genau hinschauen."

„Warum, zum Teufel, hat er dich angegriffen?", fragte Rareburton.

„Er – ich –." Charles' Augen wanderten verzweifelt von seinem Vater zu dem schweigenden Priester, der in der Ecke saß. Der Priester gab nur seinen Blick mit blinzelnden Augen zurück.

„Das kann ich nicht sagen", flüsterte Charles.

Holmes seufzte und schüttelte den Kopf.

„Hör zu, Junge", sagte Lestrade, als er aufstand und sich dem jungen Burschen näherte. „Wenn es Notwehr war, trifft dich keine Schuld. Du kannst ebenso gut alles erzählen."

„Es betrifft nicht mich", gab Charles rasch zurück.

„Nein? Wen denn dann?", fragte Lestrade. Seine Stimme überschlug sich.

Charles sah zu Boden. „Ich k – kann es nicht sagen."

„Warum nicht, zum Teufel?", verlangte Lestrade zu erfahren. „Junger Mann, du bist gerade hier hereingestürmt mit einer Waffe in der Hand. Ich habe allen Grund, dich gleich jetzt nach Scotland Yard zu schleppen. Wenn du mit der ganzen Sache etwas zu tun hast, warum machst du nicht den Mund auf?"

„Es ist eine Verschwörung des Schweigens, Lestrade", sagte Holmes.

„Ich bin kein so kompletter Idiot, dass ich das nicht sehen könnte, Holmes", gab Lestrade zurück. „Aber warum?"

„Solche Pakte werden geschworen, um jemanden zu schützen. In diesem Fall, um einen Mann zu schützen, der selbst einen Eid geleistet hat. Und wegen dieses Eides müssen sie schweigen."

„Sie sprechen von mir", sagte Rareburton.

„Natürlich", sagte Holmes. „Sie haben Schweigen gelobt, wie wir wissen. Und ich nehme an, dass Sie auch einen Racheschwur geleistet haben."

„Racheschwur?", ergriff Flambeau das Wort. „Meinen Sie die Art von Eid, dass, wenn eines der Mitglieder verletzt oder getötet wird, die anderen es an dem rächen müssen, der den Übergriff begangen hat?"

„Genau", sagte Holmes. „Diese Dinge sind durchaus verbreitet. Selbst die Freimaurer haben etwas dieser Art in ihren Ritualen. Und unsere kleine Verschwörung des Schweigens hier will Mr. Rareburton davon abhalten, seinen Eid zu erfüllen, denn er ist ein Mann, der sein Wort hält. Wenn er erfährt, wer Fouad ermordet hat, muss er den Mord rächen."

„Doch … wie soll das jemand in Erfahrung gebracht haben?", fragte Rareburton. „Ich habe zu niemandem auch nur ein Wort über die Eide gesagt, die ich geleistet habe, nicht einmal zu meiner Familie."

„Es gab noch jemanden, der über die Eide Bescheid wusste", sagte Holmes.

„Aber Fouad würde nicht darüber sprechen…“

„Es scheint, dass er es doch tat.“

„Er hat es dir gesagt?“, fragte Rareburton seinen Sohn.

Charles schüttelte den Kopf.

„Wem hat er es dann gesagt?“

„Mir.“

Alle wandten sich der Tür zu. Auf der Schwelle stand Mrs. Rareburton, ihren Schal fest im Griff. In ihren Augen glitzerten Tränen.

„Mutter!“, rief Charles aus. „Du hättest mir nicht folgen dürfen.“

„Ich habe dich angefleht, nicht hierher zu gehen, Charles. Warum hast du nicht auf mich gehört?“

„Justina“, brachte Rareburton in einem heiseren Flüsterton hervor. „Was hat das zu bedeuten?“

„Kommen Sie, bitte, herein, Madame“, sagte Holmes. Er wies auf den einsamen leeren Sessel am Kamin. „Möchten Sie sich nicht setzen und uns erzählen, weshalb Sie Ihren Verwandten getötet haben?“

Mrs. Rareburton wurde bei Holmes’ Worten blass, und ihre Unterlippe bebte. Sie nahm in dem ihr angebotenen Sessel Platz, zitternd und augenscheinlich betäubt von seiner Enthüllung.

„Verwandter?“, wiederholte ich.

„Siehst du nicht die Ähnlichkeit der Augenpartie, Watson? Und dann der Akzent.“

„Sharif Fouad war mein Bruder“, gab Mrs. Rareburton zu. Dann schluchzte sie in ihr Taschentuch.

„Das habe ich vermutet. Mr. Fouad suchte Ihre Familie aus, Mr. Rareburton, weil Sie mit seiner Schwester verheiratet waren. Verwandtschaft ist für jemanden, der einen Neubeginn sucht, besonders verlockend. Ich verstehe nicht, weshalb Sie mir das nicht gesagt haben, doch es war für mich in dem Moment klar, wo ich das Opfer sah.“

Rareburton sah seine Frau an. „Meine Frau hat mich darum gebeten, niemandem etwas von ihrer Verwandtschaft mit Mr. Fouad zu sagen."

„Sharif und ich waren Waisen"; fügte Mrs. Rareburton mit heiserer Stimme hinzu. „Er und ich wurden als kleine Kinder getrennt. Ich kannte ihn während meiner Kindheit nicht, denn ich wurde in einem klösterlichen Waisenhaus aufgezogen, das Nonnen leiteten. Ihn dagegen schickte man in ein koptisches Kloster, in dem er jedoch nicht blieb. Als Erwachsener entdeckte er seine Verbindung zu mir. Ich machte die Bekanntschaft von Gerald während seines Aufenthaltes in Kairo, weil Sharif mich ihm vorstellte. Doch er bat darum, unsere Verwandtschaft geheimzuhalten, damit die Bruderschaft sie nicht ausnutzte, um uns zu manipulieren."

„Bleibt die Frage, weshalb Sie ihn getötet haben."

Sie sah zu meinem Freund auf und eine Träne rollte über ihre Wange. „Es war ein Unfall. Ich versuchte ihn daran zu hindern, meinen Sohn zu verletzen."

„Und warum verletzte er Ihren Sohn?"

„Ich eilte ihr zu helfen", sagte Charles. „Als ich an diesem Morgen das Geschäft betrat, schrie er meine Mutter an und bedrohte sie. Er hatte sie an den Armen gepackt und schüttelte sie."

„Lieber Himmel", entfuhr es Lestrade. „Wird das jemals ein Ende nehmen?"

„Natürlich, Lestrade", sagte Holmes. „Sobald Mrs. Rareburton uns über den zweiten koptischen Patriarchen informiert."

Lestrade rollte mit den Augen. „Was hat denn der damit zu tun?"

„Das ist doch des Pudels Kern, Lestrade", sagte Holmes. „Haben Sie denn nicht aufgepasst? Der Brief, der in Hochwürden Browns Tasche war, der ihn zu Fouad geführt hat. Dieser Brief ist der Ausgangspunkt der ganzen Geschichte." Holmes wandte sich an Mrs. Rareburton. „Er erzählte Ihnen von dem Brief."

„Ja."

„Und erzählte er Ihnen auch vom Patriarchen?"

Sie nickte. „Sharif erzählte mir, er habe den Patriarchen im Kloster kennen gelernt, als sie Jungen waren. Während jedoch Sharif das Kloster verließ, sobald er dazu in der Lage war, legte sein Freund die ewigen Gelübde ab. Doch dann kam er mit der lokalen Bevölkerung zusammen und trat der Bruderschaft bei. Er leitete Kirchengelder an die Bruderschaft weiter und in die eigene Tasche. Und in dem Moment, da man Verdacht gegen ihn gefasst hatte, konvertierte er zur katholischen Kirche. Sharif dachte, er habe vielleicht in den tieferen Taschen Roms mehr Anreiz gesehen."

„Und mit diesem Brief an Brown hatte Ihr Bruder beschlossen, ihn zu verraten."

„Ich glaube nicht, dass er beabsichtigte, ihn zu verraten. Er wollte nur dessen neue Gefährten vor dessen Falschheit warnen. Er hatte nicht vor, ihm zu schaden. Er wollte nur, dass man ihn zur Umkehr aufruft."

„Nun, bedenkt man, wessen ihr Sohn Zeuge wurde, als er an diesem Morgen den Laden betrat, können wir zwei Dinge annehmen: Entweder befürchtete Mr. Fouad, Sie würden Ihrem Ehemann von seinen Plänen bezüglich Brown erzählen, oder er hatte es sich anders überlegt und wollte Sie daran hindern etwas von dem weiterzuerzählen, was er Ihnen gesagt hatte."

Sie sah ihn mit zusammengekniffenen Augen an, offensichtlich überrascht, dass er diese Schlussfolgerungen gezogen hatte.

„Es war Letzteres. Er sagte mir, wenn der Patriarch ruiniert wäre, würde er möglicherweise Leute ausschicken, um ihn zu finden. Ganz plötzlich hatte ihn die Angst gepackt. Ich versuchte ihn zu beruhigen und ihm zu sagen, dass, was er beabsichtigt habe, das Richtige sein. Und ich schlug vor, er sollte es vielleicht mit Gerald besprechen, aber er wurde fast hysterisch. Er packte mich gerade, als Charles dazukam. Charles riss ihn von mir fort, aber dann wehrte er sich und würgte meinen Sohn. Da griff ich nach dem Buch, um ihn durch einen Schlag damit abzulenken, sodass er von Charles ablässt. Aber ich – traf ihn an einer unglücklichen Stelle." Sie würgte einen weiteren tiefen Schluchzer hervor und betupfte ihre Augen. „Es war so schrecklich."

„Mutter hat mich dann losgeschickt, den Yard anzurufen, was ich getan habe", sagte Charles. „Sie wollte sich selbst der Polizei stellen. Doch als ich zurückkehrte, erinnerte sie sich an das, was mein Onkel ihr erzählt hatte, dass die engsten Mitglieder der Bruderschaft den Mord an einem ihrer Gefährten rächen müssen."

„Demnach hätte Ihr Vater Ihre Mutter und vielleicht auch Sie wegen Ihrer Beteiligung töten müssen", sagte Holmes. „Dann kam Hochwürden Brown. Und als er von Ihnen beiden hörte, was geschehen war und was es bedeutete, gelobte er, Sie beide durch das Beichtsiegel zu schützen."

„Zum Teufel", murmelte Lestrade. Er sah Brown an. „Deshalb also haben Sie den Mund nicht aufgemacht."

„Warum nur habe ich daran nicht gedacht?", stimmte Flambeau zu.

„Sie standen dem Problem zu nahe, um es zu sehen", sagte Holmes.

„Aber die Rareburtons sind doch gar nicht katholisch", warf Lestrade ein.

„Nicht? Lestrade, schauen Sie doch mal, was die Dame um den Hals trägt?" Holmes zeigte auf den ovalen silbernen Anhänger an einer Kette. „Sehen Sie es nicht?"

„Ich dachte, es sei eine Art Münze", sagte Lestrade.

„Eine Münze mit dem Motiv der Jungfrau Maria? Ich bitte Sie, Lestrade. Das wird Wundertätige Medaille genannt. Ich habe dazu einige Nachforschungen angestellt vor einem Monat, bei diesem Mord an der Nonne nahe Tyburn. Diese Medaillen werden nur in der katholischen Kirche getragen. Die orthodoxen

Kopten haben keine solche Tradition, woraus folgt, dass diese Frau römisch-katholisch ist. Ich vermute, dies ist so, weil das Waisenhaus, wo sie aufgezogen wurde, von Franziskanern betreut wird, die in Alexandrien und Kairo sehr aktiv sind. Ist es nicht so, Madame?“

„Ja.“

„Aber ihr Sohn ist Anglikaner.“

„Das macht nichts“, brach Hochwürden Brown in der Ecke plötzlich sein Schweigen. „Sie hat mir gebeichtet, und da er ein Teil der Geschichte war, durfte ich über die Situation kein Wort verlieren.“

Lestrade seufzte. „Nun, ich gestehe, das ist doch ein bisschen komplizierter, als ich gedacht habe.“ Er schloss die Handschellen des Priesters auf.

„Ist es nicht immer so?“, hörte ich Holmes murmeln.

Lestrade wandte sich wieder der Frau zu. „Madame, ich muss Sie bitten, mich zum Yard zu begleiten. Auch wenn Fouads Tod ein Unfall war, muss ich eine eingehende Befragung durchführen und eine gerichtliche Untersuchung zur Todesursache in die Wege leiten.“

„Bleibt allerdings die Frage“, bemerkte Brown, „was Mr. Rareburton nun machen wird?“

Aller Augen richteten sich auf den Mann, der dasaß, den Kopf in die Hand gestützt. Nun sah er auf und antwortete: „Auch wenn ich ein Mann bin, der zu seinem Wort steht, so weiß ich, dass ich es doch nicht fertig bringen werde, meine eigene Familie zu töten. Aber sobald Kunde von Fouads Tod nach Ägypten gelangt – was anlässlich der öffentlichen Verhandlung sicher geschehen wird –, und ich nichts unternommen habe, um Fouad zu rächen, werden sie Leute herschicken, die sich um meine Familie und mich kümmern werden. Um ehrlich zu sein: Ich weiß nicht, was ich tun soll."

Holmes trat an seinen Schreibtisch und zog ein kleines Bündel mit Papieren heraus. Er reichte sie an Mr. Rareburton.

„Was ist das?" Er sah sie durch. „Sie sind in Latein verfasst – Ausweispapiere aus dem Vatikan?"

„Und ein Empfehlungsschreiben von Seiner Heiligkeit, das Ihnen Zugang zu allen kirchlichen Einrichtungen in der gesamten Christenheit gewährt: Klöster, Seminarien, Konvente. Sie alle werden Sie und Ihre Familie aufnehmen."

„Woher haben Sie die?"

„Seine Heiligkeit hat mich 1891 mit ihnen versehen. Ich werde Ihnen ein Empfehlungsschreiben geben, sodass Sie persönlich mit Seiner Heiligkeit zusammentreffen können, um Fouads Informationen über Seine Seligkeit weiterzugeben – wenn Sie dazu bereit sind."

„Der Papst wird uns empfangen?"

„Natürlich wird er das."

„Aber ich bin Protestant."

„Er hat schon früher Protestanten empfangen, Mr. Rareburton." Holmes grinste. „Was die gerichtliche Untersuchung betrifft, so werden Dr. Watson, Monsieur Duroc, Hochwürden Brown und ich Ihnen zur Seite stehen. Es ist das Beste, Sie beschützen Ihre Familie, gehen ins Ausland und nehmen einen anderen Namen an. Ihre alten Freunde werden Sie niemals finden."

Nachdem Lestrade mit den Rareburtons nach Scotland Yard aufgebrochen war, verließ Hochwürden Brown schließlich seine Ecke, um meinem Freund die Hand zu schütteln.

„Danke, Mr. Holmes, für Ihre Hilfe und dafür, dass Sie mein Schweigegelöbnis respektiert haben."

„Es war mir ein Vergnügen, Hochwürden Brown. Doch Sie sollten vor allem Ihrem Freund danken, dass er mir den Fall angetragen hat.“ Er wandte sich an Flambeau. „Ich hoffe, Sie finden alles zu Ihrer Zufriedenheit, Monsieur!“

„Sehr, Mr. Holmes. Ich bin dankbar für Ihre Hilfe und ich wäre überglücklich, Ihnen das Doppelte Ihres gewöhnlichen Honorars zu zahlen…“

Holmes kicherte. „Sie wollen, dass ich etwas von dem Reichtum annehme, den Sie zusammengestohlen haben?“

„Nein, nein, Mr. Holmes“, schüttelte Flambeau den Kopf. „Ich bin unabhängig davon wohlhabend. Ich entstamme einer guten Familie, die mir ein bedeutendes Erbe hinterlassen hat.“

„Monsieur Duroc hat außerdem sein Bestes gegeben, Gestohlenes zurückzuerstatten, soweit ihm das auf Umwegen möglich war“, warf Hochwürden Brown ein. „Und für das, was er nicht erstatten konnte, hat er Geld an die Kirche und wohltätige Institutionen gespendet.“

„Nun gut also“, sagte Holmes. „Ich verlange nur mein Standardhonorar, nicht mehr. Ich frage mich jedoch, Monsieur Duroc, welche Pläne Sie haben, nun, da Sie Ihre frühere Beschäftigung aufgegeben haben?“

Flambeau lächelte. „Ich habe darüber nachgedacht, dass ich selbst ein bisschen was von einem Detektiv an mir habe, obwohl ich natürlich nicht so gut bin wie Sie und Hochwürden Brown. Ich dachte, da ich die Geheimnisse der Diebe kenne, kann ich sie gegen jene einsetzen, die stehlen.“

Holmes lachte und schüttelte den Kopf. „Sehr vernünftig. Ich hoffe, Sie finden die Arbeit befriedigend.“

Einen Monat später begleitete Holmes Hochwürden Brown zu einem Termin bei Kardinal Vaughn, um zu den Umständen von Browns Verhaftung Zeugnis abzulegen. Dieser Gesprächstermin fiel mitten in einen anderen Fall, den ich für die Öffentlichkeit unter dem Titel „Der pensionierte Farbenhändler“ aufgezeichnet habe. Da er glaubte, es würde eine komplizierte Angelegenheit werden, sandte mich Holmes nach Lewisham, um Beweise im Farbenhändler-Fall zu suchen. Und so hatte ich erst nach Beendigung dieser Angelegenheit die Gelegenheit, Holmes zu fragen, was es bei dem Gesprächstermin mit Kardinal Vaughn gegeben habe.

„Ich musste alles bis ins Detail erklären: Die Umstände, die zur Verhaftung von Hochwürden führten, die Informationen über den Patriarchen, und wie ich durch Schlussfolgerungen erriet, was sich ereignet hatte, mit besonderem Bezug auf das Beichtgeheimnis. Als all das geschehen war, überreichte mir Seine Eminenz ein Schreiben von Seiner Heiligkeit und bat mich, sobald ich es gelesen hatte, wenn es mir nichts ausmache, ihm den Inhalt mitzuteilen. Ich tat es mit Freuden. Ich habe es hier.“

Er hielt einen Brief mit einem kunstvollen roten Siegel hoch und reichte ihn mir. Er war in Französisch geschrieben, in einem weniger formalen Stil als in der Vergangenheit. Die Hand des Papstes erlaubte noch immer eine deutliche Schrift, auch wenn sie altersbedingt zittrig war.

LEO P.P. XIII

Mein lieber Sohn,

Ich bin Ihnen auf ewig dafür dankbar, dass Sie Mr. Rareburton und seine Familie zu mir geschickt haben. Die Informationen, die mir seine Frau über Seine Seligkeit, Cyrill II., mitteilte, sind deprimierend. Da Seine Seligkeit sein Amt bereits angetreten hat, kann ich unglücklicherweise gegenwärtig nicht viel in dieser Angelegenheit unternehmen. Dennoch werde ich, dank Ihrer Empfehlung, bei Seiner Seligkeit wachsam sein, auch wenn ich ihn in brüderlicher Liebe annehme. Wir werden Unserem Nachfolger Nachricht hinterlassen, damit, sollte sich der Verdacht bestätigen, angemessene Schritte unternommen werden.*

Mr. Rareburton hat mich über die Gefahr informiert, die seine Familie auf sich genommen hat, um mir diese Informationen zu bringen, daher sorge ich für ihr Wohlergehen. Sein Sohn soll hier in Rom seine Ausbildung beenden. Ich habe entdeckt, dass der junge Mann Interesse zeigt am Werk meines Kardinals Newman, was sehr ermutigend ist.

Wie immer erwärmt es mein Herz, von Ihnen zu hören. Ich bete, dass Sie gesund sind. Bitte richten Sie Ihrem Freund, Dr. Watson, meine besten Grüße aus. Wie immer erteilen Wir Ihnen und Ihrem Freund Unseren apostolischen Segen und bitten die Engel um Fürsprache für alle Ihre Unternehmungen.

: Leo P.P. XIII :

„Ich bin sicher, Monsieur Duroc wird sich über die Neuigkeiten freuen", sagte Holmes.

„Da wir schon über Flambeau sprechen, Holmes, welche Pläne hast du seinetwegen?"

Holmes nahm seine Meerschaumpfeife vom Kaminsims und füllte sie aus dem persischen Schuh. „Gar keine."

„Keine?"

„Er hat bereut, oder nicht?"

„Ich wundere mich, dass er überhaupt ein Dieb geworden ist. Wenn er schon Geld hatte, warum hat er dann gestohlen?"

* Cyrill II. wurde 1904 „gebeten" von seinem Amt als Patriarch der koptisch-katholischen Kirche wegen finanzieller Angelegenheiten zurückzutreten. Er schloss sich dann der griechisch-orthodoxen Kirche an. Das Amt des Patriarchen der koptisch-katholischen Kirche ließ man dann bis in die 1950er Jahre unbesetzt.

„Weil er dazu in der Lage war, Watson. Oder weil er gelangweilt war. Es gab eine Zeit in meinem Leben, da habe ich selbst aus ähnlichen Gründen eine solche Karriere ins Auge gefasst. Wie Brown, so verstehe auch ich in dieser Hinsicht eine Verbrecherseele.“ Er entzündete seine Pfeife und fügte ruhig hinzu: „Ich habe einige Hochachtung davor erworben, Watson.“

„Wovor, Holmes?“

„Glaube. Wenn er einen hartnäckigen Verbrecher wie Flambeau verändern kann, dann ist er etwas Machtvolles. Seine Heiligkeit hat einmal zu mir gesagt, dass er in der menschlichen Vernunft wurzelt. Während ich damals meine Zweifel hatte, so bin ich jetzt soweit zuzustimmen, das er kein Gefühl ist. Noch ist er irrational, wie ich einmal glaubte. Er ist genau das Gegenteil, denn Glaube ist das, was man als wahr erkannt hat. Seine Heiligkeit hat einmal geschrieben ‚Gott ist nicht nur wahr, Er ist die Wahrheit selbst’. Ich glaube an die Wahrheit, Watson. Ein logischer Mensch muss an eine objektive Wahrheit glauben oder es existiert nichts, worauf er seine Argumentation bauen kann. Und doch…“ Er nahm mit einem nachdenklichen Ausdruck einen Zug aus seiner Pfeife. „Es ist ein Problem, Watson. Ein nettes kleines Problem. Würdest du mir da nicht zustimmen?“

Danksagung

Es ist unbedingt erforderlich, dass ich so vielen Menschen danke, ohne deren Unterstützung dieses Buch niemals entstanden wäre.

Zuerst möchte ich meinem Ehemann Joseph Lewis danken, der mich ermutigt hat, meiner Berufung als Schriftstellerin zu folgen, und meinem Sohn Raymond für sein Verständnis, wenn Mommy am Schreiben war.

Von jenen, die diese Welt bereits verlassen haben, danke ich Sir Arthur Conan Doyle für die einzigartige Erfindung Sherlock Holmes, G.K. Chesterton für das Niederschreiben des fantastischen Father Brown, und Seiner Heiligkeit, Papst Leo XIII. für seine Inspiration.

Ferner darf ich nicht unterlassen meiner kritischen Kollegin beim Schreiben von Krimis Karina Fabian zu danken, die niemals unterließ mir zu sagen, was ich hören musste, ebenso wie den folgenden Personen, die mir ihre Gedanken über dieses Werk mitteilten, während es entstand: Dan Belford, Alexander Braun, Andrew Clark, Jim Clark, J. Thomas Crammond, David Downs, Karina Fabian, Grace Gallagher, Markus Harris, Hochwürden Geoffrey Horton, Philip K. Jones, AMS, Joshua Kenz, Ken Kirkman, Aaron und Jenifer Rosenberg, Steve Scott, Flora Spector und Michael Tilden.

Und schließlich gilt mein herzlicher Dank Steve Doyle, BSI und Mark Gagen, BSI dafür, dass sie an Mord im Vatikan geglaubt haben. Ihr seid die besten.

Ann Margaret Lewis

Weitere Titel zum Thema Vatikan

Ulrich Nersinger

Tatort Konklave

Hinter verschlossenen Türen und unter strengster Geheimhaltung vollzieht sich in der katholischen Kirche die Wahl eines neuen Papstes. Ulrich Nersinger, bestens vertraut mit der Geschichte des Vatikans und seiner Sicherheitsbehörden, gewährt einen Blick auf die weniger frommen Vorgänge rund um die Papstwahl in Geschichte und Gegenwart: auf Intrigen, Verrat, Bestechung und ungeklärte Todesfälle, aber auch auf die seltsam verschlungenen Wege des Heiligen Geistes.

Gebunden, 160 Seiten, ISNBN 978-3-930883-60-8

Ulrich Nersinger

Dunkle Wolken über Rom

Pius XII. und die Ewige Stadt 1943 - 1944

Als Italien 1943 kapituliert und die deutsche Wehrmacht Rom besetzt, beginnt eine der dunkelsten Zeiten in der Geschichte der Ewigen Stadt. Luftangriffe, Versorgungsengpässe und politische Verfolgung prägen das tägliche Leben der Römer. Nur eine Institution bietet Hoffnung und Hilfe: der Heilige Stuhl. Auf Befehl Papst Pius' XII. werden die vatikanischen Besitzungen und kirchliche Häuser zu Zufluchtsstätten für Verfolgte: für jüdische Mitbürger, Gegner des Regimes und Widerstandskämpfer.

Hörbuch, 1 CD, ISNBN 978-3-930883-45-5

Ulrich Nersinger

Die Arche Petri

Von großen und kleinen Tieren im Vatikan

Ob Elefanten, Krokodile und Pferde oder Schlangen, Läuse und Rüsselkäfer - Ulrich Nersinger erzählt aus dem schier unerschöpflichen Fundus seiner intimen Kenntnisse des Papsttums und seiner Geschichte Historien und Histörchen über große und kleine Tiere im Vatikan:

Ein Dickhäuter macht Furore
Audienz für einen Schimmel
Auf den Hund gekommen
Präventivschlag gegen Rüsselkäfer
Gardesalut für Lämmer
Ein Löwe im Vatikan
Päpstliche Kühe gegen radioaktiven Fallout...

Broschiert, 128 Seiten, ISBN 978-3-930883-70-7

Ulrich Nersinger

Dem Glauben auf der Spur

Auf Pilgerschaft in der Ewigen Stadt

Ulrich Nersinger möchte in diesem nicht alltäglichen Pilgerführer Orte nahe bringen, die auf die eine oder andere Weise das Evangelium, die Frohe Botschaft Jesu Christi, eindrucksvoll verlebendigt haben - und es noch immer tun.

Broschiert, 128 Seiten, ISBN 978-3-930883-77-6